Geisterstunde

Für meine Leser
Danke für fünfzehn unglaubliche Jahre!

Patrick Osborn and Friends

Geisterstunde

15 mystische Kurzgeschichten

Bibliografische Information der Deutschen Nationalbibliothek:
Die Deutsche Nationalbibliothek verzeichnet diese Publikation in der Deutschen Nationalbibliografie; detaillierte bibliografische Daten sind im Internet über http://dnb.dnb.de abrufbar.

TWENTYSIX – Der Self-Publishing-Verlag
Eine Kooperation zwischen der Verlagsgruppe Random House und BoD – Books on Demand

© 2016 Patrick Osborn

Herstellung und Verlag:
BoD – Books on Demand, Norderstedt

ISBN: 978-3-740-71592-2

Vorwort

Als ich vor fünfzehn Jahren meinen ersten Roman „Das Bambini-Projekt" veröffentlicht habe, ging für mich ein großer Traum in Erfüllung: Das eigene Buch in Händen zu halten. Damals war mir noch nicht bewusst, dass dies erst der Auftakt zu einer langen Reise sein sollte.

Fünfzehn Jahre sind eine lange Zeit. Sehr viel ist seitdem von mir geschrieben worden. Mit Stolz blicke ich auf diese Zeit zurück, die ich vor allem durch euch so gestalten konnte, wie ich es letztlich getan habe.

Für dieses Jubiläum wollte ich nunmehr ein Werk präsentieren, das dem Anlass würdig und trotzdem vollkommen anders ist, als all meine vorherigen Bücher. Und so habe ich mich an die Anfänge meiner Autorenkarriere erinnert. Meine allererste jemals veröffentlichte Kurzgeschichte „Gezeitentod" eröffnet dieses Jubiläumsbuch. „Das Buch der Leiden" stammt aus der gleichen Epoche, hat aber damals nicht das Licht der Öffentlichkeit erblickt.

Mit „Gestrandet" liegt dann eine brandneue Kurzgeschichte vor, in der ich mich an etwas Neues gewagt habe.

Da sich mit drei Kurzgeschichten kein Buch füllen lässt, habe ich kurzerhand zwölf befreundete Autorinnen und Autoren gefragt, ob sie Lust hätten, mein Jubiläum mit mir zu feiern.

Das Ergebnis könnt ihr auf den folgenden Seiten lesen. Ich bin mir sicher, dass ihr beim Lesen so viel Spaß haben werdet, wie wir alle beim Schreiben.

An dieser Stelle möchte ich all meinen Gastautoren für ihre tollen Geschichten danken!

Wie gesagt, fünfzehn Jahre sind eine lange Zeit, aber noch keine Ewigkeit. Vielmehr sind sie erst der Anfang einer Zeit, auf die ich später in tiefer Verbundenheit gegenüber euch, meinen Lesern, zurückblicken werde.

Es gibt noch viele Geschichten zu erzählen und viele Projekte, die ich noch umsetzen möchte. Ich hoffe und wünsche mir, dass ihr weiterhin so interessiert an meinem Schaffen bleibt.

Für den Moment wünsche ich euch gruselige, spannende und unterhaltsame Momente.

Auf alles, was war und alles, was noch kommen wird!
Herzlichst
Euer
Patrick Osborn

September 2016

Gezeitentod

von Patrick Osborn

Mike Conlay war glücklich. Endlich war der Tag der Klassenreise gekommen. Seit fünf Uhr war der Bus unterwegs, der die Kinder und ihren Klassenlehrer von London nach Bridport brachte, einem malerischen Küstenort im Süden Englands. Fremde kamen selten hierher. Die Einzigen, die den Ort besuchten, waren Schulklassen, die im nahegelegenen Schullandheim ihre Klassenreisen verbrachten.

Im Bus war es erstaunlich ruhig. Der Klassenlehrer Mr. Miller hatte endlich für Ruhe gesorgt. Eine halbe Stunde zuvor glich der Bus noch einem Tollhaus. Jetzt saßen alle Kinder auf ihrem Platz und warteten auf das Ende der Fahrt.

Die Einwohner von Bridport waren ruhige, einfache Leute. Sie arbeiteten hart und wollten von äußeren Einflüssen in Ruhe gelassen werden. Stress und Hektik der Großstadt waren ihnen fremd. Und doch gab es ein dunkles Geheimnis, dass alle sieben Jahre von dieser Stadt Besitz ergriff.

"Verdammter Mist!", rief Jeff Graham. Die Öllampe begann zu blinken. Graham fuhr den Rover an den Straßenrand, öffnete die Motorhaube und kontrollierte den Ölstand. Wie er schon vermutet hatte, war fast kein Öl mehr vorhanden.

Graham hatte geschäftlich in Plymouth zu tun und war auf dem Heimweg nach Brighton. Er erinnerte sich an ein Schild, dass er vor Kurzem gelesen hatte und hoffte, die zwei Meilen nach Bridport noch zu schaffen.

Das Öllämpchen leuchtete weiter, als er das Ortsschild von Bridport passierte und den auf eine Tankstelle zusteuerte. Er war froh, die Strecke geschafft zu haben. Graham stellte den Motor ab und überlegte, ob es überhaupt noch Sinn machen würde, weiter zu fahren. Er war hungrig und in weniger als zwei Stunden würde es dunkel werden. Daher beschloss er, den Tankwart auch nach einem Motel zu fragen. Der Tankwart war ein alter Mann mit einem sonnengegerbten Gesicht, in dem ein riesiger Vollbart wucherte. Sein Overall hatte schon bessere Tage erlebt.

"Volltanken, Sir?", fragte der Alte.

"Ja. Ich brauche aber vor allem Öl. Der Wagen verliert sehr viel."

"Kein Problem, Sir." Der Alte ließ den Zapfhahn in die Tanköffnung gleiten und ging in eine alte Baracke, die wohl als Werkstatt diente. Wenige Augenblicke später kam er mit einer Ölflasche zurück und ließ sie schwarze Flüssigkeit vollständig in den Stutzen laufen.

"Das macht acht Pfund." Graham zog seine Geldbörse heraus und entnahm eine Zehn-Pfund-Note. "Sagen Sie, gibt es hier im Ort ein Motel? Ich muss erst morgen früh nach weiterfahren."

Die Miene des alten Mannes verdunkelte sich. "Es ist besser, wenn Sie den Ort so schnell wie möglich verlassen. Es ist für Fremde nicht ratsam, heute Nacht in Bridport zu sein."

"Was ist denn heute Nacht?"

"Sie kommen! Alle sieben Jahre kommen die Gezeiten, um sich ein Opfer zu holen."

Graham glaubte, dass der Alte ihm einen Bären aufbinden wollte.

"Die drei Seelenlosen der Gezeiten kommen alle sieben Jahre. Sie sind auf der Suche nach einem Opfer, dass sie mit ins Meer nehmen können." Graham war sich nun ganz sicher, dass der Alte ihm mit seiner Geschichte einen Schrecken einjagen wollte. "Wenn die drei Seelenlosen kommen, werde ich schon mit ihnen fertig!" Er grinste den Tankwart an, drückte ihm den Geldschein in die Hand und stieg in seinen Wagen.

Der Tankwart sah, wie der Rover die Tankstelle verließ. Hoffentlich fuhr der Narr weiter. Er konnte die Reaktion des Mannes durchaus verstehen. Jetzt musste er sich aber beeilen. Die Dämmerung setzte ein und er musste vor Einbruch der Dunkelheit zu Hause sein.

In der Tiefe des Meeres lauerten sie auf ihre große Stunde. Die Zeit des Wartens war fast vorbei. Langsam wurde das Meer unruhig. Sämtliches Leben war verschwunden. Die Prophezeiung würde sich wieder erfüllen.

Sieben Jahre waren wieder einmal vergangen. Vor über hundert Jahren war ein Piratenschiff gesunken. Die Besatzung hatte einen Pakt mit dem Teufel geschlossen. Drei Besatzungsmitglieder überlebten das Unglück. Ihr Fluch war es, alle sieben Jahre zu erwachen, um ein neues Opfer in die Fluten des Meeres zu holen.

Ein Zittern erfasste den Meeresboden.

Sand wurde aufgewühlt.

Eine Hand erschien.

Es begann! Bald würden die drei Seelenlosen wieder auf dem Weg nach Bridport sein.

Das Zimmer war alles andere als luxuriös. Es glich mehr einer Kammer und roch entsprechend muffig. Graham lag auf dem Bett und starrte die Decke an. Irgendetwas stimmte in diesem Ort nicht. Von der Straße war kein einziges Geräusch zu hören. Er erinnerte sich noch mal an die Worte des Tankwarts. Waren das wirklich nur Spinnereien? Die Geschichte mit den drei Seelenlosen wollte er nicht glauben. Daher entschloss er sich dazu, sich den Ort noch einmal anzusehen.

Mike Conlay und sein Freund Kevin hatten beschlossen, die Umgebung des Schullandheimes zu erkunden. Dass sie schon schlafen sollten, störte die Zwölfjährigen nicht.

Als sie aus dem Haus traten, führte links ein Weg zum Strand. Sie waren nur wenige Minuten unterwegs, als sie drei unheimliche Gestalten am Strand entdeckten.

"Das sehen wir uns genauer an. Vielleicht ist das eine Schmugglerbande." Mike folgte seinem Freund, der schon einige Meter Vorsprung hatte.

Auf einmal stand einer der Drei vor ihnen! Der Junge wusste vor Schreck nicht, was er sagen sollte. Eine solche

Gestalt hatte er noch nicht gesehen. Die Haut war schuppig und aufgequollen. Die Kleidung hing in nassen Fetzen an ihr herunter. Das Gesicht war schrecklich entstellt. Als der Unheimliche seine Hand nach Mike ausstreckte, begann dieser zu schreien! "Hol` Hilfe Kevin! Beil dich!"

Die beiden anderen Kreaturen waren inzwischen bei Kevin und brachten auch ihn in ihre Gewalt. In ihrer Verzweiflung begannen die beiden Jungen, wie verrückt zu schreien. Doch die Seelenlosen beeindruckte das nicht. Sie nahmen ihre Opfer und gingen zurück in Richtung Meer.

Der gesamte Ort wirkte wie ausgestorben. Nirgendwo war auch nur ein Licht zu sehen. Graham sah jedoch nichts Verdächtiges. Er wollte gerade umdrehen, als er einen verzweifelten Schrei aus Richtung des Strandes hörte. Graham rannte los! Was er sah, ließ ihn das Blut in den Adern gefrieren. Drei Typen hatten zwei Kinder gepackt, um sie ins Meer zu zerren. Plötzlich musste er wieder an die Worte des Tankwarts denken. Sollte dieser wirklich Recht behalten? Jetzt keine Zeit darüber nachzudenken.

"Lassen Sie die Kinder los!" Graham rannte die Dünen hinunter. Dass er allein gegen drei Gegner stand, war ihm nicht bewusst. Er hob einen dickeren Ast auf, damit er wenigstens etwas hatte, womit er sich verteidigen konnte. Mit wenigen Schritten hatte er die Typen erreicht. Mit pochendem Herzen musste er sich eingestehen, dass der alte Mann an der Tankstelle scheinbar die Wahrheit gesagt hatte. Mit aller Kraft schlug er der ersten Gestalt den Knüppel in den Rücken. Überrascht ließ dieser den Jungen los.

"Bring` dich in Sicherheit! Ich versuche, deinem Freund zu helfen." Kevin rannte ein Stück in die Dünen, um sich dort zu verstecken.

Graham begriff, dass seine Situation ausweglos war. Sie hatten den zweiten Jungen losgelassen. Plötzlich war er umzingelt! Aus dem Augenwinkel bekam er mit, wie sich auch der Junge in Sicherheit brachte. Jetzt bekam er die Gelegenheit, sich die Kreaturen näher anzusehen. Die drei Seelenlosen existierten wirklich! Sie hatten ihn eingekreist und Graham wusste, was sie von ihm wollten. Er sollte das nächste Opfer werden! Er war so geschockt, dass er sich ohne Gegenwehr von den Kreaturen ins Meer zerren ließ, als er eine energische Stimme hörte.

"Nehmt eure dreckigen Hände von dem Mann!" Graham glaubte, seinen Augen nicht zu trauen. Aus heiterem Himmel stand der alte Tankwart da. In der Hand hielt er einen selbstgebauten Flammenwerfer. Mit einem Feuerzeug entzündete er das Ende der Waffe. Wie bei einem Bunsenbrenner schoss sofort eine Flamme empor. Die Kreaturen ließen von Graham ab. Sie merkten, dass das Feuer eine unbezwingbare Kraft darstellte. Der alte Mann richtete den Feuerstrahl auf die erste Kreatur, die sofort in Flammen aufging. Sie gab schauerliche Laute von sich, doch das Feuer war stärker. Die anderen beiden versuchten das rettende Wasser zu erreichen. Doch der alte Mann war schneller. Die Flammen hatten nun auch sie erreicht. Der Kraft des Feuers hatten sie nichts entgegenzusetzen. Es dauerte nur ein paar Minuten, bis sie vollständig verbrannt waren. Zufrieden blickte der Alte auf die Aschehaufen.

"Das hätten wir schon vor langer Zeit tun sollen."

Der alte Mann ging zu den beiden Jungen, die sich um Graham kümmerten. "Ich habe Ihnen doch gesagt, dass Sie den Ort verlassen sollen. Aber ich habe mir schon gedacht, dass Sie hier noch herumschnüffeln würden."

Graham blieb noch zwei Tage bei George Downey. Der alte Mann erzählte ihm alles über die Prophezeiung der drei Seelenlosen. Auch Mike und Kevin hatten das Ganze mit einem Schrecken überstanden. Als Mr. Miller erfuhr, was sich ereignet hatte, sah er von einer weiteren Bestrafung der beiden Jungen ab.

Den Bewohnern von Bridport fiel allerdings die größte Last vom Herzen. Denn sie brauchten keine Angst mehr vor den drei Seelenlosen zu haben.

Das Buch der Leiden

von Patrick Osborn

Fasziniert blickte Gerd Eichhoff auf das Buch. Der Korpus war aus festem Leder und reichlich verziert. Mit goldener Schrift war der Titel ins Leder gestanzt. *Das Buch der Leiden - Die unheimlichen Erzählungen des Baron Le`Fuet.* Eichhoff wusste sofort, dass er dieses Exemplar für seine Sammlung wollte, koste es was es wolle.

"Nehmen Sie es ruhig in die Hand und blättern Sie ein wenig darin." Der Verkäufer blickte Eichhoff gütig an. Dieser ließ sich nicht zweimal bitten und nahm das Buch vorsichtig in die Hände.

"Es ist über vierhundert Jahre alt und vergleichbar mit den Erlebnissen des Marquis de Sade." Aufgeregt blätterte Eichhoff in dem Buch. Er konnte kaum glauben, so ein schönes Stück auf einem Flohmarkt gefunden zu haben.

"Die erste Eintragung stammt aus dem Jahr 1608. Wer das Buch geschrieben hat, ist bis heute nicht bekannt. Auf jeden Fall spiegelt es die Taten des Baron Le`Fuet wieder. Der Baron lebte vor über dreihundert Jahren in Frankreich. Er soll sich mit Hexerei und Schwarzer Magie beschäftigt und in seinem Schloss unzählige Menschen gefoltert haben."

"Woher haben Sie das Buch?", fragte Eichhoff.

"Mein Urgroßvater war ein angesehener Bibliothekar und besaß viele alte Schriften. Unter anderem auch dieses Buch. Ein alter Antiquitätenhändler lachte mich beinahe aus, als ich ihm das Buch verkaufen wollte."

Der Ansicht war Eichhoff ganz und gar nicht. Sein großes Hobby waren antiquarische Bücher und sein Sachverstand sagte ihm, dass er hier ein echtes Goldstück für seine Sammlung gefunden hatte.

"Wie viel möchten Sie dafür haben?" Eichhoff tat so, als interessiere ihn das Buch nicht besonders. Der Verkäufer legte seine Stirn in Falten und blickte Eichhoff an.

"Ich weiß nicht, was man dafür nehmen kann. Schauen

Sie es sich ruhig noch etwas an und wenn Sie es nehmen wollen, geben Sie mir so viel, wie Sie für angemessen halten, einverstanden?" Eichhoff glaubte, seinen Ohren nicht zu trauen. Der Narr wollte ihm tatsächlich ein kleines Vermögen zu einem Spottpreis überlassen. Er blätterte noch ein wenig in dem Buch herum, kramte in seiner Hosentasche und holte einen zerknitterten Fünfziger hervor.

"Sind Sie mit fünfzig Mark einverstanden?" Eichhoff hoffte, dass der Verkäufer nicht mit mehr gerechnet hatte.

"Das ist mehr, als ich erwartet hatte! Soll ich es Ihnen noch einpacken?"

"Nein, es geht schon." Eichhoff steckte das Buch in seine Tasche und gab dem Verkäufer den Fünfziger. Mit einem zuckersüßen Lächeln nahm er sie entgegen.

"Ich wünsche Ihnen viel Spaß bei der Lektüre." Dankend wandte sich Eichhoff ab und schlenderte zum nächsten Stand. Am liebsten hätte er einen Luftsprung gemacht. Wenn das Buch nur halb so viel wert war, wie Eichhoff dachte, würde sich der Trottel in den Allerwertesten beißen. Er war so mit seiner Neuerwerbung beschäftigt, dass er das diabolische Grinsen des Verkäufers nicht mehr wahrnahm.

Zu Hause angekommen warf er nochmals einen bewundernden Blick auf seine kostbare Neuerwerbung und konnte immer noch nicht glauben, nur fünfzig Mark dafür bezahlt zu haben. Der Verkäufer würde sicherlich im Dreieck springen, wenn er herausbekam, welch wertvolles Stück er weggegeben hatte.

Eichhoff setzte sich an seinen Schreibtisch und schaltete seine Lampe an. Der Halogenspot überflutete die massive Tischplatte. Er griff in eines der Schubfächer und holte einen Leitzordner hervor. In diesem Ordner hatte er seine gesamte Sammlung antiquarischer Bücher archiviert. Von einem Computer, der ihm diese Arbeit abnahm, hielt Eichhoff nicht viel.

Vorsichtig blätterte er die Seiten um, bis er zur Letzten vorgestoßen war. Der letzte Eintrag war zehn Tage alt. *Naturwissenschaftliche Theorien von Kopernikus bis zu Leonardo da Vin-*

ci. Vierhundert Mark hatte er dafür auf einer Sammlerbörse gezahlt, aber seine heutige Neuerwerbung war sicher doppelt so viel wert.

Zärtlich strichen seine Finger über den Einband und ein wohliger Schauer rann über seinen Rücken. Er konnte es kaum erwarten, das erste Kapitel im Buch der Leiden zu lesen. Sein Blick blieb bei dem Titel hängen und seine Gedanken kreisten um den Autor. Obwohl er sich für einen Experten auf diesem Gebiet hielt, war ihm ein Baron Le´Fuet bisher nicht bekannt. Aber an irgendetwas erinnerte ihn der Name des Barons. Eichhoff kam aber nicht mehr dazu, den Gedanken zu Ende zu führen. Moritz, sein achtjähriger Kater, sprang auf seinen Schoß und beschnüffelte das neue Buch.

Plötzlich, als hätte er sich verbrannt, schreckte der Kater zurück und rannte aus dem Zimmer. Etwas ungläubig blickte Eichhoff ihm hinterher. Bestimmt hatte Moritz Hunger. Er folgte seinem Kater in die Küche und bereite das Abendessen zu. Das Buch der Leiden musste noch ein wenig warten. Nach dem Abendessen würde er anfangen darin zu lesen.

Müde legte Eichhoff das Buch zur Seite. Sein Wecker zeigte bereits drei Minuten nach ein Uhr. Hatte er tatsächlich so lange gelesen? Die Aufzeichnungen des Baron Le´Fuet waren schauderhaft. Eichhoff konnte kaum glauben, dass ein Mann zu solchen Gräueltaten fähig gewesen war. Er klappte das Buch zu und hatte kaum das Licht ausgemacht, als er schon in tiefem Schlaf versank.

Jäh schreckte er nach oben! Schweißtropfen standen auf seiner Stirn und es dauerte einen Moment, bis er sich in der Dunkelheit orientieren konnte. Er hatte ein Geräusch gehört. Er konzentrierte sich einen Moment und hörte es dann wieder.

Ein schwaches Kratzen, als ob etwas durch das Fliegengitter vor seinem Fenster zu kriechen versuchte. Eichhoff blickte auf Moritz, doch der Kater schien das Geräusch nicht zu hören. Er wollte sich gerade wieder hinlegen, als er das Geräusch abermals vernahm. Doch diesmal war es nicht am Fenster, es kam aus dem Zimmer! Ein Scharren, als ob etwas über den Holzboden huschte.

Eine Maus?

Eichhoff erhob sich und schaltete seine Nachttischlampe an. Das warme Licht vertrieb die Dunkelheit. Für einen Moment entspannte er sich, nahm dann aber aus den Augenwinkeln eine huschende Bewegung war. Sein Kopf ruckte so stark herum, dass die Halswirbel ein knackendes Geräusch von sich gaben. Er wollte in seine Pantoffeln schlüpfen, als er zwei fette Käfer sah, die in Windeseile unter dem Bettgestell verschwanden. Er ließ sich auf Hände und Knie nieder und spähte unter sein Bettgestell. Er glaubte seinen Augen nicht zu trauen, als er Dutzende von Käfern darunter entdeckte. Er sprang hoch und überlegte, was er jetzt machen sollte.

Die Küche!

Eichhoff erinnerte sich daran, ein Insektenmittel im Schränkchen unter der Spüle zu haben. Er wollte gerade das Schlafzimmer verlassen, als er von irgendetwas am Kopf getroffen wurde. Blut sickerte aus einer kleinen Wunde an der Schläfe. Eichhoff hob gerade wieder den Kopf, als er eine Fledermaus auf sich zukommen sah.

Was zum Teufel war hier los? Die Fledermaus stieß auf ihn herab und er konnte sich im letzten Augenblick ducken. Sein Fuß verfing sich im Läufer. Er stolperte, stürzte und schlug mit dem Kopf gegen eine Kommode. Schmerzen schossen durch seinen Körper und er wimmerte leise vor sich hin. Die Fledermaus stieß abermals auf ihn nieder. Eichhoffs Hände tasteten nach irgendetwas, mit dem er sich verteidigen konnte. Auf der Kommode stand ein kleines Schälchen, indem er jeden Abend seine Manschettenknöpfe aufbewahrte. Eichhoff griff zu und warf es der Fledermaus entgegen.

Krachend traf das Porzellanschälchen den dunklen Besucher. Polternd flog es auf den Boden und zerbärste in kleinen Splittern. Die Fledermaus war so schnell verschwunden, wie sie gekommen war, doch dafür erhob sich aus den Splittern der kleinen Dose ein Schwarm von Fliegen. Dutzende mussten es sein und sie formierten sich zu einer Wolke, die erbarmungslos auf Eichhoff zuflog. Er schaffte es gerade noch die Hände vors Gesicht zu pressen, als er gänzlich von der Wolke verschluckt wurde. Eichhoff schrie auf und würgte, als einige der Fliegen in Mund und Nase drangen. Das Surren um seinen Kopf hatte eine Lautstärke erreicht, die ihn fast in den Wahnsinn trieb. Immer mehr Fliegen drangen in seinen Mund und plötzlich konnte Eichhoff nicht mehr. Der Würgereflex wurde immer schlimmer und er erbrach sich.

So schnell, wie sie gekommen waren, waren die Fliegen auch wieder verschwunden.

Totenstille umgab die Wohnung.

Mit blut- und tränenverkrustetem Gesicht saß Eichhoff in seinem Erbrochenen.

Mühsam rappelte er sich wieder auf und taumelte zum Badezimmer. Er tastete nach dem Lichtschalter und wurde im ersten Augenblick von dem Licht der Halogenspots geblendet. Er starrte in den Spiegel und was er sah, hatte keine Ähnlichkeit mit seinem Gesicht. Eine Fratze starrte ihn an. Das gesamte Gesicht war blutverkrustet. Die Augen lagen tief in den Höhlen und waren vollkommen leblos. Seine Hände tasteten nach dem Wasserhahn und öffneten ihn. Aber anstelle des kühlen Wassers wand sich eine Schlange zischend aus der Armatur. Eichhof schreckte zurück und sah, wie die Schlange im Ausguss verschwand.

Verzweifelt hämmerte er seine Fäuste gegen den Badezimmerspiegel und Scherben regneten in das Waschbecken und auf den Boden. Er blickte seine blutigen Hände an und sah, wie kleine Tropfen auf die Fliesen patschten.

Ein Schrei löste sich aus seiner Kehle und er wankte zur Tür. Er hatte Mühe sich auf den Beinen zu halten. Eichhoff trat in den Flur, als er plötzlich Stimmen vernahm. Die Stimmen waren noch zu weit entfernt, als das er sie verstehen konnte, aber instinktiv wusste er, dass er von hier verschwinden musste. Aber wohin? Um sich herum, sah er nur Dschungel!

Die Stimmen kamen näher und Eichhoff drehte sich um, sank auf die Knie und schluchzte. Er hielt das alles für einen Albtraum, aus dem er jeden Moment erwachen musste. Aber er wurde einfach nicht wach!

Wieder vernahm er die Stimmen und wieder waren sie

ein Stück nähergekommen. Eichhoff blickte sich um. Er brauchte unbedingt einen Unterschlupf. Er ahnte, dass die Männer, denen die Stimmen gehörten, ihm nichts Gutes wollten.

Auf allen Vieren kroch er vorwärts. Tränen liefen über sein Gesicht. Er war völlig verzweifelt. Was er in den letzten Minuten erlebt hatte, sprengte jede Vorstellungskraft.

Die Stimmen waren erneut zu hören und jetzt war sich Eichhoff sicher, dass sie ihm ans Leder wollten. Er konnte eine der Stimmen klar und deutlich erkennen.

"Das Schwein muss hier ganz in der Nähe sein, Baron. Er kann uns nicht entkommen!"

Baron!

Also war Baron Le`Fuet hinter ihm her! Panisch blickte sich Eichhoff in dem dichten Dschungel um. Wenige Meter vor sich entdeckte er eine Höhle! War das die Rettung? Eilig krabbelte er darauf zu. Die Häscher kamen immer näher und Eichhoff konnte beinahe ihren Atem in seinem Nacken spüren.

Er betrat die kleine Höhle, kauerte sich in eine dunkle Ecke und hoffte, dass seine Verfolger die Höhle nicht entdeckten. Er versuchte zu überlegen, was er als Nächstes tun sollte, aber es war ihm nicht möglich, sich auf eine Sache zu konzentrieren. Der Höhlenboden begann sich zu drehen und Eichhoff hörte ein teuflisches Lachen. Er vergrub sein Gesicht in seinen Händen, als er plötzlich einen Biss spürte. Kurz, als wenn er sich mit einer Stecknadel gepiekt hätte. Er blickte hoch, konnte aber in der Dunkelheit nichts entdecken.

Wieder ein Biss!

Eichhoff stöhnte auf. Seine Hände tasteten seine Beine entlang, konnten aber immer noch nichts finden. Wieder ein Biss! Diesmal aber auf seiner Schulter. Abermals stöhnte er auf. Von einer Sekunde auf die andere wurde er von Bissen übersät! Eichhoff schrie und seine Hände tasteten in sein Gesicht. Er spürte eine klebrige Flüssigkeit an seiner Wange und bemerkte ein Krabbeln, das langsam von seinem gesamten Körper Besitz ergriff. Was zur Hölle krabbelte an ihm herum?

Die Bisse schmerzten so sehr, dass er benommen wurde. Er musste hier raus! Egal wer draußen auf ihn lauerte. Wenn er noch eine Minute hier drinnen blieb, würde er an diesen Bissen elendig zugrunde gehen. Mit letzter Kraft schleppte er sich aus der Höhle.

Sein gesamter Körper brannte wie Feuer und manche Körperteile begannen schon taub zu werden.

Unmittelbar vor dem Höhleneingang brach er zusammen. Im fahlen Licht konnte er sehen, was ihm diese Schmerzen zugefügt hatte und immer noch zufügte.

Hunderte kleiner Ameisen krabbelten über seinen Körper und übersäten ihn weiterhin mit Bissen. Nur am Rande nahm Eichhoff war, dass seine Häscher nicht vor der Höhle warteten. Obwohl er nicht mehr sicher war, was schlimmer gewesen wäre. Unerbittlich krabbelten die Ameisen weiter und überzogen jeden Millimeter seines Körpers mit ihren tödlichen Bissen. Eichhoff wollte schon aufgeben, als er in nicht allzu weiter Entfernung ein Rauschen hörte.

Wasser!

Das konnte die Rettung sein!

Der letzte Funke Lebenswillen glomm auf und mit allerletzter Kraft rappelte er sich auf die Füße. Die Ameisen bissen zwar unerbittlich weiter, aber Eichhoff war fest entschlossen das Wasser zu erreichen. Er schleppte sich durch die Dunkelheit und konnte sich nur am Rauschen des Wassers orientieren. Aber die zunehmende Lautstärke sagte ihm, dass er sich auf dem richtigen Weg befand. Jeder Schritt verursachte ihm Höllenqualen, aber er zwang sich, weiter durchzuhalten.

Das Rauschen war bereits greifbar nahe, als er endlich die Klippe erreichte! Am liebsten hätte er laut aufgeschrieen, aber dazu fehlte ihm die Kraft. Das Gift der Ameisen tat seine Wirkung. Benommen blickte er nach unten und erkannte das rettende Wasser. Was konnte er noch verlieren? Wenn er nicht sprang, würde er in wenigen Minuten tot sein. Eichhoff holte noch einmal tief Luft, bevor er den Schritt über die Klippe wagte und ins rettende Wasser sprang.

Für die Polizei war der Tod Gerd Eichhoffs ein Rätsel. Es konnte sich niemand erklären, warum der zweiundvierzigjährige Chemiker aus dem Wohnzimmerfenster seiner Wohnung gesprungen war.

In seiner Wohnung gab es keinerlei Spuren, die auf einen Einbruch oder ein Kampf hingewiesen hätten. Auch die Nachbarn konnten sich sein Verhalten nicht erklären. Eichhoff lebte zwar allein, war bei Kollegen, Freunden und Nachbarn gleichermaßen beliebt. Niemand konnte sich erklären, was ihn zu dieser Wahnsinnstat getrieben hatte.

Zwei Tage später

Die dunkle Gestalt schlich durch die Dunkelheit. Ihre Sinne waren angespannt, aber sie war sich ihrer Sache absolut sicher. Vorsichtig betrat sie den Neubau und stand nun unmittelbar vor Gerd Eichhoffs Wohnungstür. Mit wenigen geschickten Handgriffen hatte die Gestalt sie geöffnet und trat ein.

Schemenhaft erkannte sie die Umrisse der Einrichtung. Obwohl die Gestalt noch nie in dieser Wohnung war, wusste sie genau, wohin sie gehen musste. Sie passierte den Flur und das Badezimmer und erreichte das Schlafzimmer.

Sie musste es wieder an sich bringen! Ihr Blick wanderte im Zimmer umher. Die Gestalt entdeckte das gesuchte Objekt auf dem Nachttisch. Zufrieden umrundete sie das Bett und erreichte den Nachttisch. Wieder umspielte ein diabolisches Lächeln die Lippen des Flohmarktverkäufers, als er das Buch der Leiden an sich nahm.

Baron Le`Fuet!

Sein Buch hatte sich um ein Kapitel erweitert! Der Narr hatte nicht gewusst, wer der Baron war. Die Augen der Gestalt blitzten kurz auf, als sich der Schriftzug auf dem Buchdeckel kurz verwandelte und der wahre Name des Barons mit roten, leuchtenden Lettern darauf zu lesen war.

Das Buch der Leiden war um ein Kapitel reicher! Die Gestalt lachte schallend, nahm das Buch der Leiden an sich und verschwand wieder in der Dunkelheit, bis der nächste Unwissende in seinen Besitz gelangte und so ein weiteres

Kapitel im Buch des Teufels geschrieben wurde!

Gestrandet

von Patrick Osborn

„Marian!"

Der Wind peitschte plötzlich auf, kündigte ein Unwetter an und zerzauste Marians Haare. Jedoch war er so in Gedanken versunken, dass er es nicht spürte. Sein Blick wanderte über die endlose Weite des Meeres.

„Marian, muss ich dir wirklich erst Beine machen?" Sein Kopf wirbelte herum, als er jäh aus seinem Tagtraum gerissen wurde.

„Entschuldigung, Sir. Ich war mit meinen Gedanken woanders.

„Verdammt, Marian. Zum letzten Mal: Rauf mit dir! Deine Kameraden sind längst in der Takelage."

Der erste Offizier war puterrot im Gesicht, aber Marian kam nicht mehr dazu, einen Gedanken daran zu verschwenden, ob die Röte vom Rum her stammte. Blitzschnell kletterte er in die Rahnen, wo die anderen bereits auf ihn warteten. Gemeinsam kämpften sie gegen den Wind an. Dabei peitschte ihnen das Segel einiges an Regenwasser, das sich in den Falten angesammelt hatte, ins Gesicht. Immer wieder griffen die Matrosen ins Leere, bis sie endlich ein Stück Stoff zu fassen bekamen und es hochziehen konnten. Mit vereinten Kräften gelang es ihnen, das Tuch zu bändigen und zu vertäuen.

Der Sturm frischte weiter auf und trieb den schneidenden Wind vor sich her. Von ihrem Platz aus konnte Marian sehen, wie ein Brecher über die Reling der Annacostia schoss. Er spürte, wie sich das Schiff schwer nach Backbord legte und seine Füße zu rutschen begannen. Doch kaum hatte er Halt gefunden, war die nächste Welle heran und ging gnadenlos über die Reling. Marian wusste, dass ihr Kentern den sicheren Tod bedeuten würde. Das Wasser war eiskalt und nur die wenigsten Matrosen konnten schwimmen.

War eben noch die Küste von Paragonien in der Ferne zu erkennen gewesen, war jetzt nur noch ein grau in grau am

Horizont zu sehen. Ein Grau, das sich immer fester um sie herumzog. Ein Grau, das zunehmend eine eisige Kälte und die Schwärze der Nacht mitbrachte. Marian war überrascht, dass der Kapitän und sein erster Offizier den Sturm nicht früher erkannt hatten. Doch jetzt war nicht der richtige Zeitpunkt, um sich darüber Gedanken zu machen. Zusammen mit seinen Kameraden begann er, das Marssegel einzuholen. Marian drehte sich ein Stück nach hinten, während er die Arme vor lauter Kraftanstrengung kaum noch spüren konnte. In der immer stärker werdenden Dunkelheit konnte er nur noch schemenhaft erkennen, dass die meisten Matrosen in den Wanten des Großmastes hingen und mit den Segeln kämpften.

Kaum einer seiner Kameraden behandelte Marian noch als das, was er war: ein Schiffsjunge, der erst vor wenigen Tagen seinen achtzehnten Geburtstag gefeiert hatte. Sogar Kapitän Pellerman hatte ihm gratuliert und für einen Moment die übliche Distanz zur Mannschaft aufgegeben. Für die restliche Mannschaft war Marian ein vollwertiger Matrose, der seine Arbeit genauso gut verrichtete, wie der Rest der Truppe. Von seinen gelegentlichen Tagträumereien einmal abgesehen. Aber nach und nach verloren sich immer mehr Matrosen in eben diesen Tagträumen. Sie waren einfach schon zu viele Monate von der Heimat weg. Im Augenblick segelte die Annacostia vor der Küste Paragoniens. Sie hatten Weizen und Hirse geladen. Schlechte Ernten hatten dafür gesorgt, dass in Paragonien Hunger und Elend herrschten.

Marian sah, dass nunmehr Mars und Royals vertäut waren und der Steuermann krampfhaft versuchte, das Schiff auf Kurs zu halten. Calderon, der Mann im Ausguck schrie etwas herunter, was wegen des Sturms jedoch nicht zu verstehen war. Dafür erkannte Marian, dass Calderon wild mit den Armen ruderte und immer wieder nach Backbord wies.

Weitere Brecher schossen über die Reling. Hätten sich die Männer nicht irgendwo festgehakt, wären sie allesamt über Bord gegangen. Der Sturm hatte an Intensität zugenommen und alles, was nicht verzurrt oder festgebunden war, ging über Bord. Ein weiteres Mal beugte sich die Annacostia schwerfällig nach vorn. Kaum hatte das Schiff den Boden der Welle erreicht, als eine Ladung Wasser über den Bug krachte. Inzwischen floss das Wasser nicht mehr ab und Marian konnte sich vorstellen, wie es unter Deck aussehen musste. Mit einem Knall lösten sich mehrere Taue, mit denen der Koch ein paar Fässer unweit der Kombüse gesichert hatte. Wie Kanonenkugeln schlitterten sie über Deck und landeten krachend im Wasser.

Genau in diesem Augenblick zerriss ein greller Blitz das Inferno und erhellte für den Bruchteil einer Sekunde die Umgebung. Mit schreckgeweiteten Augen erkannte Marian, dass die Steilküste zum Greifen nah war. Und der Sturm trieb sie unnachgiebig weiter auf die Küste zu. Wie ein Ball schlingerte die Annacostia mal nach Backbord, mal nach Steuerbord.

„Land in Sicht!", schrie Calderon aus dem Fockmast, wobei Marian ihn dafür bewunderte, dass er sich bei diesem Sturm immer noch festhalten konnte.

„Hart Backbord!", brüllte der Kapitän und Marian wurde bewusst, dass es ihre einzige Chance war. Sie mussten das Schiff irgendwie auf Sand setzen. So war vielleicht ihr aller Leben und wenigstens ein Teil der Ladung noch zu retten. Während der Kapitän weitere Befehle ausrief, mischte sich ein knirschendes Geräusch in das Gebrüll des Orkans. Marian sah, wie der Fockmast brach, als wäre es ein morscher Ast. Auch konnte er Calderon erkennen, der mit seinen Füßen in den Webleinen gefangen war. Marian war sich sicher, dass sein Ende gekommen war. Er schloss die Augen, um den alles vernichtenden Schlag in Empfang zu nehmen, doch nichts passierte. Ruckartig riss er die Augen wieder auf und sah, dass der Mast kurz vor seinem Kopf zur Seite geschwenkt war und wie ein Speer in die tosende See geschleudert wurde.

„Mann über Bord!", schrie Marian. Doch niemand schien ihm Gehör zu schenken. Zu sehr waren sie von dem abgelenkt, was jetzt auch Marian entdeckte.

Die Annacostia schoss auf den Strand zu, doch plötzlich erhob sich etwas aus den Fluten des Meeres. Marian glaubte einen Kopf zu sehen, dessen spitze Reißzähne sich so in die

Planken des Schiffes bohrten, als ginge ein heißes Messer durch ein Stück Butter. Der Wucht, mit der die Annacostia zermalmt wurde, konnte sich niemand entziehen. Menschen, Ladungsteile und Schiffstrümmer wurden durch die Lüfte katapultiert. Alles war so plötzlich geschehen, das niemand von der Besatzung die Gelegenheit bekam, das Ausmaß und die Konsequenz dieser Tragödie zu erfassen. Gierig fiel der Tod über das Schiff her und tat sich gütlich...

Marian erwachte in einer Felswand und spürte, wie eine warme Flüssigkeit über sein Gesicht ran. Er schob die Zunge zwischen seine Lippen und schmeckte Eisen und Salz. In dem Moment realisierte er, dass es sich um Blut, um sein Blut handelte. Gleichzeitig spürte er schmerzhaft einen merkwürdigen Druck unter seinen Achselhöhlen. Wie zwei Hörner standen zwei Felsvorsprünge hervor, die ihn genau zwischen den Armen aufgefangen haben mussten.

Mit dem rechten Fuß ertastete Marian einen Vorsprung, der breit genug war, um sich abzustützen. Vorsichtig setzte er den Fuß auf den Vorsprung und hielt sich mit beiden Händen am Felsen fest. Schließlich atmete er tief durch und fasste mit der rechten Hand über sich.

Noch immer war so gut wie nichts zu sehen, jedoch hatte der Sturm abgenommen. Zwar donnerten die Wellen gegen die Klippen, aber der Wind hatte deutlich nachgelassen. Marian war vollkommen durchnässt und seine Kleidung hing mehr in blutigen Fetzen an seinem geschundenen Körper. Jetzt merkte er auch die Erschöpfung, doch ähnlich wie das Geschrei einer Möwe im Lärm der Brandung unterging, drängte er die aufkommenden Gefühle von Schmerz und Kälte in den Hintergrund. Er musste von hier verschwinden. Seine Fingerspitzen griffen ein Stück höher und bekamen etwas zu fassen. Allerdings war es kein Fels, sondern ein Stück Holz. Es war feucht, schien aber in der Felswand fest verankert zu sein.

Würde es halten? Marian musste es riskieren. Er stieß sich ab, packte das Holz und zog sich ächzend hoch. Auf den rutschigen Felsvorsprüngen fanden seine Füße nur schwierig hält, aber er ertastete weitere Wurzeln. Erde rieselte auf ihn herab, aber er war sich sicher, es zu schaffen. Marian mobilisierte seine letzten Kräfte und krallte seine Finger in das Wurzelgeflecht. Stück für Stück zog er sich weiter hoch. Und tatsächlich, er schaffte es über die Kante. Mühsam rappelte er sich auf. Der Boden war feucht und rutschig, wurde aber immer flacher. Marian bewegte sich ein paar Schritte vorwärts, kam dann jedoch ins Straucheln und brach unter einem Holunderstrauch zusammen.

Summer Edwardsen fand Marian kurz nach Sonnenaufgang. Noch immer blies ein kräftiger Wind über die grünen Hügel der Küste. Jedoch war dies nichts im Vergleich zu dem Orkan, der in der vergangenen Nacht gewütet hatte. Jetzt war die Sonne wieder im Osten aufgegangen und es war keine einzige Wolke mehr zu sehen.

Summer hatte sich heimlich aus dem Haus geschlichen. Mitten in der Nacht hatte jemand heftig an die Tür ihres Hauses geklopft. Ihr Vater, Pfarrer Joshua Edwardsen hatte geöffnet und sie mit einem barschen Befehl in ihre Kammer geschickt. Doch Summer hatte den nächtlichen Besucher mit der flackernden Öllampe als Jon Martin erkannt. Allerdings verstand sie kein Wort von dem, worüber sich die beiden Erwachsenen unterhielten. Sie musste aber auch nichts verstehen, denn jetzt, wo sie an der Klippe stand, war ihr klar, was geschehen war. Wieder einmal war an der Steilküste von Hampton Hill ein Schiff gesunken. Aus den umliegenden Dörfern sammelten sich die Männer, um mit Fackeln, Seilen und Karren das zu sichern, was die Ebbe noch freigeben würde.

Kaum hatte Summer gesehen, wie sich ihr Vater und Jon Martin auf den Weg machten, hatte sie ihre Stiefel und ihre Jacke angezogen und gelauscht, ob ihre Mutter wach geworden war. Behutsam schloss sie die Tür hinter sich und lief der Steilküste entgegen.

Jetzt stand sie hier und vor ihr lag ein fremder, junger Mann, der kaum älter als sie war.

„Hier ist ein Überlebender!", rief sie mit fester Stimme, als sie sah, dass sich die Brust des Bewusstlosen schwach, aber gleichmäßig bewegte. „Hierher!" Summer wedelte mit den Armen, um auf sich aufmerksam zu machen. Es war ihr ein Rätsel, wie es ihm gelungen war, die Klippe hochzuklettern. Doch seine Spuren deuteten direkt auf den Abgrund.

„Hierher!" Abermals machte sich Summer bemerkbar und registrierte zufrieden, dass ihr Rufen nunmehr vernommen worden war.

„Verdammt, was machst du hier?" Keuchend kam ihr Vater auf sie zu. „Hatte ich dir nicht ausdrücklich gesagt, dass du im Haus bleiben sollst?" Unmittelbar hinter dem Pfarrer folgten weitere Bewohner des Dorfes.

„Ein Überlebender!", rief jetzt auch der Pfarrer. „Gott war ihm gnädig. Vorwärts Leute, tragt ihn schnell ins Pfarrhaus." Er beugte sich zu Summer herunter, die neben dem Jungen kniete. „Wenn er überlebt, hat er dir seine Rettung zu verdanken. Trotzdem bin ich böse, dass du das Haus verlassen hast, obwohl ich es dir ausdrücklich verboten hatte."

„Vater, ich..."

„Sei still! Wir sollten uns jetzt lieber um den Burschen hier kümmern." Summer erkannte an der Stimme ihres Vaters, dass sein Zorn bereits im Abklingen war.

„Ich helfe, ihn zu tragen. Je mehr anfassen, desto besser." Mit vereinten Kräften trugen sie ihn zum Pfarrhaus, das der Steilküste am nächsten lag.

Marian öffnete die Augen, als unverständliche Laute an sein Ohr kamen. Er erkannte, dass er in einem Bett lag, an dessen Fußende zwei Personen standen. Bei der linken handelte es sich um eine junge Frau mit dunkelblonden Haaren, die Marian aufmerksam musterte. Die rechte Person war ein hoch aufgewachsener Mann mittleren Alters, dessen Haar erste graue Strähnen zeigte. Kinn und Wangen wurden von einem Vollbart bedeckt. Er trug gebürstete Kleidung und einen langen Gehrock.

„Wie geht es dir?", fragte er. Marian spürte, wie sein Mund antworten wollte, es aber nicht konnte.

„Hab keine Angst, du bist in Sicherheit", sagte jetzt das Mädchen. Sie hatte eine angenehme, warme Stimme. „Das ist mein Vater, Joshua Edwardsen. Er ist der Pfarrer von Hampton Hill. Ich bin übrigens Summer und ich habe dich vor drei Tagen..."

„Lass gut sein, Summer", unterbrach sie ihr Vater. „Er ist noch zu schwach. Aber danken wir dem Herrn, dass er wieder erwacht ist." Mit diesen Worten wandte er sich ab, um die Kammer zu verlassen.

„Nein! Gehen Sie bitte nicht. Ich möchte wissen, was passiert ist." Marian staunte selbst, wie die Worte aus ihm heraussprudelten.

„Hat er noch Fieber?" Der Pfarrer drehte sich auf der Türschwelle noch einmal um.

„Etwas, Vater. Aber es ist deutlich zurückgegangen."

„Gut. Erzähl ihm, was du für richtig hältst." Die Tür schloss sich hinter Joshua Edwardsen. Doch bevor Summer auf dem Bett Platz nehmen konnte, öffnete sich die Tür erneut und eine rundliche Frau stürmte ins Zimmer.

„Warum sagt mir keiner, dass er aufgewacht ist?", rief sie aufgeregt.

„Weil es noch keine fünf Minuten her ist, Mutter", antwortete Summer. Sie ignorierte ihre Tochter und wandte sich direkt an Marian. „Mein Name ist Annie Edwardsen. Wie heißt du? Wir kennen nicht einmal deinen Namen.

„Marian. Marian Tyrol", antwortete er mit geschwächter Stimme. „Was ist mit meinen Kameraden, was mit der Annacostia geschehen? Eine gespenstische Stille legte sich über den Raum. Marian konnte sehen, wie Summer und ihre Mutter immer wieder Blicke austauschten. Schließlich räusperte sich die Frau. „Ich gehe in die Küche und hole dir etwas zu essen. Du bist bestimmt hungrig." Mit diesen Worten verließ sie das Zimmer und überließ es Summer, ihn über das Ausmaß der Katastrophe zu informieren.

„Mein Vater hat die sterblichen Überreste deiner Kameraden, soweit sie angespült wurden, auf dem Friedhof beerdigt.

„Dann...dann..." Marians Stimme war brüchig. „Dann bin ich der einzige Überlebende?" Summer nickte stumm. Marian verfiel in Schweigen und atmete schwer. Auch Summer schwieg.

„Ich danke dir", sagte er nach einer längeren Pause. „Ohne dich hätte ich sicherlich nicht überlebt."

„Ich kann mich noch erinnern, dass ich diesen Felsen hochgeklettert bin", sagte Marian zu Summer. Sie standen genau an der Stelle, wo sie ihn gefunden hatte. Mittlerweile waren zwei Wochen seit der Schiffskatastrophe vergangen und Marian war, auch dank der guten Pflege von Summer's Mutter wieder schnell zu Kräften gekommen.

Sein Blick schweifte über das Meer, dessen Wellen mit gewohnter Wucht gegen die spitzen Felsen der Steilküste anbrandeten. Vom Wrack der Annacostia waren nur noch ein paar Planken zu sehen, die aus der Gischt ragten.

„Dort wollte der Kapitän die Annacostia auf Grund laufen lassen." Marian deutete auf die Stelle, an der das Schiff stranden sollte.

„Das hat noch niemand geschafft", antwortete Summer. „Die Klippen sind von Bord eines Schiffes nicht wirklich zu sehen. Aber sie sind da, genau unter der Wasseroberfläche."

„Das war es nicht", Marian zögerte. Bisher hatte er noch nicht über das gesprochen, was er glaubte, an eben diesen Abend gesehen zu haben. „Da war ein riesiges Maul. Es war, als habe sich ein Dämon aus den Fluten erhoben, um uns zu verschlingen."

„Was sagst du da?" Summer starrte Marian überrascht an.

„Vergiss es", erwiderte Marian. „Meine Fantasie muss mir da einen Streich gespielt haben." Ohne ein weiteres Wort machten sich Marian und Summer auf den Heimweg.

„Hampton Hill ist leider berühmt dafür", durchbrach Summer das Schweigen. Marian blickte sie fragend an. „Nirgendwo an der paragonischen Küste kentern so viele Schiffe wie hier. Es ist beinahe erstaunlich, dass seit eurem Unglück kein weiteres Schiff mehr gekentert ist."

Marian blieb überrascht stehen. „So oft?"

„Es gibt Tage, da kentert jeden Tag ein Schiff. Gerade im Herbst und Winter, wenn die Stürme besonders heftig sind. Daher halten sich auch hartnäckig Gerüchte, dass hier Dämonen hier Unwesen treiben. Das ist sicherlich auch ein Grund dafür, dass es hier keine Fischer mehr gibt. Keiner der Bewohner von Hampton Hill will etwas mit dem Meer zu tun haben." Marian kam der Gedanke an die Erscheinung wieder in den Sinn. Er wollte etwas sagen, aber sie erreichten in diesem Augenblick das Pfarrhaus und wurden von Summer's Mutter sofort zum Essen gerufen.

Nach dem Essen machte sich der Pfarrer auf den Weg zu Jon Martin und ermahnte Summer und Marian zu Bett zu gehen. Marian wollte sich allerdings noch eine Lektüre aus dem Arbeitszimmer von Pfarrer Edwardsen holen.

„Wow, was für eine Auswahl!" Bewundernd ließ Marian den Blick über die Buchrücken gleiten. Summer schien überrascht zu sein. „Es gibt sicherlich viele Matrosen, die nicht schreiben und nicht lesen können. Aber ich habe eine Schule besucht und will irgendwann Kapitän werden." Marian nahm ein Buch heraus, blätterte durch die Seiten und wollte es wieder zurückstellen, als er etwas entdeckte. „Was ist das denn?" Hinter der vorderen Buchreihe kam eine Klappe zum Vorschein. Marian räumte weitere Bücher zur Seite und zog ein dickes, in festes Leder gebundenes Buch heraus.

„Dieses Buch habe ich noch nie gesehen", sagte Summer. „Was ist das?" Marian zuckte mit den Schultern und ließ seine Finger über den Einband gleiten. Das Buch hatte keinen Titel und trug auch keinen Autorennamen. Lediglich ein Teufelskopf, der sich um ein Pentagram wandte und mehrere Rauten waren darauf zu sehen.

„Oh mein Gott. Ist es das, für was ich es halte?", fragte Summer und deutete auf eine der Seiten, in der Symbole zu sehen waren, die sie nicht deuten konnte.

Marians Finger strichen über die Seiten. „Sie sind aus Pergament", sagte er, ohne auf Summer's Frage einzugehen.

Unbeabsichtigt hatten sie ihre Stimmen gesenkt. Ihnen war bewusst, dass sie hier eine Entdeckung gemacht hatten, die nicht für ihre Augen bestimmt gewesen war. Plötzlich ging Summer erneut zu dem Regal. „Da fällt mir etwas ein..." Sie nahm einen Leuchter vom Tisch und ging ans Ende des Regals, wo sie sich hinkniete und ein weiteres, in braunes Leder gebundenes Buch hervor nahm. "Encyclopedia Daemonica", erklärte sie. Sie schlug das Buch auf und blätterte hektisch durch die Seiten. „Hier! Das sind Symbole alter Dämonenbeschwörungen. Leider werden nur wenige Symbole wirklich erklärt.

Marian stieß mit dem Finger auf eine Zeile. „Dieses Zeichen taucht immer wieder auf." Er blätterte ein paar Seiten weiter. „Der hintere Teil bedeutet Gott. Aber wofür steht der erste Teil?" Trotz intensiver Suche fanden sie jedoch keine weitere Erklärung.

„Warum versteckt mein Vater dieses Buch?"

„Das müsstest du doch wissen. Schließlich kennst du deinen Vater schon dein Leben lang." Summer schüttelte den Kopf. „Ich war viel zu lange fort, um meinen Vater wirklich zu kennen. Als kleines Mädchen haben mich meine Eltern zu meinem Onkel gegeben, einem reichen Tuchhändler, der mir einen guten Schulbesuch ermöglichen konnte. Und ich glaube, selbst meine Mutter kennt meinen Vater nicht richtig."

„Dann bleibt nur, ihn zu fragen." Summer verzog das Gesicht und Marian wurde in diesem Augenblick klar, dass man derartige Fragen im Hause Edwardsen nicht stellen dürfte.

„Marian, wach auf", flüsterte Summer eindringlich und rüttelte an seiner Schulter. Ruckartig setzte er sich auf. Summer hielt eine Kerze in der Hand und legte einen Finger über die Lippen. Eine Bewegung, die überflüssig war, da draußen ein Sturm tobte, sodass Marian sie kaum verstehen konnte.

„Es ist wieder passiert. Da!" Summer deutete durch das Fenster in die Dunkelheit. Mit Mühe konnte Marian einige Punkte erkennen, die sich in der Ferne hin und her bewegten.

„Jon Martin war eben hier und hat meinen Vater abgeholt."

„Also ist ein weiteres Schiff gekentert?" Ohne eine Antwort von Summer abzuwarten, war Marian aus dem Bett gesprungen und zog sich an.

„Vater hat ausdrücklich verboten, dass wir gehen", sagte Summer in einem Tonfall, der das genaue Gegenteil deutlich machte. "

Auf Zehenspitzen verließen sie das Haus, unentwegt bemüht, keinerlei Geräusche zu machen. Die Dämmerung begann einzusetzen, als Marian und Summer die Klippen erreichten. Immer wieder erklang die Stimme von Joshua Edwardsen, der Befehle erteilte. Dazwischen waren Laute der Esel zu vernehmen, die von den andern Dorfbewohnern mitgebracht wurden. Marian erkannte in Klippennähe das Positionslicht des Schiffes, einer Brigg. Die Lampe schwang von einer Seite zur anderen und Marian konnte sich ausmalen, wie das Schiff hin und her geschleudert wurde. Die Umrisse der Brigg waren trotz der leichten Dämmerung nur schwer auszumachen. Deutlicher war dagegen zu erkennen, wie sich einzelne Laternen an den Klippen nach unten bewegten.

„Sie sind verrückt", sagte Summer. „Selbst bei schönem Wetter und bei Tageslicht ist es gefährlich, die Klippen hinunterzuklettern, aber sie können es wohl kaum erwarten."

„Was erwarten?"

„Die Ladung. Sie wollen versuchen, die Ladung zu bergen." Immer wieder wehten Schreie zu ihnen herüber, von denen sie nicht wussten, ob diese von den Dorfbewohnern kamen, die Kopf und Kragen riskierten oder von den ertrinkenden Seeleuten, die das rettende Ufer zwar vor Augen hatten, es aber nicht erreichen konnten.

Marian zitterte am ganzen Körper. Es war, als erlebe er das Unglück nochmals am eigenen Leib mit. Das Schiff war inzwischen so nah, dass er das Gefühl hatte, nur noch die Hand ausstrecken zu müssen, um es zu erreichen.

„Wir müssen da runter!", sagte er plötzlich.

„Lass uns noch etwas warten." Summer hielt ihn zurück. „Warten?", schrie Marian sie an. „Auf was wollen wir noch warten? Da unten sterben Menschen."

„Du hilfst niemandem, wenn du dir den Hals brichst."

„Die anderen klettern doch auch."

„Die kennen aber auch den Weg!" Summer hatte Mühe, ihrer Stimme einen ruhigen Ton zu geben. Genau in diesem Moment wurde der aufkommende Streit durch ein Geräusch unterbrochen - ein Wimmern.

„Es klingt ganz nah." Marian legte den Zeigefinger auf seine Lippen, um Summer zum Schweigen zu bringen. Er wollte sich gerade in Bewegung setzen, als er das Licht einer Laterne bemerkte. Scheinbar hatte noch jemand das Geräusch vernommen.

Sie folgten dem schwankenden Licht. Die Gestalt erreichte schließlich den Rand der Klippe. Der fahle Schimmer streifte kurz das Gesicht eines blutüberströmten jungen Mannes, der Hilfe suchend seinen Arm ausstreckte. Die Lampe wurde abgestellt und nur Augenblicke später hörten sie einen leiser werdenden Schrei, der mit einem dumpfen Aufschlag abrupt endete. Summer hielt Marian fest. „Er... er hat ihn einfach runtergestoßen." Marian hatte Mühe seine Stimme zu beruhigen. „Das kann doch nicht wahr sein. Statt ihm zu helfen, hat er ihn kaltblütig ermordet!" Er löste sich aus Summer's Griff und rannte auf die Klippe zu.

Die Gestalt hatte längst ihre Laterne wieder aufgenommen. Sie blickte sich um, als schien sie zu prüfen, ob und wer in der Gegend war. Genau in diesem Moment kam Marian angerannt. Er war nur noch wenige Meter von dem Unbekannten entfernt, als ein greller Schein ihn im Gesicht traf. Für einen Moment sah er etwas Helles, dass er nicht einordnen konnte. Marian wollte den Unbekannten anspringen, landete jedoch im Leeren. Er sah noch einen Schatten zur Seite huschen und vernahm gedämpfte Schritte im Gras. Nur Augenblicke später kniete Summer neben ihm. Mit ihrer Laterne leuchtete sie die unmittelbare Umgebung ab, doch es war niemand zu sehen. Die beiden blickten über die Klippe und glaubten ein kleines, blutiges Bündel in der Tiefe zu sehen. Ein Blitz erhellte die stürmische Nacht und verschaffte ihnen traurige Gewissheit. Sie sahen, dass der Mann, eher noch ein Junge, etwas in der Hand hielt.

„Das ist ein Jackenärmel", sagte Summer.

„Oh, mein Gott", Marian schluckte schwer, „der arme Kerl hat sich am Arm seines vermeintlichen Helfers festgeklammert." Wie eine eiserne Klaue ergriff jedoch die schreckliche Gewissheit von Marian Besitz. Das Helle, was Marian eben gesehen hatte, war der Arm des Mörders, dem der Jackenärmel abgerissen wurde.

„Bist du dir wirklich sicher, dass es kein Unfall war?", fragte Summer auf dem Rückweg zum Pfarrhaus. „Vielleicht hat er ihn nicht mehr halten können."

„Das war kein Unfall. Er hat ihn zurückgestoßen. Da bin ich mir ganz sicher."

„Hast du die Gestalt erkennen können?", fragte Summer mit einer großen Portion Besorgnis in ihrer Stimme. Denn egal wie Marians Antwort ausfiel, sie wusste in diesem Moment, dass es einen Mörder in Hampton Hill gab.

Die Rückkehr zum Pfarrhaus war alles andere als erfreulich. Pfarrer Edwardsen war außer sich, dass Summer seinen unmissverständlichen Befehl missachtet hatte. Er war so wütend, dass Marian dachte, der Pfarrer würde handgreiflich werden. Doch er begnügte sich damit, Summer anzubrüllen, bis Annie ins Zimmer kam und Marian und Summer mit einer deutlichen Geste klar machte, das Zimmer zu verlassen. Marian hatte natürlich noch über das Erlebte berichten wollen, kam aber überhaupt nicht zu Wort.

Später sah er, wie Joshua Edwardsen zusammen mit Jon Martin hinter der Hecke zum Friedhof verschwand. Seine Neugier war geweckt und er beschloss, den beiden zu folgen. Auch er lief über den Friedhof und erreichte einen dahinter entlangführenden Feldweg. Plötzlich hörte er die Stimmen der beiden Männer. Sehen konnte er sie nicht, da sie sich hinter einem Schuppen befanden.

„Seh zu, dass deine Tochter und der Bengel zu Hause bleiben."

„Du hast gut reden. Ich will nicht, dass Summer irgendwelche Fragen stellt..." Die Stimmen wurden leiser und Marian konnte nicht mehr verstehen, was die Männer besprachen. Vorsichtig näherte er sich dem Schuppen, mit der Folge, dass er sie wieder besser verstehen konnte.

„...gib ihnen ein paar Tropfen davon. Aber nicht mehr als zehn. Das sollte für diese Nacht reichen. Und ab morgen ist es egal."

„Bist du sicher?"

„Natürlich. Und denke daran, dass du es nicht für mich, sondern für ihn tust."

„Ich weiß", erwiderte der Pfarrer. Marian hörte, wie die Männer wieder näherkamen. In einer Böschung fand Marian in letzter Sekunde Schutz. Die beiden sahen ihn nicht, aber Marian konnte im Licht ihrer Laternen erkennen, das der Ärmel an Jons abgewetzter Jacke wie neu glänzte.

Als Marian zurück ins Haus kam, überlegte er kurz, ob er Summer wirklich etwas erzählen sollte, entschied sich dann jedoch dafür. Nachdem er alles berichtet hatte, beschlossen sie, sich abwechselnd so aufzuhalten, dass sie die Küche im Blick hatten. Und tatsächlich. Am frühen Abend bemerkte Marian, wie der Pfarrer und seine Frau relativ auffällig tuschelten. Schließlich drückte er ihr ein Fläschchen in die Hand. Summer schlich sich nach draußen und konnte von einem Busch verdeckt sehen, wie ihre Mutter etwas von der Flüssigkeit in zwei der vier Puddingschalen tropfte. Nachdem Summer Marian informiert hatte, schmiedeten sie einen Plan, um Annie aus der Küche zu locken.

„Mutter, kannst du bitte einmal kommen?", fragte Summer, nachdem sie wieder das Haus betreten hatten.

„Später, Liebes. Du siehst doch, dass ich koche."

„Nur ganz kurz. Mein Lieblingskleid hat ein Loch und ich will wissen, ob man das noch reparieren kann."

„Also gut, zeig her."

„Es ist oben..."

„Dann geh es..." Annie seufzte. „Du kannst einen schon manchmal nerven, Summer." Sie wischte sich die Hände an ihrer Schürze trocken und folgte ihrer Tochter in deren Kammer.

Marian wartete, bis die beiden aus der Küche verschwunden waren, und ging dann blitzschnell zum Herd. Er blickte in den Topf und stellte zu seiner Erleichterung fest, dass noch genügend Pudding im Topf war. Er leerte die Schüsseln, um sie anschließend wieder neu zu füllen. Er schaffte es gerade noch, alles an seinen Platz zu stellen, als er Schritte vernahm.

„Was machst du denn hier, Marian?"

„Bitte entschuldigen Sie, Miss Edwardsen, aber der leckere Geruch hat mich angezogen. Ich liebe Pudding und konnte nicht bis zum Abendessen warten."

„Du hast genascht?", fragen sie mit gespielter Empörung. Marian setzte eine schuldbewusste Miene auf. „Raus mit dir!", sagte sie schließlich lachend. „Ich rufe euch, wenn das Essen fertig ist."

Nach dem Essen verabschiedeten sich Summer und Marian gähnend und kurz darauf war es ganz still im Haus.

Einige Stunden später öffnete sich die Tür zu Marians Kammer. Ein Lichtschein fiel hinein und Marian stellte sich schlafend. Er vernahm ein Schnaufen und hörte, wie sich die Tür wieder schloss. Kurz darauf fiel die Haustür ins Schloss. Marian wartete noch einen Augenblick, bevor er aufstand und auf Zehenspitzen zu Summer's Kammer ging. Gemeinsam liefen sie nach draußen. Nach einigen Schritten entdeckten sie zwei Gestalten, die auf das Meer hinaus starrten. Summer's Eltern. Es sah aus, als würde die kleinere der beiden, Summer's Mutter, weinen. Summer wollte sich schon bemerkbar machen, als sich weitere Stimmen auftaten und sich mehrere Männer näherten. Marian zog sie hinter einer Hecke in Deckung.

„Das gibt es doch gar nicht", flüsterte Summer. Sie sah aus, als habe sie ein Gespenst gesehen.

„Was ist?"

„Das ist mein Onkel Wilbur." Sie deutete auf einen untersetzten Mann, der mit ihnen und Jon Martin einen Feldweg entlang ging.

„Was will er hier?", wollte Marian wissen.

„Ich habe keine Ahnung", antwortete Summer, „zumal er schon seit einigen Jahren nicht mehr mit meinen Eltern gesprochen hat."

„Dann ist es an der Zeit, das herauszufinden." Marian nahm Summer's Hand und ging mit ihr zu der Stelle, an der zuvor ihre Eltern gestanden hatten. An der Klippe angekommen, spähten sie in den Abgrund.

„Sie können nur diesen Weg genommen haben." Summer deutete auf einen schmalen Feldweg. Sie folgten dem Weg, der nach einigen Hundert Metern eine Kurve machte und vor einer Felswand endete.

„Das gibt es doch gar nicht! Sie können sich doch nicht in Luft aufgelöst haben." Mit der Laterne leuchtete Marian die Felswand ab, in der Hoffnung, irgendeine Spur oder einen verdeckten Eingang zu finden. Leider ohne Erfolg.

„Marian, schau!" Summer deutete auf einen kleinen Spalt neben dem Felsen. Als Marian nähergetreten war, entdeckte er das, was zuvor auch Summer gesehen hatte: eine Strickleiter, die an einer der Gesteinsnasen befestigt war und in die Tiefe führte. Marian nahm den Bügel der Laterne zwischen die Zähne und kletterte hinunter. Es waren gut und gerne zwanzig Sprossen, die vor dem Eingang einer Höhle endeten. Marian leuchtet hoch und wartete, bis Summer neben ihm stand. Dann leuchtete er in die Höhle und sah einen Tunnel, der ins Innere und in die Tiefe führte.

„Kennst du diese Höhle?", wollte er von Summer wissen.

„Nein, aber ich weiß, dass es früher immer wieder Beschwörungen hier gegeben haben soll."

Vorsichtig betraten sie die Höhle. Unregelmäßige Stufen, die rutschig und glitschig waren, führten sie weiter in die Tiefe. Der Gang war so eng, dass sie nur hintereinandergehen konnten. Marians Puls beschleunigte sich, auch wenn er sich sicher war, dass sie Summer, sollten sie entdeckt werden, nichts tun würden. Was ihn betraf war er sich jedoch nicht so sicher.

Je tiefer sie kamen, desto größer und damit auch heller wurde die Höhle. Dies auch bedingt durch die Halterung an den Wänden, in denen Fackeln steckten. Im fahlen Lichtschein konnten sie Malereien an den Wänden entdecken, die sie nicht deuten konnten. Trotzdem kamen sie Summer bekannt vor. Immer weiter drangen sie in die Höhle ein. Plötzlich vernahmen sie sich nähernde Schritte und Stimmen. In letzter Sekunde sprangen sie hinter einem Felsen. Gerade noch rechtzeitig, bevor Summer's Vater und Jon Martin streitend in die Höhle kamen.

„Willst du wirklich die Zeremonie stören?", fauchte Jon. Marian sah, dass beide Männer eine schwarze Kutte trugen, die mit einem Pentagramm versehen waren. Es war genau das Symbol, das sie in der Bibliothek gefunden hatten.

„Nein, aber wir sollten uns bewusst machen..."

„Was?" Jon packte Joshua am Kragen. „Regt sich nach all den Jahren etwa dein Gewissen?"

„Blödsinn, du weißt genau, dass dieser ganze Kirchenquatsch nur Tarnung ist. Aber..."

„Nichts aber", fuhr Jon Summer's Vater an. „Abaddon hat uns die ganze Zeit geholfen. Und jetzt ist es an der Zeit den letzten Schritt zu gehen." Marian sah, wie sich die Nasenspitzen der beiden Männer berührten. Ohne ein weiteres Wort zu sagen, verschwanden sie wieder. Marian und Summer blieben im Schatten verborgen. Schließlich lösten sich die beiden und folgten den Männern.

Hinter einem Felsvorsprung knieten sie sich hin. Ihr Atem stockte bei dem, was sie zu sehen bekamen. Fünf Personen hatten sich in einem Halbkreis um eine Art Altar herum aufgestellt, um den mit Kreide ein Kreis gezogen war. Die Personen hatten ihre Arme ausgebreitet und berührten sich allesamt an den Fingerspitzen. Marian schluckte trocken, als er Summer's Mutter entdeckte, die in den Kreidekreis trat und in einer fremden, gutturalen Sprache zu singen begann. Niemals zuvor hatte Marian etwas Derartiges gehört. Kurz darauf stimmten auch die anderen in den Gesang ein. Marian glaubte zu fantasieren, doch ein helles und gleichzeitig kaltes Licht stieg aus dem Felsen empor. Der Gesang schwoll an und wurde ekstatischer. Dazu schien es, als würde ein Sturm in der Höhle beginnen. Ein Sturm, wie ihn Marian an Bord der Annacostia erlebt hatte.

„Abaddon!", hörten sie jetzt die tiefe Stimme Jon Martins.

„Abaddon, Abaddon", antworteten die anderen im Chor.

„Großer Abaddon, wir sind deine ergebenen Diener", rief Jon Martin wieder. Joshua Edwardsen sagte etwas in einer anderen Sprache und Marian wurde bewusst, dass er das Gesagte übersetzte.

„Großer Abaddon, wir beten zu dir und bitten um deine Gnade." Joshua wiederholte den Ausruf in einer gutturalen Sprache.

„Wir erflehen Schiffe, wir erflehen Nahrung!" Wieder waren die entsprechenden Laute aus dem Mund von Joshua Edwardsen zu hören. Marian spürte, wie die Höhle zu zittern begann. Die Personen vor dem Halbkreis sanken auf die Knie.

„Mein ist der Sturm! Mein ist der Regen! Mein ist der Wind!" Jon Martins Stimme überschlug sich jetzt fast. In diesem Moment steigerte sich Marians Hass ins unermessliche. Diese Männer waren für den Untergang der Annacostia verantwortlich. Blind vor Wut sprang er auf und stürmte auf den Halbkreis zu. Er würde diesem Spuk hier und jetzt ein Ende machen, auch wenn er noch nicht genau wusste, wie. Allerdings sah er, dass sich nunmehr auch der Altar bewegte und tentakelähnliche Arme daraus hervorkamen. Mit seinem Ausruf hatte Marian eine Reaktion der Gruppe heraufbeschworen. Er sah, wie eine der Personen auf Summer zuging, die regungslos an der Stelle verharrte, wo zuvor auch Marian gekniet hatte. Doch er konnte diesen Gedanken nicht weiter vertiefen, da einer der Tentakel auf ihn zuschoss. Marian duckte sich weg und rannte in eine kleine Seitenhöhle. Trotz des schummrigen Lichts konnte er sehen, was sie beinhaltete. Und dieser Anblick verschlug ihm den Atem.

In der Höhle stapelten sich Kisten mit all den Ladungsteilen, die man Abaddon scheinbar dargeboten hatte. Bevor sich Marian jedoch einen intensiveren Überblick verschaffen konnte, vernahm er die Stimme der Beschwörer, die ihm auf den Fersen waren. Er wusste, dass sie keine Gnade kennen würden. Summer und er waren hinter ihr Geheimnis gekommen. Sie beschworen einen Dämon aus alten Zeiten. Einen Mord hatte Marian bereits beobachtet und nur Gott wusste, wie viele Menschen sie sonst noch auf dem Gewissen hatten. Von den bedauernswerten Matrosen der untergegangenen Schiffe einmal abgesehen. Marian musste jetzt handeln, sonst würde er hier und jetzt sterben. Ein Flackern am Eingang zeigte ihm, dass seine Jäger näherkamen.

„Er muss hier irgendwo sein." Marian ging tiefer in die Höhle, als am Eingang die erste Person erschien. Es war Joshua Edwardsen!

„Sucht den ganzen Raum ab. Es gibt keinen weiteren Ein- oder Ausgang." Hektisch sah sich Marian um. Schließlich entdeckte er neben sich Dutzende kleiner Fässer, die ihm bekannt vorkamen. Er griff nach einem der Fässer, riss den Pfropfen heraus und fuhr mit der linken Hand in die Hosentasche.

„Hier bin ich, ihr feigen Mörder!" Die Meute stürmte auf Marian zu, blieb aber abrupt stehen, als sie sahen, dass Marian ein Zündholz in der Hand hielt.

„Er hat die Pulverfässer entdeckt!" Die Stimme kam von dem Mann, den Summer vorhin als ihren Onkel bezeichnet hatte.

„Marian, Junge. Sei doch vernünftig." Jetzt war es Summer's Mutter, die aus der Meute heraus, einen Schritt auf ihn zu machte. „Willst du dich wirklich umbringen?"

„Nicht unbedingt", antwortete Marian mit leiser Stimme, während er das Schwarzpulver vorsichtig zu Boden rieseln ließ. „Was habt ihr mit Summer gemacht?"

„Das Gleiche, was wir mit dir machen, wenn du zur Vernunft gekommen bist."

„Ihr wollt mich umbringen?" Marian deutete auf das Pulver. „Dann werde ich euch alle mitnehmen."

„Wir haben Summer nicht umgebracht", antwortete ihre Mutter. „Glaubst du wirklich, ich könnte mein eigenes Kind töten?"

„Abaddon hat ihr die Erinnerung genommen. So wie wir auch deine Erinnerung nehmen werden", ergänzte der Mann, der Summer's Onkel war.

„Ich glaube euch kein Wort!" Marian hob das Fass in die Höhe und machte einen Schritt auf die Gruppe zu. Unter dem Anblick des leicht rieselnden Pulvers wichen sie zurück. „Beweist es! Wir gehen zurück und sehen nach, ob es stimmt." Marian deutete auf den Ausgang der Höhle. „Seht ihr diese Pulverspur? Ein Funken und alles ist vorbei." Er dirigierte die Meute zum Ausgang. Immer darauf bedacht, dass die Pulverspur ununterbrochen blieb.

Sie erreichten wieder die große Halle. Von Summer war nichts zu sehen. Hatten sie Summer tatsächlich fortgeschafft. Marian war sich unsicher, was er als Nächstes tun sollte. Allerdings hatte er keine Zeit mehr, um über Alternativen nachzudenken, denn von einer Sekunde auf die andere brach die Hölle los. Es waren jedoch nicht die Beschwörer, die sich auf ihn stürzten. Vielmehr war es wieder die Gesteinssäule, die zum Leben erwachte und ihre Tentakel hervorschießen ließ.

Marian duckte sich und spürte, wie einer der Tentakel über ihn hinwegfegte. Ihm blieb keine Zeit zum Luftholen, denn der nächste Angriff folgte. Diesmal traf ihn der Hieb. Marian blieb die Luft weg. Dabei ließ er das Zündholz fallen. Auch das nur noch halb volle Pulverfass fiel zu Boden. Dafür gelang es Marian, sich aus der Umklammerung des Tentakels zu lösen.

Doch schon sauste der nächste Schlag heran. Marian duckte sich weg und sah, wie der Tentakel eine der Fackeln aus der Wandhalterung riss. Sie ging genau neben dem Pulverfass zu Boden, das Marian eben hatte fallen lassen. Funken sprühten auf und es gelang ihm, sich zur Seite zu rollen, bevor das Fass explodierte und eine Kettenreaktion auslöste. Durch die Wucht der Explosion war alles voller Staub und Geröll. Allerdings sah Marian aus dem Augenwinkel, dass sich seine Pulverspur entzündet hatte. Ihm wurde bewusst, dass er so schnell wie Möglichkeiten raus musste. Mühsam rappelte er sich auf die Füße. Die anderen Beschwörer beachtete er nicht weiter, als er panisch in einen der Gänge rannte.

War es der, der nach draußen führte?

Marian wusste es nicht. Er wusste nur, dass er um sein Leben rannte. In diesem Moment begann der Boden zu vibrieren. Die Pulverspur hatte ihr Ziel erreicht. Während hinter ihm ein Inferno ausbrach, rannte Marian um sein Leben...

Eine Woche später

Gegen Mittag traf die Kutsche ein, die Summer in die Stadt bringen sollte. Marian war bereits gestern abgereist. Einen Moment dachte sie darüber nach, wie lange die Reise nach Sark dauern würde. Ob er schon angekommen war?

Summer machte sich Sorgen, um den einzigen Überlebenden der Annacostia. Körperlich schien er die Katastrophe gut überwunden zu haben. Er erholte sich ausgesprochen schnell, aber geistig schien er doch ziemlich verwirrt zu sein.

Vor etwas mehr als einer Woche hatte sie ihn ohnmächtig vor ihrem Haus gefunden. Marian machte immer wieder merkwürdige Andeutungen und fragte sie nach ihren Eltern. Dabei hatte sie ihm gleich erzählt, dass diese vor wenigen Jahren kurz nacheinander verstorben waren. Dann die Geschichte mit den Höhlen. Jedes Kind wusste, dass es in Hampton Hill keinerlei Höhlen in den Felsen gab.

Am merkwürdigsten war jedoch die Sache mit dem Buch gewesen. Summer war noch immer überrascht, als sie an das geheime Fach im Bücherschrank dachte, dass nicht einmal sie kannte. Marian war sich sicher gewesen, das gesuchte Buch dort zu finden. Aber natürlich war da nichts gewesen. Wie sollte es auch?

Summer konnte sich keinen Reim darauf machen, woher er von dem Fach wusste. Wahrscheinlich hatte er alle Zimmer durchsucht, als ich nicht da war, dachte sie etwas enttäuscht. Summer schüttelte den Kopf, um diesen Gedanken zu vertreiben, während sich die Kutsche gemächlich in Bewegung setzte...

Zurück ins Leben

von Ellen Geus

Außer Atem stehe ich erneut vor dem Stein, an dem die Inschrift verwittert ist. Die Ziffern des Sterbedatums glühen im letzten Licht der Abendsonne. Sie ziehen mich magisch an. Gänsehaut kriecht über meine nackten Unterarme, als ich in den Schatten der Grabsteine trete. Ich war eindeutig zu lang im Wasser oder fröstele ich wegen des leuchtenden Datums, das exakt zwanzig Jahre zurückliegt? Seltsam, dass ich jedes Mal vor diesem Grab innehalte, wenn ich vom See nach Hause gehe. Nächstes Mal nehme ich die Straße außen um den Friedhof herum. Da gibt es Laternen. Ich beeile mich, das Ausgangsportal zu erreichen. Ungläubig rüttle ich an der Tür: So ein Mist! Es ist abgesperrt! Wovor haben die nur Angst? Dass jemand die Grabsteine klaut? Jetzt muss ich den kompletten Weg zurücklaufen! Die Alternative führt kriechend durchs Gebüsch in Nachbars Garten, über den Zaun aufs eigene Grundstück. Ich wähle den Ausflug ins Grüne. Mir ist kalt. Für den Riesenumweg fehlen mir Lust und Energie. Ein Griff in meine Tauchsporttasche und schon habe ich erst den nassen Badeanzug und kurz darauf mein Tauchermesser in der Hand. Zügig arbeite ich mich durch die Heckenhölle der Nachbarn. Zwar piekt, kratzt und wehrt sich der Kirschlorbeer nach Kräften und verzottelt mein Haar vollends, aber der Durchbruch gelingt. Auf der anderen Seite der Hecke stecke ich das Messer in den Hosenbund. Die Tasche fliegt über den eigenen Zaun voraus, den ich mit Schwung ebenfalls überwinde. Mir ist schon viel wärmer. Durch die unverriegelte Kellertür schlüpfe ich ins Haus, hänge in der Waschküche die nassen Badesachen auf. Gerd ist sicher beim Sport – da bleibt Zeit für ein Nickerchen, bevor ich Koffer packe und mich für das Abendessen herausputze. Wir wollen in der Burg meinen 25. Geburtstag feiern. Morgen früh um fünf verreisen wir. Da wird ein kurzer Schönheitsschlaf Wunder wirken. Innen erwartet mich ein Haufen gepackter Mülltüten und Gerümpel. Es sieht nach einem Fall von Einbruch mit Vandalismus aus. Heute wäre Müllabfuhr gewesen! Ach, Haushalt ist echt lästig. Die Standuhr meiner Oma im Wohnzimmer ziehe ich aber regelmäßig auf. Sie ist das Einzige, was immer funktioniert. Müde schleppe ich mich am zerlegten Fahrrad vorbei ins Obergeschoss. Im Schlafzimmer falle ich in die frischen Kissen und schlafe sofort ein, ohne mir noch die schmutzverkrusteten Schuhe ausziehen zu können.

Die Standuhr weckt mich mit zehn Schlägen. Direkt im Anschluss scheppert es im Erdgeschoss. Ich ertaste die Nachttischlampe und greife in eine weiche Masse. Endlich finde ich den Lichtschalter. Schimmelreste kleben an meinen Fingern, die ich eingehend betrachte und am modrig riechenden Bettzeug abwische. Der Lampenschirm ist zu Staub zerfallen. Das Licht flackert ein letztes Mal kurz, dann gibt die Funzel ihren Geist auf. Vorsichtig schleiche ich zum Fenster. Ich muss ein Guckloch in die verstaubte Scheibe reiben. Im Schein der Straßenlaterne erkenne ich, wie ein Mann mit angegrautem Haar den Gartenweg entlang zur Eingangstür schwankt. Er verschwindet im Haus, taucht gleich darauf mit dem Vorderrad des Fahrrads und Müllsäcken auf und trägt alles zu den Mülltonnen. Er kommt mir bekannt vor. Plötzlich biegt eine Horde alter Menschen in den Weg ein. Der Graue winkt sie herein – in mein Zuhause! Sie trampeln die Treppe hinauf. Mir wird flau. Ich taumele gegen die Wand. Eilig verstecke ich mich hinter den Vorhängen. Jetzt nur stillstehen, Motto: Ruhe bewahren! Bestimmt können sie mich atmen hören. Jeder Herzschlag lärmt in meinen Ohren. Holz splittert, Knochen knarzen, Poltern und deftigen Flüche gesellen sich dazu. Ein Schwall aufdringlichen Parfums steigt mir in die Nase. Neugier quält mich. Ich nehme meinen Mut zusammen und linse durch den Spalt zwischen den Übergardinen: Mein Bett wird zerlegt und abtransportiert; die Horde zertrümmert meine Schlafstätte, räumt gnadenlos das Zimmer aus! Genug ist genug, wirklich! Ich stürze mich auf den nächstbesten Alten, will ihn am Ärmel packen, doch meine

Hand greift durch ihn hindurch ins Leere. Die Standuhr schlägt elf und der Alte dreht sich um. Geschockt stehe ich da und halte den Atem an: Das ist mein Ehemann, nur sehr viel älter als heute Morgen. Er begrüßt mich: „Hallo! Kommst du runter zum Feiern?"

„Feiern? Was denn?", fragen ich und die alte Frau neben mir wie aus einem Mund. Ich kenne sie irgendwoher – das ist meine Freundin Carla!

„Na, den Geburtstag von meinem Herz plus Abschiedsparty vor dem endgültigen Auszug."

„Umziehen? Auf gar keinen Fall! Wozu?!", protestiere ich.

„Na ja, renovierungsbedürftig und etwas dreckig ist es schon, Gerd!", mischt sich meine stark gealterte Freundin Lena ein, die neben meinem Mann steht.

Ich nehme es mit Humor und lache ihr entgegen: „Renovierungsbedürftig sind wir wohl alle."

„Schön, dass du das auch so siehst", stöhnt Gerd. „Jetzt bin ich froh für die Wohnung. Danke für eure tatkräftige Hilfe."

Ich folge den Dreien nach unten. Beim Gang durch die Räume fällt mir auf, dass außer dem Küchenschrank und der Standuhr im Wohnzimmer, das mit Girlanden geschmückt ist, sämtliche Möbelstücke fehlen. Dann dämmert es mir: Es ist eine Überraschungsparty für mich. Meine Freunde haben die Möbel weggeräumt, um Platz zum Tanzen zu schaffen. Alle sind auf Alt geschminkt, damit ich jünger wirke. Wie witzig! Fröhlich betrete ich den Raum. Niemand nimmt Notiz von mir, auch nicht, als ich ihn durchquere und auf meinen heute grauhaarigen Mann zugehe. Warum wirkt er so bedrückt? Ich ergreife Gerds Hand. Gefühllos lässt er es geschehen.

Ich höre Marcel, einen alten Freund sagen: „Dabei lag alles vor ihr – sie hatte so viele Pläne. Und die Weltreise stand kurz bevor..."

„Was heißt «stand»?", frage ich entsetzt, „wir wollten jetzt Koffer packen. Stattdessen entert ihr das Haus."

„Kaum zu glauben, dass es zwanzig Jahre her ist", beendet Marcel den Satz.

Fragezeichen leuchten in meinen Augen. „Was ist los? Es ist mein Geburtstag, keine Trauerfeier!", platzt mir der Kragen.

„Es tut mir so leid für dich Gerd, ehrlich! Es ist jetzt lange genug. Eine weise Entscheidung, das Haus zu verkaufen. Der Neuanfang ist tatsächlich überfällig", flötet Carla in mein Ohr und sieht Gerd begehrlich an.

„Hey, das ist mein Mann! Und das Haus steht NICHT zum Verkauf!", brülle ich ihr ins Gesicht. Sie verzieht keine Miene.

Gerd lacht hysterisch und schwankt leicht: „Neuanfang? Mit wem? Mit dir vielleicht, ihrer angeblich besten Freundin? Bist du etwa für sie ins kalte Wasser gesprungen?" Er schwenkt die leere Weinflasche vor Carlas Augen.

„Lasst uns einfach Abschied feiern! Das haben wir damals nicht gemacht und sie wollte das doch, wenn sie schon gehen musste. Die Party war einfach zu früh zu Ende für Doris." Martin verstummt, als Gerds eiskalter Blick ihn trifft.

„Nimm ihren Namen nicht in dein dreckiges Maul", blafft Gerd Martin an.

„Hey, was ist hier los? So hab ich mir meine Geburtstagsfeier nicht vorgestellt", mische ich mich kleinlaut ein und schleiche zur Tür. Alle Blicke bleiben auf Gerd gerichtet.

„Ihr habt alle nur zugeschaut, als sie elend abgesoffen ist, ihr sogenannten ‚Freunde'! Keiner hat sich die Mühe gemacht, sie zu suchen", schnaubt er verächtlich.

Auf einmal reden alle durcheinander. Ich schmecke Galle, muss mich am Türrahmen festhalten und fliehe in die Küche. Ich hasse Streit. Zudem verstehe ich nicht, worum es geht. Gerd folgt mir nach nebenan. Ich suche seine Hand, aber er scheint es nicht zu spüren. „Ich geh' dann mal 'ne Kiste Wein holen!", ruft er ins Wohnzimmer und schlagartig ist es still.

„Echt jetzt, Gerd – reiß dich zusammen!", höre ich Lenas Stimme aus der Ferne. Gerd schließt die Küchentür hinter sich und steigt die Treppe in den Weinkeller hinunter. Er kehrt mit einer Kiste Rotwein zurück, entkorkt alle Flaschen und greift in seine Jackentasche. Ein winziges Fläschchen kommt zum Vorschein. Die Standuhr schlägt Mitternacht.

„Was ist das?", frage ich ihn. Erschrocken zuckt er zusammen, die Arzneiflasche entgleitet ihm und zerschellt am Boden. Während Gerd mich mit offenem Mund anstarrt, ätzt die klare Flüssigkeit dampfend ein Loch in die oberste Schicht des Parketts. Der Verschluss mit der Pipette rollt unter den Küchenschrank. Auf Gerds Gesicht breitet sich ein Strahlen aus: „Wie jung und schön du bist, Doris". Er stürmt auf mich zu und nimmt mich fest in die Arme, droht mich fast zu zerdrücken.

„Hey, mach langsam – ist doch nicht so lange her seit dem Frühstück."

„Nicht so lange her? Seit dem Frühstück? Oh Doris!", Gerd zupft ein Blatt aus meinen Haaren, küsst mich auf die Stirn und drückt mich an sich.

„Was war in dem Fläschchen? Und warum streitet ihr euch?"

„Ich dachte, du wärst tot! Und dass diese Nichtsnutze es nicht besser verdient hätten. Die haben dich ertrinken lassen vor zwanzig Jahren am See. Dafür wollte ich sie heute Nacht mit dem gleichen Wein ersäufen, den sie mich damals holen schickten. Genau deshalb war ich nicht am See. Du bist elend abgesoffen, glaubten alle. Man hat dich nicht gefunden. Aber jetzt bist du wieder da – ich frage nicht warum und wie. Mir egal - du bist da. Das reicht mir völlig. Oh Doris!"

Ich verstehe nur so viel: „Du wolltest meine Freunde vergiften?!" Wie elektrisiert versteift sich mein Körper. Instinktiv lässt mich Gerd los.

„Deine Freunde?! Die haben keinen Finger krumm gemacht, damals. Die wussten nicht mal genau, ob du schwimmen warst oder nicht!"

„Umbringen wolltest du sie mit dem Gift! Das war doch in dem Fläschchen oder?" ich taumele zurück gegen den Schrank. Das Geschirr klirrt darin. Ich stütze mich ab, meine Fingerspitzen berühren einen Teller.

„Carla baggert mich ständig an – deine beste Freundin! Die geht mir sowas von auf die Nerven."

„So, und da bringst du sie einfach um?! Nichts rechtfertigt das!" Eine heiße Welle durchströmt mich, ein Teller fliegt Richtung Gerd und zerschellt hinter ihm an der Wand.

Er lacht und kommt auf mich zu: „jetzt nicht mehr."

„Und wenn ich tot wäre?"

„Lohnt sich das Leben nicht. Zwanzig Jahre ohne dich sind genug. Ich will das nicht länger. Ich kann das nicht mehr."

Der Geschirrschrank ist plötzlich geöffnet, Worte und Porzellan fliegen: „SO« - Teller, »EIN« - Tasse, »QUATSCH!" - Sauciere und Schüssel zerschellen an der Wand.

„Gerd? Was machst du da?", kommt die zaghafte Frage von Lena jenseits der Tür.

„Nichts!", die geduckte Antwort von Gerd.

„Will ich dir auch raten", schleudere ich ihm mit der nächsten Geschirrsalve entgegen.

„Das reicht jetzt – sonst haben wir keine Gläser mehr zum Feiern", warnt Gerd.

„Denk an die Nachbarn!" kommt ein Ruf von Martin von der anderen Seite.

Ich sehe Gerd im Geschirrhaufen stehen: In Wartestellung auf das nächste Geschoss und schreie: „Die Nachbarn sind mir scheißegal mit ihrem Kirschlorbeer-Heckenirrsinn!" Die Suppentassen fliegen.

Es klingelt. Ein Blick aus dem Fenster bestätigt die Warnung von Martin zu den Nachbarn. „Könnten Sie vielleicht ein bisschen leiser…", unser Nachbar starrt mich an, als hätte er einen Geist gesehen. Gerd reißt das Küchenfenster auf und mit dem Schlachtruf „Verpisst euch!" segelt die Suppenterrine aus dem Fenster, knapp an Nachbars Kopf vorbei. Mann zieht sich zurück.

„Das war das Familienprunkstück", spiele ich beleidigt.

„Endlich ist sie kaputt und belastet keine weitere Generation", schnauft Gerd und ringt nach Fassung. Ich höre sein leises Kichern, das zu einem Lachflash auswächst.

„Du hast dich kein bisschen verändert, auch wenn du echt alt aussiehst", meckere ich.

„Und du bist definitiv NICHT tot. Ich wusste es die ganze Zeit."

Wir fallen uns in die Arme. „Du hast heute echt schlecht geträumt, oder?", frage ich ihn.

„Nein, aber du hast nun hier kein Bett mehr. Ich bin in die Stadt zurückgezogen. Dort stehen neue Möbel und es ist genug Platz für uns beide. Das Haus war ohne dich so leer, das konnte ich nicht mehr ertragen."

„Wir haben es uns versprochen weiterzumachen, auch ohne den anderen. Das was wir haben, lässt sich nicht vergleichen oder wiederholen. Fang neu an! Ich will, dass du lebst und Spaß hast, und Freunde und eine nette Frau! Muss ja nicht Carla sein. Du hast es versprochen!"

„Ja, aber es ist so schwer. Und jetzt brauche ich das ja auch nicht – du bist zurück!"

„Aber es bleibt bei dem Versprechen – abgemacht?!"

„Abgemacht! Und jetzt kein Wort mehr davon – lass uns feiern!"

Ein Blick in den leeren Geschirrschrank und wir fangen beide wieder an zu kichern. Die letzten Gläser landen auf dem Tablett. Gerd schnappt die Weinflaschen und öffnet die Küchentür. Alle starren erst ihn, dann mich an. Carla fällt in Ohnmacht, Marcel fängt sie gerade noch rechtzeitig vor dem Aufprall auf.

Gerd lässt mich nicht aus den Augen. Es ist keine Schminke, die sind echt alle so alt, wie sie aussehen. Und ich? Ich kann nicht erklären, wo ich war. Schwimmen eben. Ich erinnere mich nur daran, dass niemand auf den See geschaut hatte, als ich übermütig sehr weit hinausschwamm. Ein herrliches Gefühl in dem kühlen Wasser, bis auf die Schlingpflanzen. Die legten sich heute Nachmittag um meine Fußfesseln, und dann war da ein Glitzern, ... Für die anderen ist das scheinbar zwanzig Jahre her. Wir lachen und feiern, trinken Wein und Gerd wuschelt durch meine verfilzten Haare, lässt meine Hand nicht mehr los.

Die Standuhr schlägt drei Uhr. Ich betrachte die Zeiger und ein Kribbeln durchdringt mich. Aus meinen Haarspitzen tropft glitzerndes Wasser, perlt um mich auf den Boden und bildet eine große Lache. Beim dritten sonoren »Dong« betrachte ich die Partygesellschaft: Alle liegen schlafend auf dem Boden. Das Wasser fließt auf sie zu, berührt sie kurz und versickert dann glitzernd durch die Fliesen! Ich kann nicht mehr klar denken, nur, dass ich jetzt zum See muss. Das Verlangen nach Wasser ist übermächtig. Ich küsse Gerd zum Abschied sanft auf die Stirn. Glitzertropfen benetzen sein Gesicht, das zunehmend jugendlicher wird. Das Messer kneift im Hosenbund. Sanft lege ich es ab. Noch ein kurzer Kuss, Gerd lächelt jungenhaft im Schlaf. Ich verabschiede mich von meinen Freunden, klettere zurück über Zaun und Heckenloch und bleibe abrupt stehen: Der Stein leuchtet in hellem Eisblau. Glitzernd wird die Inschrift sichtbar: „Doris Richter, gestorben am 31. Oktober 2015", das war gestern vor einem Jahr! Ich will die Buchstaben mit dem Zeigefinger berühren. Je deutlicher die Lettern hervortreten, desto durchsichtiger werde ich. „Er hat es versprochen!" trägt der Wind meine Worte zum See.

Gerd eilt zum Eingang, weil es Sturm klingelt, was nicht gegen den Kopfschmerz hilft, ach, der Wein. Die Clique ging vor einer Viertelstunde. Auf dem Weg zur Tür steckt er das Tauchmesser mit der Gravur „Lebe!" ein, das er beim Aufwachen in der Hand hielt. Sie hatten den Schock, neunzehn Jahre jünger auszusehen, schnell verdaut - jetzt steht jedem von ihnen die Welt noch einmal offen. „Ja – ich habe es dir versprochen, Doris. Zeit zum Aufbruch!" Sobald er die Haustür öffnet, plärrt ihn der ab sofort »Ex-«Nachbar aufgebracht an: „Heute Nacht wurde mit einer Suppenschüssel nach mir geworfen! In meiner innig gepflegten Hecke klafft ein Loch!

Unverschämt! Sind Sie der neue Mieter von Gerd Richter? Immer so ein Ärger mit dem jungen Volk! Das nächste Mal ruf ich die Polizei!"

Gerd muss lächeln. Er schließt die Tür hinter sich ab: „Ich ziehe jetzt endgültig aus. Leben Sie wohl."

Das Haus am See

von Janina Huber

Samstag, 15. September

Der ätherische Geruch von Nadelbäumen und Wildblumen lag in der Luft. Ron Heller saß mit nacktem Oberkörper auf der Veranda und ließ seinen Blick über die Lichtung schweifen, auf der sein Häuschen stand. Die Sonnenstrahlen bedeckten die Oberfläche des glasklaren Sees mit einem gleißenden Glitzern und er kniff die Augen zusammen, um nicht geblendet zu werden. Obwohl es früh am Morgen war, kündigte sich die Hitze des bevorstehenden Tages an. Die umstehenden Fichten und Buchen würden jedoch noch einige Stunden für angenehme Kühle sorgen. Ron lehnte sich in seinem Schaukelstuhl zurück, griff zur Bierflasche und nahm einen tiefen Schluck. Lächelnd ließ er die Szenerie auf sich wirken. Mit seiner eigenen Hände harter Arbeit hatte er für seine Familie dieses Paradies geschaffen. Vor knapp sieben Jahren hatte er das schmucke Holzhaus inmitten dieses Wäldchens, direkt am See, gebaut. Jackie-Oh war damals ein Baby gewesen. Auch heute noch waren Haus und Garten Rons ganzer Stolz. Zufrieden betrachtete er den frischen weißen Anstrich von Außenfassade und Veranda sowie den sorgfältig getrimmten Rasen.

Ein Knarren riss ihn aus seinen Gedanken. Nackte Füße trippelten über die Veranda, dann fiel die Fliegengittertür zurück ins Schloss. Jackie schlang ihre gebräunten Arme von hinten um seinen Hals und drückte ihm einen feuchten Schmatz auf die Wange. Als Ron sich zu seiner Tochter umdrehte, funkelten ihre Augen freudig.

„Darf ich mit dem Boot auf den See hinausfahren, Daddy?"

„Hast du denn deine Hausaufgaben für Montag schon gemacht und dein Zimmer aufgeräumt, Liebes?"

Seufzend schüttelte sie den Kopf und schob die Unterlippe vor. Enttäuscht reckte sie ihm ihren Schmollmund entgegen und bettelte um einen Kuss, den er ihr natürlich nicht verwehren konnte.

„Du weißt, was deine Mutter dazu sagen würde", sagte er schließlich.

Sie verzog das Gesicht zu einem verschmitzten Grinsen. Dann stemmte sie die Hände in die Hüften und setzte einen gespielt strengen Blick auf.

„Jacqueline Olivia, wann wirst du begreifen, dass Ordnung das halbe Leben ist?", ahmte sie ihre Mutter nach. Anschließend brach sie in schallendes Gelächter aus. Auch Ron konnte sich ein Schmunzeln nicht verkneifen. Liebevoll zog er sie auf seinen Schoß und strich mit seinen von Nikotin und Sonne verfärbten Fingern über ihr langes weizenblondes Haar.

„Also gut", lächelte er, „aber wir sollten Mama besser nicht davon erzählen. Sie würde uns beide ausschimpfen."

Jackie strahlte übers ganze Gesicht und drückte ihn fest an sich.

„Na los, zieh dir schon deinen Badeanzug an! Und bring mir noch eine Flasche Bier!", sagte er. Als sie von seinem Schoß hüpfte, um ins Haus zu laufen, gab er ihr einen Klaps auf den Po.

Auch beim Abendessen drehten sich Jackies Gedanken noch immer um ihre Abenteuer in und auf dem See und sie plapperte unentwegt vor sich hin, ohne auch nur einmal Luft zu holen. Ron lehnte sich entspannt zurück und genoss den ungebremsten Wortschwall seiner Tochter. Ganz folgen konnte er ihr nicht mehr, was wohl dem schweren Rotwein geschuldet war, den er sich zum Rindfleisch eingeschenkt hatte. Hin und wieder schaufelte er Jackie einen weiteren Löffel Bohnen oder Kartoffelpüree auf den Teller. Das Spielen an der frischen Luft schien sie hungrig gemacht zu haben.

„Können wir noch eine Runde Karten spielen, Daddy?", fragte sie schließlich und schob ihren leeren Teller beiseite.

„Es ist schon spät, Liebes", antwortete er, „für heute sollten wir Schluss machen und schlafen gehen."

Wieder versuchte sie, ihn mit ihrem Schmollmund um den Finger zu wickeln. Doch dieses Mal ließ er sich nicht umstimmen. Sein Kopf schmerzte und er sehnte sich nach der einzigen Medizin, die das Pochen in seinen Schläfen mildern konnte. Schwerfällig stand er auf. Auch Jackie war aufgesprungen. Übermütig lief sie um den Tisch herum und warf sich in seine Arme.

„Du musst mich ins Bett tragen, Daddy!", jauchzte sie und bedeckte sein Gesicht mit Küssen.

Lachend tat er so, als wäre sie schwer wie ein Sack Zement. In ihrer kleinen Kammer ließ er sie inmitten ihrer Stofftiere auf das Bett plumpsen. Dann zog er ihr die Bettdecke bis unters Kinn und drückte ihr einen Kuss auf die Stirn.

„Gute Nacht, Liebes", sagte er im Hinausgehen.

„Schlaf gut, Daddy!", rief sie ihm hinterher. „Und träum was Schönes!"

Als er wieder in der Küche stand, war das Pochen in seinen Schläfen schlimmer als je zuvor. Seine Hände zitterten und sein Mund fühlte sich staubtrocken an. Gut, dass er für solche Fälle immer eine Reserve hatte. Er öffnete den Küchenschrank und zog hinter den Putzmitteln eine Flasche Whiskey hervor. Im Schlafzimmer machte er sich gar nicht erst die Mühe, seine an den Knien abgeschnittene Jeans oder die Socken auszuziehen. Mit letzter Kraft warf er sich aufs Bett, öffnete die Flasche und ließ die goldbraune Flüssigkeit seine Kehle hinunterrinnen. Kurze Zeit später fiel Ron in einen tiefen, traumlosen Schlaf.

Er erwachte von einem seltsam schlurfenden Geräusch. Es erinnerte ihn ein wenig an das Schmatzen, dass nackte Füße in nassen Gummistiefeln machten. Der Schlaf schien ihn noch immer im Griff zu haben, so dass er das Geräusch zunächst nicht zuordnen konnte. Weder aus welcher Richtung es kam, noch wovon es ausgelöst wurde. Doch es schien sich ihm zu nähern. Ein feuchtkalter Hauch strich über seinen bloßen Arm und ließ ihn erschauern. Mühsam zwang er sich, die Augen zu öffnen und schrak unwillkürlich zusammen. Seine Tochter stand dicht neben seinem Bett. Es war stockfinster in dem winzigen Schlafzimmer. Nur der Vollmond sandte sein spärliches Licht durchs Fenster und tauchte Jackies Umrisse in eine silbrige Aura. Seine Augen gewöhnten sich nur langsam an die Dunkelheit.

„Jackie-Oh, hast du mich aber erschreckt!"

Sie antwortete nicht. Als er sich streckte, um das letzte Stückchen Müdigkeit abzuschütteln, fiel sein Blick auf ihre zierlichen Füße. Sie war barfuß. Natürlich war sie das. Sie musste eben erst aufgestanden sein, um zu ihm herüber zu huschen. Dann sah er, dass sie in einer kleinen Pfütze stand und weiterhin dünne Rinnsale an ihren nackten Beinen hinabliefen. Sein erster Gedanke war, dass sie sich in die Hose gemacht haben musste. Wut stieg in ihm auf. Mit acht Jahren nässte man doch nicht mehr ein! Mit Mühe unterdrückte er den Reflex, sie am Handgelenk zu packen und ihr die Meinung über ungezogene, kleine Gören zu geigen, die sich noch in die Hose pissten.

Vor Zorn bebend ließ er seinen Blick weiter nach oben über ihren zierlichen, fast schon abgemagerten Körper gleiten. Dabei stellte er fest, dass auch das weiße Nachthemd seiner Tochter tropfnass war. Was hatte das dämliche Stück Scheiße nur mitten in der Nacht angestellt? Vielleicht sollte er ihr mal wieder eine gehörige Tracht Prügel verpassen, um derlei Eskapaden bereits im Keim zu ersticken? Früher hatte er sie öfter übers Knie gelegt und es hatte ihr mit Sicherheit nicht geschadet. Ganz im Gegenteil! Die verweichlichten Erziehungsmethoden seiner Frau waren ihm ohnehin schon lange ein Dorn im Auge.

Ron war drauf und dran, auszuholen und Jackie eine schallende Ohrfeige zu verpassen. Doch etwas, das er sah, ließ ihn innehalten. Erst war er sich nicht darüber im Klaren, was es war. Die Rinnsale an ihren Beinen und das vollkommen durchnässte Nachthemd machten ihn rasend. Aber etwas anderes löste Betroffenheit in ihm aus. Er versuchte es zu fokussieren, es zu fassen zu bekommen. Und plötzlich wusste er, was es war: Jackies unnatürlich weiße Haut, die im fahlen Mondlicht zu leuchten schien, hatte ihn aufmerken lassen. An ihrer kleinen, normalerweise sonnengebräunten Hand konnte er die Adern dunkelblau durchschimmern sehen, so bleich war sie. Es jagte ihm erneut einen kalten Schauer über den Rücken. Was war hier los?

Endlich hob er den Blick und sah seiner Tochter ins Gesicht. Ihr Anblick ließ ihn zusammenzucken. Er fühlte, wie sich die feinen Härchen an seinen Armen und Beinen aufrichteten. Erschrocken wich er vor seinem einzigen Kind zurück und unterdrückte den Schrei, der sich bereits in seiner Kehle formte.

Ihre blonden Haare hingen nass und strähnig über ihre knochigen Schultern. Jeglicher Glanz war aus ihnen verschwunden und es schien ihm, als hätten sich Schlamm und glibberige Pflanzenreste darin verhangen. Ihr Gesicht war ebenso wächsern bleich wie der Rest ihrer Haut und die glanzlosen Augen lagen in tiefen, dunklen Höhlen. Die Art wie sie ihn anstarrte, ließ ihm das Blut in den Adern gefrieren.

„Jackie-Oh, Liebling, was ist passiert?", stammelte Ron und hörte selbst, dass seine Stimme mehrmals brach. Lange sah seine Tochter ihn weiterhin einfach nur aus ihren leblosen Augen an. Als sie endlich sprach, schienen sich ihre spröden, blutleeren Lippen kaum zu bewegen.

„Wir wissen doch beide, was geschehen ist, Daddy", sagte sie und ihre Stimme war nicht mehr als ein leises monotones Krächzen.

„Nein!" Er schüttelte den Kopf. „Woher sollte ich das wissen, Liebes? Ich habe tief und fest geschlafen."

Sie setzte ein schiefes Grinsen auf. Es wirkte, als wäre ihre linke Gesichtshälfte gelähmt.

„Steh auf, Daddy!", krächzte sie. „Wir müssen die Sache zu Ende bringen."

Verwirrt schwang er die Beine über den Rand seines Bettes. Er stemmte sich hoch. Seine Knie zitterten und drohten, ihm den Dienst zu versagen. Nur mühsam gelang es ihm, sich auf den Beinen zu halten. Jackies Aussehen jagte ihm eine Heidenangst ein. Doch er wagte nicht, sie noch einmal danach zu fragen. Ihr Auftreten war plötzlich so seltsam bestimmt, als dulde sie keine Widerworte.

Sie stand mittlerweile an seinem selbstgezimmerten Sekretär und hatte ihm den Rücken zugekehrt. Als er sich ihr näherte, streckte er vorsichtig die Finger seiner linken Hand nach ihr aus. Er wollte sie berühren, sich davon überzeugen, dass es ihr gut ging. Doch wieder ließ ihn etwas innehalten.

„Jackie-Oh, es ist so dunkel hier. Können wir nicht das Licht anmachen?"

Langsam wandte sie ihm den Kopf zu und fixierte ihn mit ihren leblosen Augen. Kalter Schweiß brach ihm aus und rann ihm den Rücken hinunter. Sein Mund wurde trocken. Er schluckte schwer.

Ohne ihn aus den Augen zu lassen, hob sie die Hand wie in Zeitlupe. Ihre kleine Faust schwebte zwischen ihnen, als wolle sie ihm ihren Handrücken zeigen. Gerade als Ron danach greifen wollte, um sanft darüber zu streichen, schnippte Jackie mit den Fingern. Wie von Zauberhand entzündete sich die Flamme in der Petroleumlampe, die auf der obersten Ablage seines Sekretärs stand. Mit offenem Mund starrte Ron in das Licht. Dann sah er wieder zu Jackie. Ihr Gesichtsausdruck hatte sich nicht verändert. Noch immer fixierte sie ihn mit ihren leblosen Augen. Der einzige Unterschied war, dass sich nun die Flamme der Petroleumlampe darin spiegelte und ihnen etwas Glanz verlieh.

„Lass uns die Sache zu Ende bringen, Daddy!"

Das sagte sie nun schon zum zweiten Mal, doch er verstand es noch immer nicht.

„Was meinst du damit, Jackie-Oh?"

Sie wandte sich von ihm ab und zog eine der unzähligen Schubläden des Sekretärs auf. Einige Zeit sah sie unschlüssig hinein, als würde sie in dem dort herrschenden Durcheinander nach etwas Bestimmtem suchen. Dann nahm sie zielsicher den einzigen angespitzten Bleistift heraus. Erst jetzt sah er, dass ihre linke Hand die ganze Zeit auf einem dünnen Stapel Briefpapier geruht hatte, das sie nun zu ihm hinüberschob. Den Stift legte sie sorgfältig darauf ab, ehe sie ihren unangenehm leeren Blick wieder auf ihn heftete.

Ron fröstelte. Fragend sah er seine Tochter an. Er hatte nicht die leiseste Ahnung, was sie von ihm erwartete. Doch er spürte, dass er ihren Forderungen würde Folge leisten müssen, egal was es war.

„Du wirst einen Brief schreiben, Daddy!", sagte Jackie mit ihrer rauen Stimme, die ihn an grobes Schmirgelpapier erinnerte.

„An wen, Liebes?"

„Das spielt keine Rolle. Aber hab keine Angst, Daddy, ich werde dir ganz genau sagen, was du schreiben sollst!"

„Und danach ist die Sache zu Ende gebracht?", fragte er, obwohl er noch immer nicht wusste, was sie darunter verstand.

Sie lächelte erneut ihr schiefes Lächeln. Dann schüttelte sie langsam den Kopf: „Du musst erst wieder gut machen, was du Mommy Schlimmes angetan hast!"

Jackie deutete auf den Stuhl, der normalerweise vor dem Sekretär stand, den sie vorhin aber zur Seite gerückt haben musste.

Ihr schiefes Grinsen wurde breiter. Zum ersten Mal in dieser Nacht schienen ihre Augen zu leuchten, zu lodern. Fast teuflisch, dachte Ron. Etwas schien ihm die Luft abzuschnüren. Er räusperte sich mehrmals erfolglos. Schließlich folgte sein Blick Jackies ausgestrecktem Zeigefinger. Sein Herzschlag beschleunigte sich. Seine Nackenhaare richteten sich auf, dass es beinahe schmerzte. Auf dem Stuhl lag, zusammengerollt wie eine Anakonda, ein dickes Seil.

Sonntag, 16. September

Weiland stapfte missmutig den schmalen, unbefestigten Weg hinunter. Links und rechts wucherten verschiedene Büsche und Sträucher und streckten ihre dicht verzweigten Finger begierig nach ihm aus. Seine neuen Schuhe steckten zentimeterdick im Matsch. Innerlich verfluchte er die ganze Scheiße. Was sollte er überhaupt hier? Hatte man an einem Sonntagmorgen keinen anderen Idioten gefunden, den man hierher in diese Einöde schicken konnte? Noch dazu, wo der Fall doch ohnehin klar auf der Hand zu liegen schien. Seine Laune besserte sich auch nicht, als sich das Dickicht endlich vor ihm auftat, und er auf eine sonnenbeschienene Lichtung trat. Messerscharf umriss Weiland die Situation. Dieser Ort mochte irgendwann einmal sehr idyllisch gewesen sein, doch das musste Jahre zurückliegen. Inmitten des Waldstücks lag ein kleiner See, dessen brackiges Wasser grün in der Morgensonne leuchtete. Früher mochte er seine Besitzer zu einem kühlen Bad eingeladen haben, jetzt war er nicht mehr als ein stinkender Tümpel. An seinem Ufer stand ein weißes Häuschen. Mehr eine heruntergekommene Hütte, dachte Weiland grimmig und ließ seinen Blick über die morsche Veranda und den eingesunkenen Giebel gleiten. Die ehemals weiße Farbe hatte sich zusammen mit dem ausgewaschenen Holz zu einem unansehnlichen Grau vermischt, mehrere Fensterläden hingen windschief in den Angeln. Rundherum wuchs das Gras sicherlich einen halben Meter hoch. Hinter dem Haus türmten sich verrostete Metallteile und verwitterte Holzbalken auf. Sofort schossen Weiland Bilder eines Schrottplatzes durch den Kopf. Unter einem Garten verstand er etwas anderes.

Weiland war es immer wieder aufs Neue unbegreiflich, wie manche Menschen hausten. Angesichts der Verwahrlosung, die sich vor ihm erstreckte, bekam er eine Gänsehaut. Verstärkt wurde dieses ungute Gefühl durch die Damen und Herren der Spurensicherung, die in ihren weißen Anzügen über das gesamte Areal wuselten und die Szenerie wie den Schauplatz eines Horrorfilmes erscheinen ließen. Auf der grünen Oberfläche des Sees trieb ein kleines orangefarbenes Schlauchboot. Anscheinend waren Taucher in der trüben Brühe unterwegs. Viel Vergnügen, dachte Weiland mit einem Anflug von Schadenfreude. Nicht sonderlich kollegial, darüber war er sich im Klaren. Aber war es etwa fair, dass er hier in aller Herrgottsfrühe herumstapfen musste, anstatt sich ein ausgiebiges Frühstück mit einer seiner Geliebten zu gönnen?

Vor dem Aufgang zur Veranda sah er Kollege Timmens stehen und sich Notizen machen. Als dieser aufblickte und Weiland entdeckte, hob er die Hand zu einem kurzen Gruß. Weiland beschloss, die ganze Sache so schnell wie möglich hinter sich zu bringen und bahnte sich seinen Weg durchs kniehohe Gras zum Haus.

„Was haben wir hier für einen Mist?", grunzte er Timmens an, der bereits wieder in seine Unterlagen vertieft war.

Der junge Kollege ignorierte seine schlechte Laune und ging ohne großes Aufhebens zur Faktenlage über: „Wie es aussieht, hat sich der Hauseigentümer, Ronald Heller, in seinem Schlafzimmer erhängt. Laut Gerichtsmedizin ist er nicht länger als vier Stunden tot. Der Briefträger hat ihn heute Morgen gefunden. Er wird gerade von den Uniformierten vernommen. Ein eindeutiger Selbstmord, wenn du mich fragst. Mit Abschiedsbrief und allem drum und dran."

„Und was sollen wir dann hier? Sind wir die Mordkommission oder irgendein Haufen Idioten, der nichts Besseres zu tun hat, als sich hier unnütz die Beine in den Bauch zu stehen?"

Timmens lächelte verschmitzt: „Das Pikante an der Sache ist der Brief."

Ungeduldig hob Weiland eine Augenbraue. Komm zur Sache!, sollte dies seinem Kollegen bedeuten.

Timmens führte ihn in das Innere der heruntergekommenen Hütte. Augenblicklich standen sie in einem großen Raum, der allem Anschein nach als Küche und Wohnzimmer zugleich gedient hatte. Weiland verzog angewidert das Gesicht. Es stank bestialisch, was mit hoher Wahrscheinlichkeit auf die Stapel schmutzigen Geschirrs zurückzuführen war, die sich in und neben der Spüle auftürmten. Den verkrusteten, zum Teil bereits verschimmelten Essensresten nach zu urteilen, hatte dieser Heller seit mindestens vier Wochen den Abwasch nicht mehr erledigt. Auf dem Couchtisch, der zwischen einem alten Röhrenfernseher und einem zerschlissenen Sofa stand, drängten sich unzählige Bier- und Weinflaschen sowie zwei randvoll mit Zigarettenstummeln gefüllte Aschenbecher. Weilands Abscheu wuchs mit jeder Minute, die er in diesem Saustall verbringen musste.

„Sieh dir das an!", riss sein Kollege ihn aus seinen düsteren Gedanken.

Timmens stand neben dem kleinen Küchentisch, der noch immer vom Vorabend gedeckt war. Der dreckige Teller, von dem der Tote höchstwahrscheinlich seine letzte Mahlzeit eingenommen hatte, und das halbvolle Rotweinglas passten perfekt ins Bild. Außergewöhnlich an der Sache war jedoch ein am anderen Ende des Tisches stehender unbenutzter Teller, neben dem Messer und Gabel fein säuberlich aufgereiht lagen.

„Für wen zum Teufel hat der Kerl denn bitteschön aufgedeckt? In dieses Drecklock wird er wohl kaum jemanden zum Essen eingeladen haben!", polterte Weiland los.

Timmens nickte: „Das ist eine verflucht gute Frage! Zumal das ganz und gar nicht zu dem passt, was Heller in seinem Abschiedsbrief schreibt."

Weiland konnte förmlich fühlen, wie ihm langsam aber sicher der Geduldsfaden riss.

„Was steht denn nun in diesem gottverdammten Scheißbrief?"

Timmens hob halb abwehrend, halb entschuldigend die Hand.

„Wie Heller schreibt, hat er sich im letzten halben Jahr sehr gehen lassen und sich auch nicht mehr um Haus und Grundstück gekümmert", begann er dann mit seinen Ausführungen.

„Ach was?", bemerkte Weiland spitz. Sein verächtlicher Blick fiel durch die offene Haustür auf einen alten Schaukelstuhl auf der Veranda, neben dem sich ebenfalls mehrere leere Bier- und Schnapsflaschen türmten. Dieser Heller schien ein Säufer gewesen zu sein, wie er im Buche stand.

Timmens sprach unbeirrt weiter: „Er hatte aber auch einmal eine Familie. Eine Frau und eine kleine Tochter."

„Lass mich raten, die beiden haben ihn verlassen, weil sie den alten Suffkopf nicht mehr ertragen konnten."

„Nicht direkt. Vor knapp vier Wochen...", wandte Timmens eben zögerlich ein, als ein Beamter der Spurensicherung hereingestürmt kam.

„Kollegen, die Taucher haben was gefunden!", verkündete er vollkommen außer Atem.

Die beiden folgten ihm nach draußen. Am Ufer des Sees lag ein großer schwarzer Müllsack. Als sie näher kamen, sahen sie, dass ein kleiner, zierlicher Körper darin eingewickelt war.

Weiland sog scharf die Luft ein. Er hatte in seiner Laufbahn schon einiges gesehen, doch zum ersten Mal spürte er Übelkeit in sich aufsteigen und fürchtete, sich übergeben zu müssen. Bei der Leiche handelte es sich um ein Mädchen, nicht älter als sieben oder acht Jahre. Sie trug ein weißes Nachthemd, das nass an ihrem dünnen, ausgezehrten Körper klebte. Ihre ehemals blonden Haare umrahmten das vom Wasser aufgedunsene Gesicht. Und dieses Gesicht würde Weiland bis in seine schlimmsten Albträume verfolgen, das wusste er. Die blauen Knopfaugen des Kindes waren in blankem Entsetzen weit aufgerissen und schienen durch ihn hindurch bis in seine Seele blicken zu können. Weiland bekam eine Gänsehaut. Die linke Gesichtshälfte des Mädchens war seltsam deformiert und mit roten Striemen und blauen Flecken übersät. Der Mundwinkel war zu einem gespenstisch schiefen Grinsen nach oben gezogen.

Weiland warf dem neben ihm stehenden Gerichtsmediziner einen fragenden Blick zu.

„Ich vermute, dass das Mädchen mehrmals und über einen längeren Zeitraum hinweg ins Gesicht geschlagen worden ist", antwortete dieser. „Die Verletzungen sind ihr größtenteils vor ihrem Tod zugefügt worden und zum Teil sogar beinahe verheilt."

„Und dieses schreckliche Grinsen?", hakte Weiland nach.

„Das dürfte von einer halbseitigen Lähmung herrühren. Vermutlich ausgelöst durch die heftigen Schläge."

„In seinem Brief gibt Heller zu, seine Frau und seine Tochter in den letzten Monaten mehrmals verprügelt zu haben", bestätigte Timmens.

Weiland schluckte schwer. Eine unbändige Wut stieg in ihm auf. Wenn dieser Heller sich letzte Nacht nicht selbst erhängt hätte, würde er das jetzt mit Freuden übernehmen. Immerhin hatte dieses Tier seine eigene Tochter erschlagen. Ein unschuldiges, kleines Mädchen.

„Das wars dann wohl hier", grummelte er. Er wollte nur noch nach Hause, eine heiße Dusche nehmen und den Schmutz dieses schrecklichen Falles von sich abwaschen.

„Nicht ganz", warf Timmens ein, „wir suchen noch immer nach der Mutter der Kleinen."

Weiland starrte seinen jungen Kollegen verständnislos an.

„Ich bin vorhin nicht mehr dazu gekommen, es dir zu sagen. Heller gesteht in seinem Brief außerdem, dass er nicht nur sein Kind, sondern auch seine Frau getötet und im See versenkt hat. Er behauptet, stark betrunken und nach einem Streit rasend vor Wut gewesen zu sein."

„Immerhin ist der Fall somit gelöst. Wir haben schließlich ein umfassendes Geständnis", murmelte Weiland kopfschüttelnd. „Ich hau jetzt ab. Und gebt mir ja nicht Bescheid, wenn ihr die Mutter gefunden habt! Ich will mit dieser ganzen Scheiße nichts mehr zu tun haben!"

Er wandte sich zum Gehen. Er hatte genug gehört und gesehen. Noch immer bekam er eine Gänsehaut, wenn er an die leer vor sich hinstarrenden Augen des toten Mädchens dachte.

„Es gibt allerdings eine Sache an diesem Fall, die mir seltsam erscheint", hielt Timmens ihn zurück.

Unwillig machte Weiland noch einmal kehrt und verdrehte genervt die Augen angesichts der Verzögerung.

„Und die wäre?", fragte er ungeduldig.

„Auf den Holzdielen im Haus haben wir eingetrocknete Wasserflecken entdeckt. Sehen aus wie Fußabdrücke, die direkt ins Schlafzimmer führen."

„Vielleicht war dieser Heller noch einmal beim See – oder sollte ich besser sagen Kloake – ehe er sich den Strick genommen hat", erwiderte Weiland süffisant grinsend. Was kümmerte es ihn, was dieser besoffene Widerling kurz vor seinem Selbstmord gemacht hatte?

„Das glaube ich nicht", antwortete Timmens und starrte dabei nachdenklich vor sich hin, „dafür sind die Abdrücke zu klein. Wenn du mich fragst, stammen sie eindeutig von Kinderfüßen."

Weiland seufzte und sandte ein Stoßgebet gen Himmel. Timmens mochte ein guter Polizist sein, aber bisweilen verstieg er sich doch in recht merkwürdige Theorien. Ohne ein weiteres Wort drehte er sich um und ging.

Jackie stand auf einer Anhöhe jenseits des Sees und beobachtete gebannt, was rund um das kleine weiße Haus vor sich ging, das einst ein liebevolles Zuhause gewesen war. Als ihre Eltern sich noch lieb gehabt hatten. Als Daddy nicht mehr Alkohol getrunken hatte als gut für ihn war. Und als er lieber gestorben wäre als ihr Leid zuzufügen.

Sie sah, wie ihr eigener aufgedunsener und geschundener Körper, diese leere Hülle, in einer Metallwanne in einen Leichenwagen geschoben wurde. Beinahe zeitgleich zogen einige Männer in den komischen weißen Anzügen einen weiteren schwarzen Müllsack ans Ufer. Jackies Augen füllten sich mit Tränen. Doch es waren keine Tränen der Trauer, sondern der Erleichterung. Sie hatten sie gefunden!

„Ich habe es wieder gut gemacht, Mommy!", flüsterte sie, „Daddy wird uns nie wieder wehtun können."

Sie nahm eine sachte Bewegung neben sich wahr und ein Lächeln umspielte ihre Lippen. Langsam tastete sie nach der Hand ihrer Mutter, die ebenso wächsern blau schimmerte wie ihre eigene.

„Jetzt können wir endlich nach Hause gehen, Mommy!"

Carmen

von Body Clarke

Ich möchte Ihnen eine Geschichte erzählen, die zu glauben, Ihnen schwer fallen könnte. Bevor ich das tue möchte ich Ihnen folgenden metaphorischen Vergleich anbieten: Stellen Sie sich doch einmal vor, Sie stoßen unerwartet auf die fossilen Abdrücke einer noch unentdeckten Lebensform. Und sähe der Abdruck noch so absurd aus, so käme doch niemand auf die Idee, dessen Existenz – oder die des Urhebers - in Abrede zu stellen, nur weil kein Mensch je zuvor einen solchen zu sehen bekam. Was dem unentdeckten Leben die Abdrücke sind, sind den Ereignissen die Geschichten; ein Zeugnis zur Wahrhaftigkeit ihres Seins. Ich stieß auf einen solchen Abdruck im metaphorischen Sinne. Gleichwohl will ich eines nicht verschweigen: Nachdem ich die Eckdaten zusammen und die Geschichte geschrieben hatte, erschien sie mir so sonderbar, wie der Weg, auf dem sie mir zugetragen wurde. Trotz aller Skepsis erkannte ich die verborgene Warnung und zog die richtigen Schlüsse. Möge die nun folgende Geschichte Sie davor bewahren, zum unfreiwilligen Protagonisten einer möglichen Fortsetzung zu werden.

Wolfgang Gießbert war die letzten 28 Jahre seiner rund vierzigjährigen Dienstzeit in der Mordkommission tätig und ging als Erster Kriminalhauptkommissar in den Ruhestand. Während der Studienzeit hatte er gelernt, dass ein Verbrechen mindestens fünfzig Möglichkeiten zum Scheitern berge und dass es einen erheblichen Intellekt bräuchte, nur Fünfundzwanzig davon zu entdecken. Zum Eintritt in den aktiven Dienst formulierte er daraus folgenden Leitspruch: *Finden sich keine Beweise, hat man es entweder mit dem perfekten Verbrechen oder inkompetenten Ermittlern zu tun. Das perfekte Verbrechen gibt es nicht!*

Er leitete diverse Sonderkommissionen, wechselte zur Mordkommission, hatte Erfolg wo verdiente Kollegen scheiterten und wurde vorzeitig zum Dezernatsleiter ernannt. Mit wachsendem Erfolg festigte sich in ihm die Überzeugung, es mit den raffiniertesten Verbrechern aufnehmen zu können. Das sollte sich an jenem Tag ändern, an dem er die Ermittlungen im Fall Gerd Stein übernahm. Es begann, als Carmen zu ihm ins Dezernat versetzt wurde. Da waren es zu seiner Pensionierung noch zwei Jahre. Gießbert mochte ihre sanfte Erscheinung von der ersten Minute an. Kurzer blonder Schopf, klare blaue Augen und weiche Gesichtszüge, die fortwährend zu lächeln schienen. Ihre freundliche Ausstrahlung brachte Licht in einen Alltag, der traditionell von den finsteren menschlichen Abgründen erfüllt war. Nur ihre esoterische Seite störte anfangs ihr tägliches Miteinander. Kein noch so energischer Protest brachte sie davon ab, ihm allmorgendlich das Horoskop aus der Tageszeitung vorzulesen. An manchen Tagen ging Carmen ihm mit irre anmutenden Geschichten aus der Geisterwelt so sehr auf die Nerven, dass er sich genötigt sah, sie an die irdischen Probleme auf ihren Schreibtischen zu erinnern. Die Zeit verstrich und Gießbert lernte zu genießen, wenn Carmen ihm frustriert die Wange verdrehte und einen knurrigen alten Skeptiker nannte.

Der 27. Februar war ein kalter, regnerischer Tag. Sie hatten das schlechte Wetter zum Anlass genommen, den Rückstand an Berichten abzuarbeiten und gönnten sich zur Belohnung einen dampfenden Becher Kaffee. Sie saßen eine Weile da und sahen dem Regen schweigend zu, da schlug Carmen aus heiterem Himmel vor, Gießbert solle doch mal an einer ihrer Séancen teilnehmen. Er hätte ihr beinahe seinen Kaffee entgegen gespien! Doch Carmen ließ nicht locker und schwor mit gespreizten Fingern: Sollte er ihre Überzeugung dann immer noch für Hokuspokus halten, würde sie ihn nie mehr damit belästigen. Es folgte eine viertelstündige Charmeoffensive. Den Rest besorgten die Kälte, der nicht nachlassende Regen und die Aussicht, endlich Ruhe zu bekommen. Er konnte nur gewinnen! Sie würde es nicht wagen, eine Komödie mit verdrehten Augen und verstellter Stimme abzuziehen: Und wenn doch, würde sie auf die harte Tour lernen, dass er sich nicht veralbern ließ. Sie kam es, dass sie sich für denselben Abend in ihrer Wohnung verabredeten.

Außer Carmen erwarteten ihn noch zwei weitere Damen. Carmens jüngere Schwester Sandra und eine gedrungene Südländerin um die Fünfzig. Die Schwestern ähnelten sich sehr, nur dass Sandra das Haar länger trug. Die Südländerin stellte sich als Tasha vor. Sie glotzte aus permanent weit aufgerissenen Augen, als fürchtete sie, was zu verpassen. Als Carmen sie eine Hellseherin nannte, erschien ihm das nur logisch. Wer derart glotzte, dem musste die Welt heller erscheinen! Zunächst erfüllten sie gängige Klischees und verteilten überall im Raum Kerzen und Räucherstäbchen, Kaffee und Tee wurde bereitet, dann war es so weit. Sie reichten sich die Hände und Tasha murmelte unverständliche Formeln.

Wie so oft, wenn er sich etwas vornahm, kam es anders. Anstelle eines Ausfluges ins Geisterreich gab es Arbeit! Carmen und er wurden zu einem Leichenfund in einer Sportstätte gerufen. Der Revierfahrer eines Sicherheitsdienstes hatte seinen 23-jährigen Kollegen tot aufgefunden.

Zu später Stunde rollten sie auf den Parkplatz der Sportstätte. Die Szenerie war surreal. Das Stadion erinnerte an eine Festung. Es war von einem steil ansteigenden Hang umgeben, der bis an eine etwa zwei Meter hohe Zaunanlage reichte. Dahinter führte eine asphaltierte Fahrbahn um die Arena: Der Komplex selbst war bis in circa zehn Metern Höhe vergittert. Alles darüber lag in einem dichten Nebelschleier verborgen. Soweit Gießbert sah, gab es weder einen Farbklecks noch irgendwelche Anzeichen für Leben. Es war, als wären sie Teil eines dreidimensionalen Schwarz-Weiß-Bildes. Ein Kollege der Schutzpolizei führte sie in das dritte Untergeschoss eines Kellergewölbes, dessen langen Flure sich unter die gesamte Arena erstreckten. Dort unten herrschte ein unterkühltes Ambiente aus weiß getünchtem Beton und hellen Linoleumböden, in denen sich das fahle Licht der leise summenden Neonröhren spiegelte. Der Wachraum lag im östlichen Flur und diente dem Sicherheitspersonal gleichzeitig als Aufenthaltsraum.

Ein Schraubendreher klemmte unter der Tür und hielt sie weit geöffnet. Der Wachraum erwies sich als spartanisch eingerichtetes Kellerloch. Ein bequem anmutendes Sofa aus Omas Zeiten, davor ein schmuddeliger Teppich, darauf ein ramponierter Wohnzimmertisch. Der Forensiker hatte den Tisch ein Stück beiseitegeschoben und stand über das Opfer gebeugt. Carmen sah sich ein bisschen um, während Gießbert sich nach dem Stand erkundigte.

Der Kollege ließ von dem Opfer ab: „Er heißt Gerd Stein, dreiundzwanzig Jahre jung. Kein Anzeichen für einen Kampf. Keine Verletzungen, kein Hinweis auf Fremdverschulden. Allem Anschein nach klassisches Herzversagen. Er sitzt, wie er gefunden wurde."

„Ein so junger Kerl!", staunte Gießbert. Der Wachmann saß mit vor Schrecken verzerrter Fratze in die hintere Ecke des Sofas gepresst, den Blick starr zur Tür gerichtet. Eine Hand ruhte auf der Brust, unterhalb einer verknüllten Stelle im Pullover.

Carmen setzte nach: „Sieht aus, als hätte er sich vor Irgendwas im Bereich der Tür gefürchtet."

„Entweder das oder er erlitt einen Krampf", sagte der Forensiker.

Epilepsie?", fragte Kommissar Gießbert.

Der Kollege schüttelte den Kopf: „Unsinn! Dann läge er seitlich gekrümmt auf dem Boden."

„Besonderheiten?", fragte Carmen.

„Jemand hat die Krone seiner Armbanduhr gezogen. Sie blieb um kurz vor Mitternacht stehen."

„Geisterstunde", flüsterte Carmen und zuckte mit den Augenbrauen.

Gießbert deutete zum Kalender, oberhalb des Sofas: „Und warum steht der auf dem Ersten?" Jemand hatte das rote Quadrat aktualisiert.

„Eine Minute mehr oder weniger", spottete der Forensiker. „Es gibt wichtigere Ungereimtheiten. Der Wachmann, der ihn gefunden hat, sagte, die Tür sei bei seinem Eintreffen geschlossen gewesen. Seht ihr das Ding an der oberen Zarge? Das ist ein Obentürschließer. Er ist so eingestellt, dass die Tür rund zehn Zentimeter aufsteht. Das sei so gewollt, weil die Luft im Raum so schnell verbraucht ist."

Passend dazu stand randvoller Aschenbecher auf dem Tisch: „Vielleicht mochte er den eigenen Mief", mutmaßte Carmen.

„Mag sein", sagte der Kollege, „erklärt aber die fehlenden Fingerabdrücke am Türblatt und den Klinken nicht."

„Wie kam der andere Typ rein?", fragte Carmen.

„Er trug Handschuhe", antwortete der Kollege und deutete zum Opfer, „er besitzt keine. Wenn ihr keinen Einwand habt, lass ich ihn wegbringen."

Gießbert gab das Okay und sah sich um. Gegenüber dem Zugang stand eine Küchenspüle. Auf ihr standen eine Mikrowelle und eine Kaffeemaschine samt dem üblichen Zubehör für zwei Personen. Dazu ein Putzlappen, der so verdreckt war, dass man im Falle seiner Entsorgung eine Artenschutzklage fürchten musste: „Wo ist der zweite Mann?"

„Gibt keinen", antwortete der Kollege, „die armen Kerle hocken hier zwölf Stunden allein und drehen in variierenden Abständen ihre Runden."

An der Wand gegenüber dem Sofa war die Überwachungstechnik untergebracht. Ein Schreibtisch samt dem üblichen Zubehör und ein mit Schaltern überladendes Pult, über das man die vielen Kameras im Komplex anwählen konnte. Auf dem Regal darüber standen vier Monotore. Funkgerät und Handy erwiesen sich als nutzlos. Im Keller gab es kein Netz.

„Arbeiten die Kameras in Echtzeit oder zeichnen sie auf?", fragte Gießbert.

„Sie schreiben etwa eine Woche auf die Festplatte des PCs. Danach werden die Altaufnahmen überschrieben. Wir haben den Bestand gesichert. Wenn ihr wollt …"

„Todeszeitpunkt?", fragte Gießbert.

Der Kollege sog einen tiefen Zug Luft in den Brustkorb. Meist verhieß das nichts Gutes: „Die auf der Armbanduhr angezeigte Stunde könnte hinhauen. Muss die Obduktion zeigen", er reichte ihr ein grünes Buch, „das Wachbuch. Darin findet ihr Rundenzeiten und Einträge."

Carmen sah hinein: „In der letzten Woche waren ihm johlende Jugendliche aufgefallen, die sich in der Nähe der äußeren Zaunanlage rumgetrieben haben."

„Sonst nichts?", knurrte Gießbert.

Sie schüttelte den Kopf: „Immer der gleiche Eintrag: *Keine Vorkommnisse.*"

Es war an der Zeit, mehr über das Opfer zu erfahren.

Dessen Wohnung bot keine Überraschung: Anderthalb Zimmer in einem Zustand, wie man ihn bei einem Junggesellen in dem Alter erwartete.

Die Bettwäsche lag zerwühlt auf dem Schlafsofa, der Tisch war mit benutztem Geschirr überladen. Es stank nach kaltem Rauch und abgestandenem Bier.

„Wie in der Kneipe", ächzte Carmen und riss die Fenster auf. Es war erschlagend. Jeder Zentimeter der billigen Schrankwand war mit DVDs vollgestopft. Selbstgebrannte wie gekaufte, augenscheinlich ausnahmslos Horror, Mord und Totschlag. Eine Liste dokumentierte an die sechshundert Filme! Das LCD-Fernsehgerät maß in der Diagonale an die zwei Meter und wirkte in dem bescheidenen Raum überdimensioniert.

Carmen las die Inhaltsbeschreibung einiger Filme und pustete: „Wenn er sich die alle reingezogen hat, ist es kein Wunder, dass ihn der Schlag getroffen hat. Lauter blutiger Schund. Da muss man zum Nervenbündel werden. Ich käme wochenlang nicht in den Schlaf."

Gießbert sah irritiert drein.

„Was?"

Wie stellte sie sich die Arbeit in der Mordkommission vor! Er wischte den Gedanken beiseite: „Ist ebenso gut möglich, dass ihn der Schund abstumpfen ließ."

Sie wedelte mit dem Zeigefinger: „Die Auffindesituation ist eindeutig! Ich wette, dem ist der Arsch explodiert, bevor er ihn endgültig zugekniffen hat. Lass uns abhauen. Sonst werd ich noch depressiv."

Zwischen Sofa und Wand klemmte die Plastiktüte eines Discounters. Sie rafften allen Schriftverkehr zusammen und stopften ihn hinein.

Im Präsidium machten sie sich an die Auswertung und stießen auf einen Vertrag zur Teilnahme an einer Studie. Sie lag zwei Monate zurück und sollte vier Wochen dauern.

Initiator und verantwortlicher Leiter war ein Doktor Meyerdirks. Das beauftragende Institut ließ Carmen wissen, dass die Studie nach zwei Wochen abgebrochen und die Zusammenarbeit mit dem Doktor eingestellt wurde.

Sie googelten auf gut Glück und wurden fündig. Dr. Meyerdirks war ein auf Angstzustände spezialisierter Psychologe und hatte die Probanden selbst rekrutiert. Sie sollten ihre Erfahrungen gegen Bezahlung in einem Tagebuch festhalten. Laut Vertrag gehörte Gerd Stein zu den Probanten. In einem Forum machte sich ein User mit dem Nicknamen Gerdi über die Studie und den Leiter lustig und verunglimpfte ihn als Dr. Frankenstein. Carmen war überzeugt, dass Gerdi der tote Wachmann war.

Sie fassten noch einmal im Institut nach und bekamen versichert, dass den Probanten keinerlei Medikamente verabreicht worden waren. Demnach war der User im Forum ein Aufschneider. Zu mehr Auskünften war die Dame am Telefon nicht bereit. Die Studie sei privat finanziert, die Ergebnisse Eigentum des Finanziers.

Die Spurensicherung hatte unter dem Sofa ein Tagebuch gefunden. Sie baten die Kollegen, es im Wachraum zu deponieren.

Sie erreichten das Stadion mit verblassendem Tageslicht. Ein Wachmann mit dem Gesicht eines Kindes ließ sie ein und zog sich in den Gastronomiebereich zurück. Während sie zum Treppenhaus gingen, glaubte Carmen dessen Blicke im Rücken zu spüren. Gießbert verortete sie eher auf ihrem ansehnlichen Hintern.

Im dritten Untergeschoss hielt Carmen ihrem Boss die Tür auf und bat um Stille während sie ins Schloss zurück fuhr. Obwohl es langsam geschah, wirkte ihr Anschlagen infernalisch und hallte lange durch die Gänge. Carmen schüttelte sich und flüsterte, wie unheimlich ihr war.

„Worauf willst du hinaus?"

„Die Stille ist ohrenbetäubend. Ich wollte mir der Umstände wegen einen Eindruck verschaffen, wie es sein muss, hier die Nacht zu verbringen. Hör doch!"

Gießbert lauschte. Nach einer Weile zuckte er mit den Schultern: „Ich hör nix!"

Sie umkreiste ihn mit langsamen Schritten: „Und jetzt?"

„Na das Quietschen deiner Sohlen."

„Eben", sagte sie und marschierte voran. Es war typisch für die Kollegen der Spurensicherung. Sie hatten nur so viel von dem Grafitpulver von der Tür entfernt, wie zum Anbringen des Siegels nötig war.

Kaum hatte Gießbert die Klinke betätigt, sprang die Tür laut klackend aus dem Schloss. Das Tagebuch lag auf dem Tisch. Okay. Das Sofa wirkte wirklich bequem, aber es gab weder Fernseher noch Radio. Ohne Netz kein Facebook oder andere Dinge, mit denen sich junge Leute gewöhnlich die Zeit vertrieben: „Ein übles Loch", flüsterte er.

Carmen nahm sich das Buch vor. Gießbert setzte sich derweil an den Schreibtisch und schaltete auf gut Glück die Kameras durch. Nach ein paar Minuten verstand er das Prinzip und wählte die Aufzeichnungen gezielt an.

Carmen brach das Schweigen. „Ist das Tagebuch aus dem Institut! Er hat es hier fortgeführt. Hör mal, was er schrieb. Ich beschränk mich auf das Wichtigste."

10. Dezember.
Es ist ermüdend. Die backen uns Sensoren an den Schädel und lassen uns langweilige Filme gucken.
Weil ich über die zuckenden Soldaten aus dem Krieg gelacht hab, hat Frankenstein mir die Züge eines Psychopaten unterstellt. Der kann froh sein, dass ich die Kohle brauch ..."

„So geht's eine Weile", sagte Carmen, „er zog die Studie ins Lächerliche. Vermutlich ist er deshalb geflogen. Es folgt eine längere Pause, dann schrieb er über die Schichten hier. Zuerst langweilte er sich. Hör zu."

26.Januar. 2.30 Uhr.
Hätte nie gedacht, dass Nichtstun so anstrengend ist. Würd jetzt lieber mit den Kumpels vor der Glotze hocken. Stattdessen verrotte ich hier allein auf dem Scheißsofa und starr auf die nervige Uhr an der Wand. Ihr Ticken ... die perverse Stille. Gestern war mir, als saß jemand in der Nordkurve. Hab gerufen und nachgesehen. War nichts.

„Hier bricht der Text ab", sagte Carmen, „er setzt mit neuem Thema wieder an."

Geil! Kalle, Hubi und Rolle waren da! Die Deppen sind voll in die Kameras gelatscht. Hab gewusst, dass sie irgendwann kommen. War ein geiler Spaß! Aber jetzt sind sie wieder weg. Fühl mich allein, irgendwie gefangen. Am Liebsten wär ich mit abgehauen. Scheißstadion!

„Ein typisches Herdentier", sagte Carmen, „er fürchtet sich, will es sich aber nicht eingestehen. Pass auf. Zwei Tage später geht's weiter."

28. Januar. 21:00 Uhr.
War das eine anstrengende Runde. Wieder saß jemand in der Nordkurve. Bin hin und hab versucht, ihn nicht aus den Augen zu lassen. Je näher ich kam, desto blasser schien er zu werden. Musste um einen Pfeiler rum. Da war er weg. Hab gefühlt, ob der Sitz warm ist. Fühlte sich an, als war er kälter, als die anderen. Irgendwer treibt sich hier rum. Krieg langsam Schiss.

29. Januar.23:00 Uhr.
Scheißwind. War im Kabinentunnel, als irgendwo hinter mir eine Tür zuschlug. Dann hab ich vorn was Scharren gehört. Hatte ne dicke Gänsehaut. Als dann plötzlich der Plastikbecher ums Eck gepoltert kam, hätt ich mir beinahe in die Hose gekackt. Echt krasser Horror.

„Horror?", fragte Gießbert, „vor einem Plastikbecher!"
„Warte", bat Carmen, „er steigerte sich in was rein."

2. Februar. 24:00 Uhr.
Entweder dreh ich durch oder hier schleicht wirklich jemand rum. Lauf ich die Außenrunde, hab ich das Gefühl, jemand beobachte mich von Innen. Bin ich drin, ist es genau umgekehrt. Musste plötzlich an den spinnerten Doktor denken. Einen Angeber und Psychopaten hat der Arsch mich genannt. Vielleicht hatte er Recht. Fühl mich in den langen Gängen und Tunneln nicht wohl. Frag mich immer öfter, was mich am Ende erwartet oder was hinter mir ist.

5. Februar 3:50 Uhr.
Musste mich zur Runde überwinden. zum Glück war in der Nordkurve nix. Langsam verstehe ich, was Frankenstein mit Steuerung der Sinne gemeint hat. Je mehr man versucht, sie zu kontrollieren, desto größer die Muffe. Ich halt das nicht mehr lange aus. Ich brauch einen Walkmann mit geiler Musik. Wenn nur das Scheißgefühl nicht wäre, beobachtet zu werden. Im Raum fühl ich mich noch einigermaßen sicher.

Carmen setzte ab: „So geht's immer weiter. Seine Paranoia nimmt Tag für Tag zu. Empfindest du das auch?"

Gießbert nickte. „Hast Recht. Die Schundfilme haben ihn fertiggemacht."

„Natürlich!", sagte sie, „wird noch schlimmer. Hör mal, wie es weitergeht. Vor ein paar Tagen hat er sich einen Helfer besorgt."

„Was für'n Helfer?"

„Den Pudel des Nachbarn. Hör zu."

25. Februar. 10.45 Uhr
Hab Klaus von meinem Horror erzählt. Er bot mir Charly für ein oder zwei Tage an. Erst dachte ich, der verarscht mich. Ich mag Charly, aber ein Pudel als Beschützer! Klaus meinte, dass Charly mich nicht mit seinen Zähnen, sondern mit den Sinnen schützen soll! Bis vor zehn Minuten schlief Charly ruhig auf dem Sofa. Dann, obwohl alles still war, spitze er plötzlich die Ohren, hob den Kopf, schnupperte und wich knurrend von der Tür zurück. Echt krass! Ne richtig fette Gänsehaut hatte ich. Nichts zu sehen.

1:30 Uhr. Wieder hat Charly den Kopf gehoben und die Ohren gespitzt. Aber dann schlief er weiter.

3:00 Uhr. War mit Charly auf dem Sofa eingeschlafen und wär vor Schreck beinahe krepiert, als er plötzlich kläffend vom Sofa ist und im Flur verschwand. Fand ihn knurrend vor der südlichen Treppenhaustür. Kaum war sie auf, stürmte er raus und verschwand im Scheißstadion. Bin seinem Kläffen nach. Plötzlich jaulte er erbärmlich! Da hatte ich richtig Panik! Ich rief ihn und war froh, als er humpelnd zurück kehrte. hatte sich die Hinterpfote verletzt.

*26. Februar. 23:50 Uhr.
Hab Charly noch einen Tag behalten, damit seinen Pfote heilen kann. Klaus muss nichts erfahren. Der Tierarzt meinte, er wäre vielleicht getreten worden, ist aber nicht schlimm. Er könnte das getan haben! Bis eben schlief er ruhig. Jetzt hat er sich aufgerichtet und ist knurrend in die Ecke des Sofas gekrochen. Hab die Kameras durchgeschaltet. Nichts! Weder live noch in den Aufzeichnungen.*

3:15 Uhr. Charly war unruhig. Hat aber nicht gekläfft. Wollte ums Verrecken nicht raus! Hab die Kumpels angerufen. Die kommen nicht. Glauben, ich verarsch sie.

5:10 Uhr: Charly war still. Obwohl er nicht mehr humpelte, wollte er den Wachraum nicht verlassen. Allein lassen ging nicht. Hab die Runde ausgelassen. Besser ist besser.

Carmen setzte ab: „Erkennst du den roten Faden?"

„Klar", raunte Gießbert, „der Spinner war psychisch vorbelastet und der Köter hat seine Paranoia verstärkt."

Sie verdrehte die Augen: „Mag sein, aber ich stimme dem Herrchen zu und behaupte, dass ein Hund keine Paranoia schiebt. Sein Verhalten bestätigt, dass irgendwas nicht stimmte." Sie wirkte leicht verärgert.

„Selbstverständlich war der Hund nicht paranoid! Aber er bemerkte sicher alles Leben im Umkreis von wer weiß wie vielen Metern! Vielleicht mochte er keine Kaninchen!" Der Hinweis erschien ihm angemessen. Das Stadion lag mitten im

Park. Vermutlich lebten allein im Hang um das Stadion tausende Löffelohren!

Aber Carmen wehrte energisch ab: „Du übersiehst die wechselnde Bedrohungslage. Wie stellst du dir das vor? Besonders kluge Kaninchen stürmten ins Stadion, während Stein die Außenrunden lief und umgekehrt?" Sie lächelte. „Wer hat die den bloß eingelassen."

Gießbert hasste es, wenn sie sarkastisch wurde, aber ihr Argument war schlüssig. Der Bau war speziell dagegen gesichert, dass Kleintiere, die den Rasen des Spielfeldes schädigen konnten, keinen Zugang fanden. Während er nach einer alternativen Erklärung suchte, setzte sie nach:

„Die Maschen der Zäune sind selbst für junge Kaninchen zu eng. Wären die Viecher Auslöser für Charlys Aufregung, hätte er sich auf den äußeren Bereich konzentriert. Die Einträge sprechen dafür, dass ein gefährlicher Spinner in den Komplex eingedrungen ist, der den Wachmann auf dem Gewissen hat."

„Genau", frotzelte er, „ich mach mich zum Gespött des Kollegiums und schreib in den Bericht, dass wir einem Mörder auf der Spur sind, der seine Opfer zu Tode erschreckt." Er schmunzelte."

„Hör dir den Rest an. Vielleicht vergeht dir dann das Lachen. Zum nächsten Eintrag hatte er den Hund wieder abgegeben."

28. Februar, 21:00 Uhr.
Charly ist wieder bei Klaus und ich glotz den ganzen Abend auf seinen leeren Platz. Er fehlt mir! Was immer da draußen vorgeht, es macht mir Schiss. Hinter jeder Ecke fürchte ich, dass mir jemand auflauert. Dann läuft es mir eiskalt den Rücken runter. Was tu ich nur? Wenn ich bloß jemand erwischen würde. Wenn ich vorher Alarm schlage, halten die mich für irre und feuern mich. Heute kriegt mich kein Traktor mehr raus!

„Er traute sich nicht mehr raus. Der nächste und letzte Eintrag folgt etwa drei Stunden später", sagte Carmen.

23:55 Uhr. War auf dem Sofa eingepennt. Bin grad aufgewacht, weil der Wind durch die Ritzen pfiff. Die Tür knarrt leise. Mir wird kalt. Mein Herz rast.

„Das war's! Er muss schwer in Bedrängnis geraten sein", sagte Carmen, „während der letzten Zeilen zitterte seine Hand, dass ich die Krakelei nur mit Mühe lesen kann." Sie legte das Buch auf den Tisch und sah Gießbert an, wie sie es immer tat, während sie auf seine Reaktion wartete. Er war noch im Bann seines Kopfkinos gefangen.

Waren dies wirklich die letzten Gedanken eines Mordopfers? Er ließ es drauf ankommen: „Gehen wir es durch."

„Gerd Stein wurde ermordet", sagte sie.

„Tatwaffe?"

„Die übersteigerte Fantasie", fragte sie mehr, als dass sie es sagte.

Er lachte herzlich: „Ist als Tatwaffe nicht anerkannt. Soll ich das in den Bericht schreiben! Wer käme infrage?"

„Dr. Frankenstein."

„Wie können wir das beweisen? Ermittlungen kosten Zeit und Geld! Beides ist knapp."

Sie zählte es an den Fingern ab: „Wie viel Zeit wird dich der Bericht kosten, der die manipulierte Armbanduhr, die geschlossene Tür, die fehlenden Fingerabdrücke, und nicht zuletzt, die schrägen Einträge im Tagebuch plausible erklärt."

Er wandte sich wieder den Monitoren zu und schaltete die Kameras durch: „Du wirst mir natürlich dabei helfen."

Keine Antwort. Die Geister, die ich rief, dachte er. In Erwartung, dass sie jetzt richtig los legte, drehte er sich ihr wieder zu und wurde überrascht. Sie war fort! Die Tür stand unverändert einen Spalt auf. Wie war sie unbemerkt raus gekommen? Er rief sie. Nichts, außer dem schweren Ticken der Uhr an der Wand. Er wollte ihr nach, plötzlich verschwamm die Umgebung, als wäre sie aus Gummi. Panik ergriff ihn, ein Hilferuf, dann schwanden ihm die Sinne..

Als Nächstes spürte er, wie jemand seine Wange tätschelte: „Komm zu dir, Wolfi. Wir sind hier. Alles ist gut."

Er öffnete die Augen und sah in Carmen besorgtes Antlitz. Sie hielt seinen Kopf in den Händen und flüsterte: „Hey. Da bist du ja wieder. Du warst weggetreten."

„Wo bist du so schnell hin?", fragte er vorwurfsvoll.

Sie hob die Augenbrauen: „Hab mich nicht vom Fleck gerührt, mein Alter."

Er sah sich um und erschrak. Sie waren nicht im Wachraum, sondern in Carmens Wohnung: „Wie sind wir hergekommen?" Er saß auf dem Stuhl an Carmens Esstisch und umklammerte ihre Handgelenke, dass sie bereits blutleer wirkten. Gleichermaßen erschreckt und peinlich berührt ließ er sie los: „Was geht hier vor! Wieso sind wir nicht im Wachraum?"

„In welchem Wachraum? Wir sind noch immer bei mir."

Tasha und Sandra winkten ihm verlegen zu. Er sah zur Uhr an der Wand, dann zum Kalender darunter. Es war der 27. Februar, nur rund anderthalb Stunden später."

„Sie hatten eine Vision", sagte Tasha, „wer ist Gerd Stein?"

Er war empört, fühlte sich verladen: „Habt ihr mir was in den Kaffee getan?"

„Spinnst du!", zürnte Carmen, „du hast ihn ja nicht mal angerührt!"

Wie war das möglich! Er hatte sich nicht vom Tisch bewegt: Trotzdem erinnerte er die Recherchen so klar, dass er Carmens Lesung aus dem Tagebuch Wort für Wort zitieren konnte.

Die Frauen bestanden auf einen Bericht. In der Hoffnung auf eine halbwegs rationale Erklärung fügte er sich.

Am Ende der Schilderungen gab Carmen ihm Recht. Trotz ihrer spirituellen Veranlagung glaubte sie nicht, dass sie den Hauch einer Chance hätten, einen solchen Mord zu beweisen.

Tasha schien mit ihrem Urteil nicht einverstanden, und natürlich waren ihr Gießberts Vorbehalte gegenüber allem Übernatürlichen nicht entgangen. Sie erkundigte sich vorsichtig, ob sie ihre Meinung äußern dürfe.

Natürlich durfte sie! Gießbert brannte darauf, zu erfahren, was seinen Verstand durcheinander wirbelte.

„Es ist wichtig, dass Sie ein paar Dinge verstehen", sagte Tasha. „Visionen sind selten direkte Botschaften. Es sind Hinweise, deren Bedeutung metaphorischer Natur sind. Nehmen wir die fehlenden Fingerabdrücke und die verschlossene Tür. Sie könnten tatsächlich Hinweise darauf sein, dass Sie ein solches Verbrechen nie beweisen könnten."

Das verstand Gießbert und bestätigte: „So wäre es ohne jeden Zweifel gewesen."

Tasha fuhr fort: „Da wäre noch die gezogene Krone."

„Das ist einfach", sagte Carmen, „dahinter steckt der plumpe Versuch, ein falsches Alibi zu konstruieren."

„Glaub ich nicht", sagte Tasha, „wie den anderen Hinweisen, kommt auch ihr eine symbolische Bedeutung zu. Die Zeit scheint mir entscheidend?"

„Die Zeiger standen auf kurz vor Mitternacht", sagte Gießbert.

Tasha nickte bedeutsam: „Oder „Fünf vor Zwölf"."

Geisterstunde", witzelte Carmen, „oder spielst du auf die Redewendung an?"

Tasha nickte abermals: „Natürlich ist die gemeint."

Gießbert sah ungläubig zwischen den Frauen hin und her: „Moment mal. Was wollen Sie ausdrücken?"

„Dass es *fünf vor Zwölf* ist und dass Ihnen begrenzte Zeit bleibt, ein Verbrechen zu verhindern, welches Sie nicht beweisen könnten", sagte Tasha. Mit einiger Verzögerung fügte sie hinzu: „ Oder nicht wollten."

Gießbert starrte sie an.

„Dazu passt das Datum auf dem Kalender im Wachraum. Glauben Sie es oder nicht. Wenn Sie nichts unternehmen, werden Sie Blut an Ihren Händen haben."

Das war zu viel des Guten! Er stürzte seinen Kaffee und verabschiedete sich so freundlich, wie es ihm unter den Umständen möglich war.

Neuer Tag, neues Glück. So hatte Gießbert gehofft. Doch so kam es nicht. Er saß am Küchentisch, kaute lustlos auf einen Toast und bekam den Vorgang nicht aus dem Schädel. Dabei schlief er schon seit Wochen schlecht und konnte sich kaum konzentrieren. Trotzdem erinnerte er in völliger Klarheit einen Tatort, an dem er nie war und Recherchen, die sie nie durchgeführt hatten. Der Fall beanspruchte seine Aufmerksamkeit so sehr, dass er während der Fahrt zur Dienststelle beinahe bei Rot über eine Kreuzung gerauscht wäre.

Carmen erwartete ihn bereits am Schreibtisch und klagte über Schlafmangel. Nach einigem Hin und Her hatte sie ihn davon überzeugt, dass es nicht schadete, die bekannten Umstände abzuklopfen. Als Dezernatsleiter verfügte er über den nötigen Freiraum.

Sie besorgte die Rufnummer des Stadions und fand bestätigt, dass es einen Wachdienst gab, dessen Kontrollraum im Untergeschoss des Gewölbes lag.

Der Wachdienst bestätigte, dass Gerd Stein für die kommende Nachtschicht eingeteilt war.

Die Übereinstimmungen waren zu auffällig, um sie ignorieren zu können. Am frühen Nachmittag des 28. Februars brachen Sie zum Stadion auf. Carmen hatte ihren Chef davon überzeugt, ihren Besuch bequem mit einen anonymen Hinweis begründen zu können.

Im Stadion überkam Gießbert ein Déjà-vu, begleitet von einer mächtigen Gänsehaut. Obwohl er bisher nie im Stadion gewesen war, erschien es ihm wohl vertraut. Als er auch noch die markantesten Abdrücke der Verschalungsbretter in den Betonwänden erkannte, schwächelten die Knie: „Wie geht das?", stöhnte er, „ich schwöre, dass ich noch nie hier war." Carmen stützte ihn, bis die Knie wieder stabil waren: „Erkennst du denn nichts", fragte er, „du warst doch bei mir."

Sie schüttelte den Kopf. „Ich hasse Fußball und war nie hier."

Es gab kein Zurück mehr. Für Gießbert schien der Fall klar. Kein Geist, sondern ein sehr irdischer Mistkerl stellte dem Wachmann nach. Und er glaubte zu wissen, wer dieser Mistkerl war. Kollege Drexler schuldete ihm noch was und wurde für seine Verschwiegenheit geschätzt. Gießbert bat ihn, zu Dr. Meyerdirks zu fahren, dessen Anwesenheit zu klären und ihn zu observieren. Als Carmen Gerd Stein ohne Umschweife auf seine Ängste ansprach und die Herausgabe des Tagebuchs verlangte, errötete er und leugnete stotternd dessen Existenz. Aber Carmen ließ nicht locker und wurde energischer, bis er sich fügte.

Es fiel dem jungen Kerl sichtlich schwer, der attraktiven Kommissarin das Protokoll seiner Ängste zu übergeben. Der Inhalt bot keine Überraschung. Nur die Einträge dieses Tages fehlten.

Es kam ihnen sehr entgegen, dass Gerd Stein ihr Erscheinen mit Charlys Herrchen und dem Hilferuf an die Freunde verband. Vermutlich fesselte Carmen Attraktivität seine Aufmerksamkeit so sehr, dass er nicht darüber fiel, dass keine der Personen von seinem Tagebuch wissen konnte. In jedem Fall ließ ihre zauberhaft feminine Ausstrahlung Gerd Steins Selbstverstrauen spürbar erstarken, als er gegen 19:30 Uhr zu einer Runde aufbrach. Dabei behielten die Kommissare ihn über die Monitore im Auge. Nicht störte die Ruhe. Im Nachgang bemerkte der Wachmann, er habe sich nie so wohl gefühlt, wie während dieser Runde.

Gegen 21:00 Uhr fragte Drexler nach, ob er den Typen noch immer observieren sollte. Dr. Meyerdirks habe sich seit Stunden nicht vom Schreibtisch bewegt. Gießbert schickte den Kollegen heim. Carmen und er bezogen am Ende des Flures Stellung, in einem Raum, dessen Tür es ermöglichte, den gesamten Flur durch einen schmalen Spalt im Auge zu behalten. Sie hatten einen Plastikstuhl und einen Haufen Schaumstoff unterlagen als Sitzplätze zur Verfügung. Gießbert war der Chef, also blieb für Carmen der Plastikstuhl am Türschlitz.

Während der ersten Stunde witzelten sie noch flüsternd miteinander. Irgendwann erlahmte das Gespräch und Gießbert ließ sich wohlig stöhnend hinten über sinken. Er breitete die Arme wie ein Gekreuzigter aus uns schlief ein. Carmen erkannte es an seinen ruhigen und gleichmäßigen Atem. Sie sah keinen Grund ihn zu wecken. Sie spielte ein Spiel auf ihrem Handy - blieb dabei aber wachsam! Um 23:50 Uhr hatte sie ihr Zeitgefühl verloren, als sich plötzlich die Härchen auf ihren Armen aufrichteten.

Sie spickte durch den Spalt und wurde Zeugin, wie sich etwa zehn Meter von ihrer Tür aus dem Nichts eine Säule aus schwärzlich waberndem Dunst auf dem Flur formierte und zur Größe eines durchschnittlichen Erwachsenen anschwoll. Sie nutzte die Gelegenheit und betätigte die Aufnahmetaste ihres Handys. Als die Säule sich langsam in Bewegung setzte, zischte sie Wolfgang Gießbert zu, er möge aufwachen.

Weil der nicht regierte, machte sie einen Satz auf ihm zu und stieß ihn hart an: „Wach endlich auf!"

Murrend öffnete er die Augen und sah sich desorientiert um. Dann begriff er und sprang auf: „Was ist? Geht's los?!" Er stieß die Tür auf. Nichts. Der Flur lag still und verlassen da und die Neonröhren summten unverändert nervtötend: „Was war denn?"

„Was weiß ich", knurrte sie und zeigte ihm ihre Aufnahme. Sie rannten zum Wachraum und fanden Gerd Stein friedlich schlafend auf dem Sofa sitzen; den Kopf auf die Rückenlehne und den Mund weit geöffnet.

Dies war der letzte Eintrag im mir vorliegenden Bericht. Er wurde mir rund drei Jahre nach den Ereignissen im Anschluss einer Talkshow zugänglich, in die ich als Skeptiker zum Thema Grenzerfahrungen geladen war. Eine der Gesprächspartnerinnen, die sich als Wissend zum Thema verkauft hatte, und die mir wegen ihrer weit aufgerissenen Augen aufgefallen war. Sie übergab mir im Anschluss der Show im Backstage-Bereich den Bericht. Nachdem ich ihn gelesen hatte, war offensichtlich, wer die Dame war. Ich fragte, was sich da ihrer Meinung nach ereignet hat. Ihre Antwort sollte mich überraschen. Sie erklärte: Es gäbe so etwas wie eine Vision nicht! Was Wolfgang Gießbert erlebt habe, sei ein Déjà-vu gewesen, dem ein Erlebnis seines Astralleibes vorausgegangen sei. Er sei sich der Begabung nicht bewusst gewesen. Zudem habe sein Beruf so sehr Besitz von ihm ergriffen, dass es ihm irgendwann zur Gewohnheit geworden sei, sich vor dem Einschlafen in die Verhaltensweisen der

Täter hineinzudenken, mit denen er sich aktuell beschäftigte. Je intensiver die Vorstellungskraft, desto höher sei die Wahrscheinlichkeit, dass wir diese Gedanken mit in die Traumwelt nähmen. Geschähe das, so die seltsame Dame weiter, und käme es in dieser Nacht zur einer Astralreise, könne es passieren, dass der Astralleib das Rollenspiel als Identität akzeptiere und sich als geballte Ladung sichtbarer negativer Energie manifestiere. Ein Phänomen, welches wir als bösen Geist bezeichnen täten, und die tatsächlich mörderische Geister seien, die sich von Orten mit gebalter negativer Energie angezogen fühlten. Wie Fußballstadien, in denen sich regelmäßig der Zorn tausender Fans in Gewalt manifestiere. Der Wachmann sei durch den massenhaften Konsum blutiger Gewaltfilme negativ aufgeladen gewesen, dass er den mörderischen Astralleib wie ein Magnet anzog. Hätte Carmen ihren Chef nicht rechtzeitig geweckt, hätte es für den Träger der negativen Energie den sicheren Tod bedeutet. Da die Namen der Beteiligten geändert worden waren, forderte ich ein Gespräch mit den Beteiligten. Der Wachmann, so die Hellseherin, nutze niemanden. Er könne lediglich von seiner Angst berichten. Anlässlich Wolfgang Gießberts Pensionierung habe Carmen den Dienst quittiert und sich seiner angenommen. Seit dem seien beide wie vom Erdboden verschwunden.

Einen Beweis konnte sie mir dann doch anbieten. Sie schickte mir jenes kurzes Video, welches Carmen in der bewussten Nacht im Untergeschoss des Stadions aufgezeichnet haben soll. Es zeigte eine Erscheinung, die der Beschreibung im Bericht entsprach. Schon während ich es zum ersten Mal sah, erfüllte mich das unbestimmte Gefühl, dass die Geschichte zu abgefahren war, um zum Marketinggag einer Hellseherin zu taugen, die glotzte, als trug sie Kontaktlinsen aus Pressholz. Es gelang mir die Sportstätte zu identifizieren, sprach mit dem Wachmann und fand heraus, wer der Kriminalkommissar gewesen war. Mir wurde auch bestätigt, dass er seinerzeit einen ungewöhnlichen Fall bearbeitet hat. Details wurden mir verweigert. Immerhin erfuhr ich, dass der oder die Täter nie gefasst wurden. Es gelang mir weder Carmens noch Wolfgang Gießberts Aufenthaltsort zu ermitteln. Mehr als ein Jahr war seit dem Gespräch mit der Hellseherin vergangen. Ich hatte die Geschichte längst verworfen, als ich mich ohne besonderen Anlass durch mein Archiv klickte und auf Carmens Aufzeichnung stieß. Ich hatte sie damals zu einer Sequenz aus Wiederholungen auf etwa eine Minute verlängert. Während ich die Aufzeichnung lustlos betrachtete, erinnerte ich mich plötzlich der Schilderung der Hellseherin zu den Anziehungskräften zwischen negativen Energien und mörderischen Astralleibern. Entweder spielte mir mein Gedächtnis einen Streich oder sie hatte geirrt! Die Erscheinung bewegte sich nicht zum Wachraum, sondern zügig auf die Kamera zu. Leider war auch Tasha nicht mehr auffindbar.

Das Klavier

von Dirk Weber

Dass Bärwe gut gelaunt aus dem Taxi vor dem Verlagshaus sprang, hatte einen triftigen Grund. Bereits drei Tage, nachdem er sein neues Manuskript eingereicht hatte, rief die Sekretärin des Verlegers an, um einen eiligen Gesprächstermin zu vereinbaren.

Er nahm sich bei der Gelegenheit vor, die recht dürftigen Vertragskonditionen anzusprechen. Nach bereits sechs Veröffentlichungen, – seine ersten fünf Romane über Dan Hetor und die rote Hand hatten sich wie warme Semmeln verkauft – , war er eine Größe im Verlag. Und die Einladung des Verlegers unterstrich diesen Umstand.

Mit einem fröhlichem „Guten Morgen" eilte Bärwe am Empfang vorbei zum Aufzug und fuhr in die zwölfte Etage.

Die Sekretärin schickte ihn direkt zum Büro des Verlegers weiter. „Er wartet schon auf Sie, Herr Bärwe!"

Während er den Gang hinunter auf eine Mahagoni-Tür zuging, versanken seine Füße in einem flauschigen Teppich. An den Wänden hingen Zeichnungen von Bucheinbänden und erfreut sah er auch die Titelbilder seine Bücher, das heißt, nur die der ersten fünf. Vom sechsten keine Spur. Nun gut, es konnte ihm egal sein, wenn diese Zeichnung offensichtlich nicht gefiel. Er hatte das Bild weder ausgesucht, noch entworfen oder gemalt.

Dann stand er vor der Tür und atmete tief durch. Auf sein Klopfen hin erscholl ein kräftiges „Herein mit Ihnen!" und Bärwe betrat das große, mit Antiquitäten und Bücherwänden vollgestopfte, Büro. Es roch nach Bienenwachs und altem Papier.

Der Verleger, Dr. Volkmar Weinstein, saß an einem schweren Eichentisch über einen Stapel Blätter gebeugt. Seine Blätter, sein Manuskript. Er erkannte es sofort.

„Setzen Sie sich, Thomas", sagte Weinstein, „wie geht es Ihnen?"

„Danke der Nachfrage. Ich kann nicht klagen. Und wie geht es Ihnen, Volkmar?"

„Die Verkaufszahlen liegen mir aktuell schwer im Magen. Und daran sind Sie nicht unschuldig, mein Lieber."

„Wieso?" Bärwe schaute irritiert drein.

„Nun, Ihr sechster Roman …"

„… ist zu schlecht beworben worden", ereiferte sich Bärwe. „Der Vertrieb dachte wohl, ein Dan Hetor verkauft sich ohne große Reklame."

„Nein, der Roman ist schlecht, Thomas. Wir hatten sogar höhere Werbungskosten." Der Gesichtsausdruck von Weinstein wurde unfreundlicher. „Wissen Sie eigentlich, was in den Kritiken stand?"

„Ich lese keine Kritiken. Sie behindern mich in meiner Kreativität und langweilen mich."

„Oh, langweilig sind sie sicherlich nicht. Im Gegenteil. Ich zitiere mal aus der Feiertagspost: ‚Bärwes neuster Dan-Hetor-Roman liest sich wie ein Sachbuch über die Meerschweinchenzucht. Sein nüchterner Erzählstil, seine pragmatische neue Sachlichkeit wirken so steril, dass es ihm gelingt, versehentlich beim Leser aufkommende Gefühle, bereits im Keim abzuwürgen.'"

„Hat das der Mayerhofer geschrieben? Der konnte meine Romane doch noch nie leiden!"

„Sie wollen nicht wissen, was der Mayerhofer geschrieben hat, Thomas. Diese Kritik stammt von der Neumann-Hafner. Die Neumann-Hafner, welche bisher alle Ihre anderen Romane stets in den Himmel gelobt hat."

„Aber …", doch Bärwe kam nicht zu Wort.

„Das hier", Weinstein deutete auf das Manuskript zu Bärwes siebten Dan-Hetor-Abenteuer, „das hier, Thomas, würde die Marke Dan Hetor ruinieren. Und das, lieber Thomas, lasse ich nicht zu! Sie haben zwei Monate, das Manuskript zu überarbeiten oder komplett neu zu schreiben. Zwei Monate, sonst besorge ich mir einen anderen Schreiber, der zukünftig die Dan Hetor Romane verfasst. Und Sie, Thomas, sind dann raus!"

„Das können Sie nicht tun", stotterte Bärwe, „Dan Hetor ist mein Baby. Ich habe ihn erfunden, ich habe …"

„… kein Universalrecht auf die Figur", fiel ihm Weinstein ins Wort. „Der Verlag hat viel Geld in den Erfolg der Romanreihe investiert und damit genauso viel, wenn nicht sogar mehr, Anteil an der Popularität von Dan Hetor."

Bärwe wollte noch etwas sagen, aber es hatte ihm die Sprache verschlagen. Nicht ein Wort kam über seine Lippen.

Weinstein schaute demonstrativ auf den Tischkalender. „Worauf warten Sie noch?" Er drückte ihm das Manuskript in die Hand. „Einen schönen Tag noch." Damit war der Gesprächstermin beendet.

Vier Tage später saß Bärwe mit gepackten Koffern in einem Mietwagen. Er musste raus aus seiner Wohnung, raus aus der Stadt. Nach seinem Gespräch mit Weinstein hatte er eine Schreibblockade. Und dann noch der Termindruck! Ein Umgebungswechsel, neuartige, andersartige Eindrücke … darauf setzte er all seine Hoffnung. Und kurzerhand hatte er drei Zimmer in einem Herrenhaus für zwei Monate angemietet. Irgendwo im Nirgendwo, abgelegen mitten in einem Waldstück. Er kannte nicht einmal die Region. Hauptsache, das Navigationsgerät seines Mietwagens fand den Weg. Und so ging es einhundertzweiundzwanzig Kilometer in Richtung Osten.

Nach eineinhalb stündiger Fahrt erreichte Bärwe sein Ziel. Ein grobknochiger, älterer Herr empfing ihn.

„Mein Name ist Altmann. Ich verwalte das Haus für den Baron, der mittlerweile nach Kanada übergesiedelt ist."

„Freut mich, Sie kennenzulernen, Herr Altmann. Mein Name ist Bärwe. Ich denke, mein Kommen ist angekündigt worden?"

„Sehr wohl, das ist es. Aber normalerweise vermieten wir nur die Zimmer im Westflügel", sagte Altmann, „und die sind alle ausgebucht. Ich war erstaunt, als man Sie ankündigte und muss Sie leider im Ostflügel einquartieren."

„Ist das ein Problem?" fragte Bärwe.

Altmann zögerte, überlegte, meinte dann: „Im Ostflügel ist das Musikzimmer. Hier spielt die Großtante vom Baron nachts Klavier und vergrault damit die Gäste."

„Spielt Sie so schlecht?"

Altmann zögerte erneut mit der Antwort.

„Das weniger", meinte er schließlich, „nur um die Uhrzeit ... Wenn Sie deshalb wieder abreisen wollen, macht Ihnen natürlich niemand Umstände."

Bärwe musste nicht lange überlegen. Er war es gewohnt, nachts bei offenem Fenster zu schreiben, den Großstadtlärm aufsaugend. Musik würde ihn da nicht stören. Im Gegenteil, er war doch gerade für neuartige Eindrücke angereist.

Die drei Zimmer, die der Verwalter ihm zeigte, waren gründlich für den neuen Gast vorbereitet worden. Alles war sauber und ordentlich. Die Räume waren etwas altbacken, aber durchaus zweckmäßig eingerichtet. Weit geöffnet ragten die Fensterflügel noch in die Räume hinein um den Geruch des Leerstandes fortzuwischen. Das gelang nicht so recht, aber Bärwe war es egal. Gerade dieser Geruch hatte ihm eben eine kleine Eingebung beschert. Er griff schnell zu Stift und Schreibblock, machte sich einige knappe Notizen. Danach schaffte er die Koffer in die Schlafkammer. Anschließend rief er die Mietwagengesellschaft an. Die nächsten Wochen würde er kein Auto benötigen und er vereinbarte deshalb einen Übergabetermin für den folgenden Tag im Dorf.

Am späten Abend saß er am Schreibpult. Ein Glas und eine geöffnete Flasche Rotwein standen vor ihm. Unschlüssig hielt er den Stift in der Hand, blickte gedankenlos auf die Manuskriptseiten. Draußen hatte ein heftiges Gewitter begonnen. Blitze durchzuckten die nächtliche Schwärze. Regentropfen prasselten gegen die Scheiben wie ein wild gewordener Bienenschwarm, der mit aller Macht durch das Glas brechen will. Der Strom fiel kurzzeitig aus, nur den Bruchteil einer Sekunde. Ein Blitz musste in eine Oberleitung eingeschlagen sein. Durchgängiges Grollen erfüllte die Stille, immer wieder von Donnerschlägen unterbrochen. Plötzlich spürte er

Zugluft an seinem Nacken. Irgendwo schien ein Fenster nicht geschlossen zu sein? Die Luftbewegung war jedoch angenehm, streichelte seinen Nacken, sein Gesicht. Er verspürte nicht die geringste Beunruhigung, schloss die Augen und gab sich vollständig dem liebkosenden Luftzug hin. Eine leichte Gänsehaut, ein prickelndes Gefühl erfasste seinen Körper, ohne dass er sich darüber ansatzweise im Klaren war, was eigentlich mit ihm geschah. Millionen von kleinen und kleinsten Gedanken, Nebelfetzen gleich, durchströmten ihn. Wieder schlug ein Blitz ein. In unmittelbarer Nähe. Laut, krachend, unbarmherzig. Der Luftzug verschwand augenblicklich, wie ein verschrecktes Kind. In der Ferne ertönte eine Feuerwehrsirene. Bärwe griff zum Rotweinglas, doch es war leer. Auch die Flasche war leer. Er konnte sich nicht erinnern, mehr als nur das erste Glas getrunken zu haben ... Dann ... Musik, Klaviermusik. Peer Gynt von Grieg! Kräftig spielte das Klavier gegen das abziehende Unwetter an. Und der Stift in seiner Hand fing plötzlich an zu tanzen! Da war sie, die geistige Anregung, auf die er so lange gewartet hatte.

Als er am nächsten Morgen am Pult erwachte, den Stift noch in der Hand haltend, hatte er ein knappes Viertel des Manuskriptes überarbeitet. Viel war von der ursprünglichen Fassung nicht übrig geblieben. Er überflog die Seiten. Sein Kopf dröhnte wie nach einem Saufgelage. Aber es half nichts. Er würde die Seiten noch heute auf dem Laptop abtippen müssen. Und zwar solange, wie er seine Sauklaue von der Nacht noch halbwegs lesen konnte. Er nahm sich vor, der Klavierspielerin später zu danken.

Gegen Nachmittag fuhr er ins Dorf und übergab den Mietwagen. Auf dem Fußweg zurück zum Herrenhaus kam er an einer Gärtnerei vorbei und kaufte einen Strauß weiß gerandete rote Rosen. Der Weg zurück war matschig. Aber der Duft vom feuchten Gras, der Harzgeruch der Nadelbäume, das Brummen und Summen der Insekten ließen ihn vergessen, dass er gerade dabei war, sich die Schuhe zu ruinieren. Erst gegen Abend erreichte er sein Ziel.

Nachdem er sich etwas frisch gemacht hatte, ging er mit dem Strauß Rosen zum Musikzimmer. Er betrat das kleine Zimmer, dass nicht verschlossen war, und blieb wie angewurzelt stehen. Eine zentimeterdicke Staubschicht bedeckte den Parkettboden, die Bilder an den Wänden waren mit Laken verhangen. Das Klavier stand mittig im Raum, davor ein Hocker, rechts daneben ein Beistelltisch mit einem gepolsterten Stuhl. Auch die Möbel und das Klavier waren von einer Staubschicht bedeckt und doch ... es roch nach Lavendel! Ein kalter Schauer rieselte ihm über den Rücken, wie ein leichter Sommerregen. Von hier sollte die Musik gekommen sein? Er ging vorsichtig, Schritt für Schritt, als wenn er seine Anwesenheit verheimlichen wollte, jedes Geräusch unterdrückend, zum Klavier. Auf und zwischen den Tasten hatte sich der Staub ebenso gesammelt wie im ganzen Raum. Er hatte jetzt das Gefühl, neben sich zu stehen, wie in Watte gehüllt. Sein Blutdruck war mächtig in die Höhe geschnellt. Gedankenverloren drückte er zwei Tasten und zuckte zusammen. Misstönende, dumpfe Klänge, die nichts mit den Tönen zu tun hatten, die er in der vergangenen Nacht vernahm.

Er legte den Strauß Rosen auf dem Beistelltisch ab. Rückwärtsgehend und irritiert verließ er das Musikzimmer.

Abends saß er wieder am Schreibpult. Den Wein hatte er weggelassen. Würden sich die Ereignisse wiederholen? Auch ohne Gewitter und ohne Alkohol? Oder war die letzte Nacht ein Produkt seiner Fantasie? Aber, warum erwähnte der Verwalter Altmann dann die nächtliche Klaviermusik? Hatte er doch, oder bildete er sich das auch ein? Bärwe zweifelte an sich. Dass seine Fantasie in den Nachtstunden mit ihn durchgegangen war, sah er an den bearbeiteten Manuskriptseiten. Er starrte auf den noch zu überarbeitenden Text, wartete, starrte, wartete ... schlief schließlich ein.

Als das Klavier erneut zu spielen begann, war er schlagartig hellwach. Er blickte auf, erschrak. Auf seinem Pult lag eine weiß gerandete rote Rose! Er wollte aufspringen, ins Musikzimmer rennen ... doch er hielt inne. Der Stift in seiner Hand wollte wieder tanzen. Morgen, morgen wollte er nachsehen, aber jetzt erst schreiben.

Doch am nächsten Tag traute er sich nicht ins Musikzimmer, auch nicht am folgenden und am darauffolgenden Tag. Etwas hielt ihn zurück. Es war wie eine unsichtbare Barriere, die ihm nur erlaubte nach der Türklinke zu greifen, aber nicht, sie herunterzudrücken. Er fügte sich. Tagsüber wanderte er, und nachts, wenn das Klavier spielte, überarbeitete er das Manuskript. Als er damit fertig war, schickte er es dem Verlag und schrieb dann einfach weiter ... am nächsten Roman.

Nach zwei Wochen erreichte ihn dann eine E-Mail von der Verlagslektorin. Sie war vollkommen zufrieden mit der neuen Version, die nur wenig an die zuerst vorgelegte Fassung des Manuskriptes erinnerte.

Vom Glücksgefühl berauscht schaffte er es endlich, das Musikzimmer erneut zu betreten. Alles war wieder wie am ersten Tag. Selbst seine Spuren im Staub waren verschwunden. Unheimlich still war es ... Und doch legte er einen Brief, ein Dankesschreiben, auf das Beistelltischchen.

Andächtig verließ er daraufhin den kleinen Raum.

Als er an diesem Abend auf die Klaviermusik wartete, geschah jedoch etwas vollkommen Unerwartetes. Das Klavier begann damit, einen Ton zu spielen. Keine Musik, nur einen Ton, der unterschiedlich lang ausklang ... Er erinnerte sich an seinen ersten Roman. Dort hatten sich die Verbrecher Lichtsignale, basierend auf dem Morsecode, gesendet. Sollte hier ein Kontaktversuch vorliegen? Er notierte sich:

---. ..-. ..-. -. .   -- .. -.-. ....

Wieder er spürte er einen Lufthauch, wie in der ersten Nacht. Liebkosend, zärtlich, anregend. Der Ton erklang ein letztes Mal. Dann spielte das Klavier einen Walzer und er ließ den Stift tanzen, wie in den Nächten zuvor.

Morgens setzte er sich an seinen Laptop. Noch bevor er seine nächtliche Aufzeichnung abtippte, übersetzte er mit Hilfe eine Internetseite die Morsebotschaft:

öffne mich

Er bestellte daraufhin den Verwalter zu sich. Zusammen gingen sie zum Musikzimmer.

„Was können Sie mir über die Großtante vom Baron erzählen? Ich habe Sie nämlich noch nicht angetroffen, Herr Altmann."

Der Verwalter druckste: „Herr Bärwe, ich habe mich bei Ihrer Ankunft bewusst undeutlich ausgedrückt. Sie ist seit zwanzig Jahren tot, abgestürzt mit ihrem Flugzeug. Sie war auch eine begeisterte Fliegerin, müssen sie wissen. Und es ist ihr Geist, der im Ostflügel spukt und Klavier spielt. Aber, wer sollte mir so eine Gruselgeschichte glauben?"

Bärwe nickte verständig und öffnete die Tür. Altmann zitterte am ganzen Körper, hatte Schweiß auf der Stirn.

„Herr Bärwe, ich war noch nie im Musikzimmer. Ich weiß nicht, kann ich nicht besser an der Tür bleiben?"

„Kommen Sie bitte mit herein. Ich benötige Ihre Hilfe."

Zögernd folgte Altmann, blieb dicht hinter Bärwe.

„Wir müssen den Deckel vom Klavier anheben."

„Warum?"

„Ich habe da so eine Ahnung", sagte Bärwe. „Sie werden überrascht sein. Es wird sich alles aufklären."

Sie hoben den Deckel hoch. Die Scharniere quietschten, wollten zuerst nicht ihre Pflicht tun. Staub wirbelte auf und hüllte die Männer ein. Als der Staub den Blick freigab, sahen sie auf den Saiten des Klaviers … einen mumifizierten Leichnam.

„Oh, mein Gott", sagte Altmann und bekreuzigte sich.

Bärwe erstarrte. Das hatte er nicht erwartet. „Wer ist das?"

„Charly, die Lieblingskatze der Großtante", flüsterte Altmann. „Sie hatte Charly immer als Maskottchen im Flugzeug mitgenommen. Als die Katze vor zwanzig Jahren spurlos verschwand, hatte sie sich mit dem Verlust nie richtig abgefunden. Wenige Monate später stürzte sie dann mit ihrem Flugzeug ab."

Noch am selben Tag wurde die Katze neben dem Sarg der Großtante in der Familiengruft beigesetzt.

Das Klavier spielte seitdem nie wieder.

GeisterstundeN

von Caro Berg

Die Geister kommen nachts. Sie verstecken sich unter unseren Betten, hinter unseren Schränken und fühlen sich unterm Lampenschirm besonders heimisch. Wenn sich die Tapete an der Wand nur ein kleines Stück gelöst hat, sitzen sie hinter dem Wandschmuck und beobachten uns durch die Klebestöße. Manche sind ganz raffiniert und warten darauf, dass wir zur Toilette müssen. Dann verstecken sie sich hinter der Klopapier-Rolle und in den Handtuchsäumen.

Sie beobachten uns, wenn wir nachts heimlich in die Küche gehen und warten nur darauf, dass wir das Licht nicht einschalten. Dann kommen sie aus ihren Verstecken, denn in der Dunkelheit können wir sie nicht sehen. Geht aber die Kühlschranktür auf und es wird hell, verstecken sie sich flugs zwischen den Blättern unserer Zimmerpflanzen, in den Falten der Vorhänge und zwischen den Bohnen im Kaffeeautomat.

Das ist der Moment, in dem wir plötzlich ahnen, dass sie da sind. Bewegt sich die Gardine nicht ein wenig? Sicher sind wir nicht. Jetzt schnell in die Wurstdose greifen, einmal mit dem Finger durch die Marmelade ... da ist es wieder. Das Gefühl, dass wir nicht alleine sind. Ein kalter Schauer läuft uns über den Rücken und auf dem Weg zurück ins warme Bett wird unser Schritt schneller. Jetzt nur keinen Zeh unter der Bettdecke hervorlugen lassen. Die Geister unterm Bett könnten sonst womöglich mit ihren knochigen langen Fingern unsere Füße packen und uns daran in das Reich des Grauens ziehen.

Andere Geister wiederum stecken im Kleiderschrank zwischen unseren Wäschestücken und schauen den Kalorien dabei zu wie sie unsere Kleider enger nähen. Wenn man bei Vollmond ganz leise ist, kann man sie kichern hören. Die Kalorien merken davon nichts, denn sie können die kleinen

Geister nicht hören und nicht sehen. Ihre einzige Leidenschaft ist die Änderungsschneiderei. Um am Leben zu bleiben, ernähren sie sich von Baumwolle und fressen kleine Löcher in unsere T-Shirts. Aber nur in die aus ganz dünnem Stoff.

Natürlich gibt es auch in der Geisterwelt eine Rangordnung. Ganz oben in der Hierarchie stehen die schrecklich aussehenden Scheingestalten. Sie treiben die Menschen in den Wahnsinn. Die mit den Beobachtungsposten in Schlafzimmerschränken und Ankleideräumen gehören zur Mittelschicht und die Geister aus der Unterschichtsind dazu verbannt, in den Waschküchen linke und rechte Socken zu fressen, sie zu verstecken oder in Luft aufzulösen. Frauen treiben sie mit ihren Untaten besonders in den Wahnsinn. Deswegen dürfen diese Geister ab und zu in der Oberschicht aushelfen.

Laura ist eine hübsch anzusehende, sehr ordentliche und unbescholtene Frau in den Dreißigern. Sie geht täglich zur Arbeit und managt nebenbei das Leben ihrer kleinen Familie. Sie schmiert für ihren Mann, der morgens vor Sonnenaufgang seine Schicht beginnt und für ihren Sohn, der sich meistens beeilen muss, um nicht zur ersten Stunde zu spät zu kommen, die Frühstücksbrote und garniert sie liebevoll mit Tomaten und Gurkenscheiben. Erst dann gönnt sie sich eine Tasse Kaffee und zwei Scheiben köstlich gerösteten Toast, den sie dünn mit gesalzener Butter bestreicht. Alles im Haus hat seinen Platz: Die Kaffeetassen neben den Kuchentellern, die Streichholzschachteln bei den Kerzen, die Zeitschriften im Zeitungsständer, die Reißbrettstifte bei den Bleistiften und das Toilettenpapier gleich hinter dem WC-Reiniger. Akkurat sind alle Dinge einsortiert, aufgehängt oder hingestellt.

Eine halbe Stunde, nachdem ihre Männer zur Arbeit und in die Schule gegangen sind, verlässt sie, sorgfältig frisiert und dezent parfümiert, das Haus, um mit dem Fahrrad zur Arbeit zu fahren. Am späten Nachmittag kommt sie nach Hause, räumt auf, weckt ihren Mann, der sich nach jeder Frühschicht „nur ein bisschen hinlegt", macht Hausaufgaben mit ihrem Sohn und kocht leckeres Abendessen. Abends schläft sie erschöpft vor dem Fernseher ein. Fünf Mal die Woche, vier Wochen im Monat und zwölf Monate im Jahr ändert sich dieses tägliche Ritual nicht. Nur manchmal legt sie auf die Frühstücksbrote anstatt Gurken- und Tomaten-, Radieschen- und Kohlrabi-Scheibchen.

Heute war Mittwoch, 4.00 Uhr und Laura hörte ihren Mann unter der Dusche singen. Wie konnte er um diese Uhrzeit nur so wach sein? Sie zog die Jalousien des Schlafzimmerfensters nach oben. Es war noch dunkel. Als sie die Fensterflügel öffnete strömte für Oktober ungewöhnlich warme Luft in den Raum. Laura zuckte nur mit den Schultern. Auch gut. Dann musste sie sich nicht so warm anziehen.

Ohne das Licht einzuschalten schlurfte sie müde durch den Flur, horchte kurz an der Tür zum Zimmer ihres Sohnes, lief weiter ins Wohnzimmer und von dort in die dunkle Küche. Sie gähnte herzhaft und drückte auf den Schalter an der Dunstabzugshaube. Die kleine Lampe warf nur wenig Licht in den Raum, was Laura um diese Uhrzeit als sehr angenehm empfand. Ohne hinzusehen streckte sie sich und öffnete auf Zehenspitzen stehend mit der linken Hand die Tür des Hängeschrankes über der Spüle. Sie wollte die Teepackung herausholen. Gleichzeitig stellte sie mit der rechten Hand den Wasserkocher unter den Wasserhahn und ließ Wasser hineinlaufen. Doch was war das? Die Hand im Schrank griff ins Leere. Laura bewegte Ihre Finger hin und her und tastete die beiden Fächer ab. Komplett leer. Das konnte doch nicht sein. Da stimmt etwas nicht. Gerade wollte sie den Stuhl heranziehen und darauf steigen, um besser sehen zu können, als sie die Schritte ihres Mannes hörte.

„Mach doch Licht an, Schatz, du siehst doch gar nichts." Es blinkte dreimal kurz auf bevor das Neonlicht von der Decke aus den ganzen Raum durchflutete.

„Wolltest du den Earl Grey?", fragte er sie, als er neben ihr angekommen war und hauchte ihr einen zärtlichen Kuss auf die Wange. Er musste sich nicht strecken, um in den Schrank greifen zu können. „Hier, Schatz", lächelte er und reichte ihr die Packung mit den Teebeuteln.

„Aber ich …!" Lauras konnte es nicht begreifen. Sie machte einen Schritt rückwärts, stellte sich auf die Zehenspitzen … tatsächlich, da stand alles an seinem Platz.

„Du kommst alleine zurecht?", scherzte Marko, „Ich geh mich schnell anziehen." Er gab ihr einen Klapps auf den Po, bevor er leise vor sich hin summend die Küche verließ.

Laura mochte diese Helligkeit am frühen Morgen nicht und knipste das große Licht schnell wieder aus. Der Wasserkocher war zwischenzeitlich übergelaufen und sie drehte hastig den Wasserhahn zu, schüttete ein bisschen Wasser ab und stellte ihn auf die Station neben dem Spülbecken. Kaum eingeschaltet, begann das Gerät unter leisem Rauschen seine Arbeit. Laura fingerte zwei Teebeutel aus der Verpackung. Earl Grey mochten sie am liebsten. Fehlten nur noch die Tassen.

Sie durchquerte die Küche und wollte die hohe Tür des fast bis zur Decke reichenden Schrankes öffnen. Sie klemmte. Laura zog ein bisschen fester an dem Griff aus Edelstahl, aber die Tür gab kaum nach. Das gibt's doch nicht. Wieso ließ sich die Schranktür nicht öffnen? Sie wurde doch nur durch zwei kleine Magnete zugehalten. Sie holte tief Luft, legte ihre Hand erneut um den Griff und zog mit ganzer Kraft.

Ohne jeglichen Widerstand zu leisten ging die Tür plötzlich auf. Laura, von ihrem eigenen Schwung nach hinten gerissen, landete ohne abzubremsen rücklings mitten im Basilikum. Sie hatte ihn vor ein paar Tagen neben die Terrassentür gestellt, weil er dort so schön Licht bekam.

Aua! Das tat weh. Mit schmerzverzerrtem Gesicht erhob sie sich und rieb mit der rechten Hand ihr Hinterteil. Vorsichtig bewegte sie Arme und Beine. Bis auf einen Bluterguss, der sich wohl an ihrer Pobacke bilden würde, war anscheinend alles heil geblieben.

„Hihihi"

Abrupt hielt Laura in der Bewegung inne. Sie hob den Kopf und lauschte. War das ein Kichern? Hm … jetzt war es still. Wahrscheinlich hörte sie Gespenster.

Kopfschüttelnd wandte sie sich um und betrachtete den Schaden im Blumentopf. Laura entschied, dass es heute

Abend Tomaten mit Mozzarella und frischem, wenn auch nicht mehr sehr schön anzuschauendem, Basilikum zum Abendessen geben würde.

In diesem Moment schaltete sich hinter ihr mit einem lauten KLACK der Wasserkocher mit einem lauten KLACK aus. Ach ja, die Tassen. Sie griff in den immer noch weit geöffneten Schrank und holte zwei große weiße Humpen heraus, die im schwachen Licht der kleinen Abzugs-Lampe gut zu sehen waren. Auf der Arbeitsplatte drehte sie die beiden Tassen so lange im Kreis, bis die schwarzen, fettgedruckten Worte *Mama* und *Papa*, auf dem Porzellan zu sehen waren. Dann platzierte sie je einen Portionsbeutel Earl Grey in jede Tasse und goss das heiße Wasser darüber. Sofort verbreitete sich ein köstlicher Duft im Raum.

„Schatz, was hat denn gerade so gepoltert …? Marko hielt inne und sah sie besorgt an. „Was ist los? Du bist kalkweiß."

„Das Brot ist weg! Ich hatte doch gestern noch eins gekauft." Laura stand vor dem offenen Brotkasten und tastete wie wild mit der Hand im dunklen Innenraum. „Erst waren die Teebeutel weg, dann ließ sich die Schranktür nicht öffnen und jetzt ist das Brot verschwunden!", rief sie hysterisch und schaute Ihren Mann verzweifelt an.

Marko drückte statt einer Antwort auf den Lichtschalter an der Wand und sofort lag die Küche in gleißendem Neonlicht.

„Siehst du?" Laura deutete auf den Brotkasten und erstarrte. Da lag das Brot. So wie sie es gestern hinein gelegt hatte. „Aber, du hast doch gesehen, dass ich …" Plötzlich brach Laura in Tränen aus und lehnte sich schluchzend an die Brust ihres Mannes.

„Du bist einfach nur überarbeitet." Er strich ihr sanft über das Haar. „Vielleicht sollten wir übers Wochenende wegfahren … jetzt muss ich aber los." Er haucht einen Kuss auf ihre Lippen. Die Tür schlug hinter ihm zu und wenig später hörte sie wie der Motor seines Kombis ansprang und aus der Garage fuhr.

Davon abgesehen, dass plötzlich die Tomaten im Kühlschrank lagen, wo sie überhaupt nicht hingehörten, die Messer in dem Fach lagen, in dem sich sonst die Gabeln befanden, die Vase auf dem Tisch leer war, obwohl sie gestern frische Blumen hineingestellt hatte und das Geschirr in der Spülmaschine, die sie gestern nach dem Abendessen eingeschaltet hatte, völlig verschmutzt war, geschah nichts außergewöhnliches mehr und der Tag verlief reibungslos. Laura hätte gerne mit jemandem über die morgendlichen Erlebnisse gesprochen, doch sie widerstand dem Impuls, ihrer Kollegin von den merkwürdigen Vorkommnissen in ihrer Küche zu erzählen. Die hätte sie sowieso nur für verrückt erklären.

Endlich Feierabend. Laura staunte nicht schlecht als sie nach Hause kam. Ihr Sohn hatte seine Hausaufgaben bereits gemacht und das auch noch fehlerfrei. Prima! So konnte sie sich ein wenig auf die Couch legen, bevor sie fürs Abendbrot das Fleisch würzen und das Gemüse putzen musste. Ihr Mann lag noch in tiefem Mittagsschlaf. Sein Wecker würde ihn in einer Stunde wecken. Mit Freude auf ein bisschen Ruhe schloss sie zufrieden lächelnd die Augen. Nur ein halbes Stündchen, murmelte sie und schlief gleich darauf ein.

„Sssssssssssssss hooooooooooooooo"

Laura saß vor Schreck aufrecht. Was war das? Wo war sie? Es war stockdunkel. Es fühlte sich nicht an als säße sie auf ihrem Bett. Auch der Stoff ihrer Couch fühlte sich anders an. Sie tastete mit beiden Händen nach dem Lichtschalter. Doch sie griff ins Leere. Um sie herum nur Dunkelheit. Das Herz schlug ihr bis zum Hals und es rauschte in ihren Ohren.

„Sssssssssssssssss huuuuuuuuuu""

So schnell wie das Geräusch kam, war es auch schon wieder verschwunden. Stattdessen hörte sie das gleichmäßige Ticken der Wanduhr über dem Sideboard. Ruhig, Laura, du bist heute Nachmittag auf der Couch eingeschlafen. Das ist nur ein Traum, dachte sie und legte die rechte Hand flach auf ihre Brust. Sie spürte ihr Herz gleichmäßig schlagen.

Langsam setzte sie die Füße auf den Boden und suchte mit den Zehen nach ihren Hausschuhen. Sie wusste, sie hatte sie fein säuberlich nebeneinander gestellt und darauf geachtet, dass der Linke genau parallel zum rechten stand, ohne an Spitze oder Verse überzustehen. Ihr Mann hätte bestimmt gelächelt, wenn er sie bei diesem Ritual beobachtet hätte. Es war das sichere Zeichen, dass sie bald darauf friedlich schlafen würde.

Sie musste lange und tief geschlafen haben und würde bestimmt bald aus ihrem Traum erwachen. Oder war es gar kein … Sie zwickte sich mit den Nägeln von Daumen und Zeigefinger der rechten Hand in den linken Unterarm. „Autsch!" Nein, sie schlief nicht. Aber warum gewöhnten sich ihre Augen nicht an die Dunkelheit? Die Hausschuhe waren auch nirgends zu ertasten.

„Ssssssssssssssss huuuuuuuuuu hihi", machte es ganz leise.

Laura erhob sich und folgte auf nackten Füßen dem Geräusch. Der Holzboden war ungewöhnlich warm. Mit ausgestreckten Armen tastete sie sich langsam vorwärts. Sie wollte nicht mit den Schienbeinen gegen den Tisch stoßen.

„Ah!" Da hatte etwas ihre Beine berührt. Sie bückte sich ein wenig und tastete mit ausgestreckten Händen die nähere Umgebung ab. Wo waren der Tisch und der Sessel? Genau hier müsste beides stehen.

Auf einmal kam das Geräusch aus entgegengesetzter Richtung. Auch wenn es kaum noch zu hören war, erschrak sie heftig.

Ich muss den Lichtschalter finden. Ihre Hände waren feucht, das Herz schlug ihr bis zum Hals und sie glaubte, kaum Luft zu bekommen.

„Marko!", schrie sie, aber es wurde nur ein Krächzen. Sie versuchte, tief durchzuatmen, während sie die Arme weit nach vorne ausstreckte und ihre Hände zitternd nach der Wand mit dem rettenden Lichtschalter suchten.

„Marko!", brüllte sie aus Leibeskräften und erschrak vor ihrer eigenen Stimme.

„Sssssssssssssss … hihihi", kicherte es plötzlich direkt neben ihr und sie glaubte, ihr Herz höre augenblicklich auf zu schlagen. Sie schlug mit den Händen heftig um sich und kreischte: „Hau ab! Mach, dass du wegkommst!" Mit voller Wucht traf sie mit dem Mittelfinger ihrer rechten Hand die Wand. Unwillkürlich steckte sie den schmerzenden Finger in den Mund und fühlte mit der Zunge den abgerissenen Fingernagel.

Immer in die Dunkelheit lauschend, tastete Laura sich an der kalten Wand entlang. Gleich musste sie mit ihren Schienbeinen den kleinen Sessel berühren, er unter dem Lichtschalter stand.

Moment mal, seit wann haben wir eine Backsteinwand? Sie blieb abrupt stehen. Ihre Fingerspitzen fühlten die tiefen Fugen und den Mörtel dazwischen. Roch es nicht plötzlich auch modrig? Sie tastete sich weiter vorwärts und spürte mit Entsetzen, wie der Boden unter ihren Füßen kalt und lehmig wurde. Hörte das denn gar nicht auf?

„Igittigitt!", stieß Laura hörbar angeekelt aus. Ein kalter Schauer lief über ihren Rücken. Sie war mit dem rechten Fuß in eine glitschige, sich bewegende Masse getreten.

„Marko! Marko! Hilfe!"

Das Rauschen in ihren Ohren wurde unerträglich bevor ihre Beine den Dienst versagten und sie langsam zu Boden glitt. Sie spürte noch den Windhauch auf ihren Wangen bevor sie das Bewusstsein verlor.

Als Laura wieder zu sich kam, fröstelte sie ein wenig. Sie lag auf ihrem Bett und war nicht zugedeckt. Merkwürdig, denn sie konnte nicht einschlafen, wenn sie die Bettdecke nicht bis zu den Ohren hochgezogen hatte. Sie streckte ihren rechten Arm aus und ihre Hand griff vorsichtig nach dem Platz neben ihrem. Gott sei Dank. Marko war da. Sein Rücken bewegte sich im Rhythmus seiner Atmung und er begann, leise zu schnarchte.

Puh, sie hatte nur geträumt. Laura zog die Bettdecke unter ihrem Körper hervor und rollte sich darin ein. Gleich würde es warm werden und sie warf einen Blick auf den Radiowecker mit den rot leuchtenden Zahl ... und warum leuchteten sie heute blau? Plötzlich war Laura hellwach. Sie blinzelte dreimal heftig, aber ... tatsächlich. Die Zahlen leuchteten blau. Hatte sich Marko einen Scherz mit ihr erlaubt? Sie überlegte, ob sie ihn wachrütteln sollte. Stattdessen ließ sie ihren Blick durch das Schlafzimmer schweifen. Durch die halb heruntergelassenen Jalousien drang das Mondlicht und die Gardine bewegte sich leicht im Wind.

Wind?

Das Fenster war doch zu! Kaum hatte sie den Gedanken zu Ende gedacht, sah sie aus den Augenwinkeln eine Bewegung. Ihre Hand tastete zitternd nach dem Schalter an der Nachttischlampe und drückte ihn nach unten. Nichts. Es blieb dunkel. Sie versuchte es nochmals. Ohne Erfolg. Außer sich vor Angst und unfähig, nur einen Ton herauszubringen, rannte sie zur Tür und schlug mit der flachen Hand auf den Lichtschalter. Anstatt es Licht wurde, begannen sich plötzlich die Möbel im Schlafzimmer zu bewegen. Im schwachen Mondlicht waren sie nur schemenhaft zu erkennen.

Laura hielt die Luft an und starrte mit weit aufgerissenen Augen auf das Schauspiel, das sich ihr bot. Die Kommode, der Kleiderschrank, die beiden Nachtschränke und der große Ventilator an der Decke bewegten sich in wabernden Umrissen aufeinander zu, tänzelten hin und her, bevor sie zu einer einzigen Masse verschmolzen.

Marko schnarchte noch immer. Er bekam von all dem nichts mit.

In dem Augenblick, in dem sie ihren Mund öffnete, um seinen Namen zu rufen, wurde es plötzlich hell. Ihre Nachttischlampe und das Deckenlicht leuchteten den Raum aus. Sie staunte nicht schlecht. Jedes Möbelstück stand an seinem Platz und der Ventilator hing bewegungslos an der Decke. Laura wollte gerade erleichtert ausatmen, als wie aus dem Nichts hauchdünne, durchsichtige Schleier erschienen, sich über Kommode, Kleiderschrank, Nachttische und Ventilator legten und dort mit ihnen verschmolzen, bis sie unsichtbar wurden.

Marko hatte aufgehört zu schnarchen und sich müde blinzelnd zu Laura herumgedreht. „Was ist los. Kannst du nicht schlafen, Liebling? Komm, leg dich wieder hin." Er klopfte mit der flachen Hand auf den Platz neben sich. „Wir können noch ein bisschen liegen bleiben." Er deutete auf den Radiowecker. 0.00 Uhr. Die roten Zahlen schienen sie anzugrinsen.

Und die Moral von der Geschicht':
Beweg dich bloß im Dunkeln nicht.
Denn die Geister, sie verstecken
sich hinter Schränken, unter Decken
auf Lampen und im gelben Sack
und treiben ihren Schabernack.
Drum wandle niemals ohne Licht
Dann kommen auch die Geister nicht.

Zehn leere Seiten

von Petra Kleinhenz

P_{unkt!}
Ich hatte es fast geschafft und starrte auf die letzte Seite, die ich gerade geschrieben hatte.
Liebe Nora!
Das war mein Leben und vielleicht kannst du jetzt einige Entscheidungen von mir nachvollziehen, die dir vorher unverständlich waren.
Vergesse aber bitte nie:
Ich werde dich immer lieben, auch nach dem Tod, denn ich lebe in einer anderen Welt weiter!
Deine Mama.
Da lag es vor mir: Mein Leben! Jede freie Minute hatte ich in den letzten zwei Jahren damit verbracht, es in einem dicken Notizbuch aus braunem Leder niederzuschreiben, das ich günstig auf dem Flohmarkt erstanden hatte.
Es blieben mir noch zehn leere Seiten! Zehn leere Seiten, um meiner Tochter ein Geheimnis anzuvertrauen, das bis heute sicher bei mir aufgehoben war. Ein Geheimnis, das mich verändert hatte. Nie hätte ich ein Wort darüber verloren und noch weniger wäre es mir in den Sinn gekommen, diese Begegnung in meinem Leben aufzuschreiben, wenn mich Milly nicht dazu ermutigt hätte. Auch das würde zu meinem Leben gehören und es wäre gut, die Seele für den neuen Weg frei zu machen, so riet sie mir.
Die Zeit drängte, denn in vier Wochen, an meinem siebzigsten Geburtstag, würde ich sanft einschlafen und von dieser Welt gehen, so wie ich es mir immer gewünscht hatte. Es war Millys Geschenk an mich, weil ich sie damals gerettet hatte und dafür war ich ihr dankbar. Sie hatte sich vor zwei Jahren sehr viel Mühe damit gegeben, es mir schonend beizubringen. Die Herzschmerzen an denen ich seit Jahren litt wurden schlimmer und raubten mir immer mehr den Schlaf. Seit vierzig Jahren war Milly meine beste Freundin und auch

wenn sie mir nur einmal im Jahr erschien, war sie meine beste Wegbegleiterin in dieser Zeit gewesen. Durch eine Schwäche, die mich fast mein Leben gekostet hätte, lernte ich sie kennen.

Ich lehnte mich zurück, starrte auf das Notizbuch und schloss die Augen. Die erste Begegnung mit Milly war schon so lange her. Zu lange!
Gefühle kamen in mir hoch, die ich jahrzehntelang verdrängt hatte. Die Narbe an meinem Herzen begann zu brennen und plötzlich waren sie wieder da, die Bilder in meinem Kopf, als sei es gestern gewesen. Meine Tochter hatte ein Recht darauf, meine ganze Lebensgeschichte zu erfahren und so sank ich in meinem Schaukelstuhl zusammen und verlor mich in der Erinnerung.

Es war ein kalter Novemberabend in den siebziger Jahren. Wie jeden Tag saß ich am Tisch meiner winzigen Küche und starrte auf das Abendessen. Das Geld war knapp und es gab Nudeln mit Soße, die mir inzwischen schon aus den Ohren raushingen. Ich arbeitete als Bauzeichnerin und verdiente mit meinen neunundzwanzig Jahren gar nicht so schlecht, so dass ich eigentlich zurechtkommen musste. Doch in den letzten Monaten hatte ich mir fest vorgenommen, jede Mark zurückzulegen, die ich erübrigen konnte, denn Matthias würde mir bald diese eine Frage stellen und an meiner Hochzeit sollte es an nichts fehlen. Er arbeitete als Elektriker auf den größten Baustellen der Stadt. Mat, wie ich ihn liebevoll nannte, war der Mann meiner Träume und ich wünschte mir nichts sehnlicher, als mit ihm durchs Leben zu gehen.
Wir hatten uns auf einem Musikfestival vor drei Jahren kennengelernt. Er war einen Meter achtundneunzig groß, hatte schwarze, schulterlange Haare und war mir mit seiner muskulösen Erscheinung sofort in der Menge aufgefallen. Ohne zu zögern, hatte er auf meine Annäherungsversuche reagiert und so wurden wir ein Paar. Ich genoss die Freiheit, mir jeden Schuh kaufen zu können, den ich wollte, da mein Freund dreißig Zentimeter größer war als ich. Ich liebte meine hohen Blockabsätze, die gerade in Mode kamen und passte

immer unter Mat seine Schultern, wenn wir eng umschlungen durch die Straßen schlenderten. Seine sonnengebräunten Arme hielten mich fest und gaben mir ein Gefühl von Sicherheit. Das Beste an ihm war aber sein Hinterteil.

Ich war machtlos, wenn mein Blick auf die knackige Jeans mit dem apfelförmigen Backen fiel, die sich sanft durch die Hose abzeichneten. Dann brauchte ich nur noch einen zärtlichen Kuss und meine Hände wanderten automatisch zu seinem Gesäß, um ihm zu verraten, dass ich nur eins wollte: Mit ihm zu schlafen!

Leider war Mat durch seine körperliche Arbeit nicht immer in Stimmung und so musste ich oft allein mit meinen angestauten Hormonen zurechtkommen. Doch er wusste, welchen Knopf er bei mir drücken musste, um mich zu besänftigen.

Sanft strich er mir dann über den Kopf, nahm mich fest in den Arm und vertröstete mich aufs Wochenende.

Ich konnte ihm nicht böse sein, denn ich verstand, dass er einen harten Job hatte und freute mich auf Samstag, der mir die Erfüllung meiner Phantasien versprach.

Trotz meiner rosaroten Brille, hatte ich in der letzten Zeit ein ungutes Gefühl. Ich spürte, dass ich mich verändert hatte. Ich war so darauf fixiert unsere Zukunft zu planen, dass ich mich selbst zurücknahm und jede Ausgabe für mein Äußeres gestrichen hatte. Dadurch litt mein Selbstbewusstsein. Es war mir nicht mehr wichtig, adrett auszusehen und da sich Mat auch nie beschwerte, wenn ich ihn im Schlabberlook begrüßte, war die Welt für mich in Ordnung.

Er liebte mich, so wie ich war!

Deshalb störte es mich auch nicht, wenn er festlegte, was wir am Wochenende unternahmen, wenn er die Regeln für unsere Liebe machte. Manchmal ertappte ich mich dabei, dass ich mir Gedanken machte, ob alles so richtig sei. Dann sprach eine innere Stimme zu mir, warnte mich davor, alles so hinzunehmen. Doch ich hörte nicht darauf und verdrängte die guten Ratschläge meines Gewissens. Mat wusste genau, dass er gut aussah, flirtete und ich ließ es geschehen, denn ich liebte ihn mehr, wie mich selbst und war zu naiv, um ihn zu durchschauen. Ich genoss sogar die Blicke der anderen Frauen, die mir offenbarten, dass auch sie ihn begehrten. Doch ich war seine Freundin und zukünftige Frau und nichts konnte uns trennen. Gar nichts, so dachte ich zumindest.

Der Wasserkessel pfiff und ich stand auf, um den Tee aufzugießen. Wo blieb Mat heute nur? Es war Dienstag und da kam er immer bei mir vorbei. Langsam machte ich mir Sorgen, denn seit halb fünf hatte er Feierabend und es war schon kurz nach sieben.

Vielleicht ist wieder etwas dazwischengekommen, beruhigte ich mich. In der letzten Zeit kam es öfter vor, dass Mat auf der Baustelle länger arbeiten musste. Es war die Zeit vor Weihnachten und viele Bauprojekte mussten bis zum Einbruch des Winters fertiggestellt werden, so hatte er es mir erklärt.

Die schrille Klingel meiner Wohnungstür riss mich aus den Gedanken. Da ist er ja, mein Schatz! schoss mir durch den Kopf und nachdem ich den Kessel vom Herd genommen hatte, schlurfte ich grinsend zur Tür.

In freudiger Erwartung riss ich sie auf und wich erstaunt zurück.

Vor mir stand nicht Mat, sondern eine Frau mit langen schwarzen Haaren, die es verstand, ihr Äußeres mit der neusten Mode in Szene zu setzen.

Sie musterte mich und ihr verschmitztes Lächeln, ließ mein Selbstbewusstsein noch mehr in den Keller sinken.

„Ist Mat bei dir?", fragte sie schnippig.

Ich konnte ihre Arroganz und Überlegenheit spüren und ohne es zu wollen wandte ich meinen Blick ab, um mich zu schützen. Wie ein kleines Kind schaute ich zu Boden, doch dadurch wurde es nicht besser. Im Gegenteil!

Beim Aufschauen bemerkte ich erst ihr perfektes Aussehen. Die langen Beine steckten in kniehohen weißen Lackstiefeln, der kurze braune Rock aus mehreren Bahnen bedeckte gerade so ihren Hintern und die, in einem zarten Beige gehaltene Polobluse hatte sie lässig mit einem geflochtenen Gürtel zusammengebunden. Die oberen Knöpfe waren offen und es war nicht schwer einen Blick auf ihre wohlgeformten Brüste zu erhaschen. Darüber trug sie eine offene wattierte Kimonojacke, die sich im Farbton mit dem Rock wundervoll ergänzte. Der lange Schal in verschiedenen Brauntönen war mehrfach um den Hals geschlungen und rundete das Outfit ab.

Sofort fühlte ich mich, wie eine graue Maus und es fiel mir schwer zu antworten. „Nein, aber er wird bald kommen", stammelte ich und stutzte.

Wie? Hat sie da gerade Mat gesagt? Nur ich darf ihn so nennen. Er hasst es, wenn Andere es sagen.

Reiß dich doch zusammen, ermahnte mich mein Innerstes. Was geht die das an, wo dein Freund steckt. Die merkt noch, dass du unsicher bist.

Das Treppenlicht ging aus und ich schlug auf den Knopf neben meiner Tür.

„Wer sind Sie eigentlich? Und was wollen Sie von meinem Freund?" Die Fragen hallten durch den Treppenflur.

„Naja sagen wir mal, ich bin gekommen, um dir die Augen zu öffnen. Dein Freund ist auch mein Freund und ich will ihn nicht mehr mit dir teilen", antwortete sie gelassen. Seit einem halben Jahr warte ich darauf, dass er sich endlich entscheidet. Doch Mat kann es wohl nicht. Da habe ich mich entschlossen, ihm die Entscheidung abzunehmen. Er hat mit mir offen darüber geredet, dass er noch nicht dazu bereit ist, dich zu heiraten, auch wenn er spürt, dass du es willst. Er will mit mir das Leben genießen, Feiern gehen und somit dem tristen Alltag entrinnen, der nur aus Arbeit und Ärger besteht."

Ich starrte sie an, konnte nichts darauf erwidern, denn ein riesiger Kloß steckte in meinem Hals und nahm mir die Luft zum Atmen.

Sie legte ihren Arm auf meine Schultern und fuhr fort:

„Ich habe mich wirklich in diesen Kerl verliebt und muss jetzt reinen Tisch machen. Diese Heimlichtuerei geht mir mächtig auf die Nerven. Es war nicht einfach, deine Adresse rauszubekommen, das kannst du mir glauben, doch ich wollte es dir persönlich sagen, naja… dass er zu mir gehört.

Und wenn du mir nicht glaubst, dann frage ihn mal, wo er gestern war? Und das hat er übrigens bei mir vergessen!"

Sie hielt mir ein Lederband vor die Nase, an dessen Ende ein indianisches, aus türkisfarbenen Steinen gefertigtes Kreuz hing.

Mein Innerstes rebellierte. Alle Kräfte mobilisierten sich.

Verteidige dich, sonst wirst du es bereuen!

Ich kann nicht! Der bin ich nicht gewachsen! Ich riss ihr das Kreuz aus der Hand, schlug ihren Arm beiseite und nutzte den Moment, als das Treppenlicht ausging, um die Tür zuzuschlagen.

„Du hast keine Chance gegen mich, das hast du ja gesehen!", brüllte sie im Treppenhaus.

Kurze Zeit später knallte die Haustür ins Schloss.

Atmen, tief einatmen, sonst brichst du zusammen!

Ich lehnte mich mit dem Rücken an die Wand und sank zusammen. Das darf nicht wahr sein, ich will es nicht glauben! Diese Frau lügt! Mat würde mich nie betrügen, wir gehören zusammen! Ich starrte auf meine geschlossene Hand und musste mich regelrecht dazu zwingen, sie zu öffnen. Mat`s Kette. Ich hatte sie ihm zu unserem Dreijährigen geschenkt und Eines war sicher:

Mat kannte diese Frau und war bei ihr gewesen.

Ich konnte die Tränen nicht mehr zurückhalten. Sie rannen über mein Gesicht, strömten endlos aus mir heraus ohne Hoffnung, dass die Quelle je versiegen würde.

Ich weiß nicht, wie lange ich dort gesessen habe.

Immer wieder hörte ich die schmerzenden Worte:

… dass er noch nicht dazu bereit ist, dich zu heiraten, auch wenn er spürt, dass du es willst … Ich habe mich wirklich in diesen Kerl verliebt … Du hast keine Chance gegen mich, das hast du ja gesehen!

Ich konnte die hallenden Sätze in meinem Kopf nicht anhalten, unnachgiebig hämmerten sie auf mich ein und nahmen mir die Kraft aufzustehen.

Irgendwann meldete sich meine innere Stimme wieder.

Jetzt ist Schluss mit der Heulerei! Keiner hat das Recht, dich so zu verletzen! In den letzten Wochen gab es doch einige Anzeichen dafür, dass etwas nicht stimmen konnte. Wieso hast du alles so hingenommen? Wo ist dein Selbstbewusstsein geblieben? Wo ist dein Kampfgeist?

Ich versuchte mich zu wehren.

Wofür soll ich noch kämpfen? Für eine Liebe, die kein Vertrauen mehr hat?

Wieder klingelte es an meiner Tür und ich war gezwungen aufzustehen.

Es war Mat. Als er meine verquollenen Augen sah, fragte er verständnislos: „Was ist denn jetzt schon wieder los?"

Ich kehrte ihm den Rücken zu und ließ ihn ohne ein Wort stehen, denn meine Kraft reichte nicht aus, um ihm zu antworten. Er schloss die Tür und folgte mir in die Küche, wo ich mich erschöpft hinsetzte. Mat starrte mich an und ließ sich auf dem zweiten Stuhl nieder in Erwartung, endlich den Grund für mein Verhalten zu erfahren. Ich rang mit meinen Gefühlen, mit meiner Wut und als ich ihm endlich in die Augen schauen konnte, platzte es aus mir heraus.

Ich schrie ihn an, fragte ihn was für ein Mensch er sei, dass er mir so etwas antun konnte, wo ich doch immer alles für ihn getan hatte. Sein erschrockener Blick verriet mir, dass die Frau die Wahrheit gesprochen hatte. Seine Angst ertappt worden zu sein, breitete sich in seinen Gesichtszügen aus und die sonst sonnengebräunte Haut schlug um in Blässe.

Er stotterte, versuchte sich zu verteidigen, doch das machte mich nur noch wütender und als ich ihn aufforderte, endlich Mann genug zu sein, um die Wahrheit zu sagen, senkte er den Kopf und antwortete: „Es ist wahr. Ich habe mich in diese Frau verliebt, in ihre Art, das Leben zu genießen. Wir ähneln uns sehr, in allem. Mehr ist da nicht. Doch ich weiß auch, dass das für ein gemeinsames Leben nicht ausreicht. Mit so einer Frau kann ich nichts aufbauen."

„Mehr ist da nicht?", brüllte ich ihn an. „Du liebst sie und willst das Leben genießen und für die alltäglichen Sachen bin ich dann da? Ich will einen Mann, der nur mich liebt, so wie ich bin und dem ich vertrauen kann."

Und dann kam ein Satz von mir, wo ich nie gedacht hätte, dass er mir jemals über die Lippen kommen würde:

„Hau ab, du hast mich nicht verdient. Du hast meine Liebe nicht verdient."

Ich war außer Atem und rang nach Luft.

„Hau endlich ab! Verschwinde! Und nimm dieses Kreuz mit!"

Ich schmiss es ihm entgegen. „Damit du immer daran erinnerst wirst, was du verloren hast!"

Mat hob die Kette auf und konnte mich nicht mehr anschauen. „Ich wollte dich nicht verlieren, glaube mir. Ich liebe dich doch auch."

Dann trottete er zur Tür und war verschwunden. Ich ahnte nicht, dass ich ihn nie mehr wiedersehen würde. Sein Stolz verbot es ihm.

Allein blieb ich in der Küche zurück. Mein Lebenstraum war zerbrochen und nichts schien für mich noch einen Sinn zu haben. Meine Liebe war einseitig gewesen und ich begriff, dass ich alleine war. Ich erstickte fast an der Stille und musste an die Luft, der Enge entfliehen, den Erinnerungen, die in jedem einzelnen Raum steckten. Panisch stand ich auf, griff nach der Jacke und dem Autoschlüssel. Weg, nur weg von hier, dachte ich.

Ich musste mich befreien, nachdenken, wie es jetzt weitergehen sollte. Ich weiß nur noch, dass ich irgendwann in meinem alten Käfer saß und die Landstraße entlangfuhr. Wie ich da genau hingekommen war, wie lange ich durch die Gegend gefahren war, all das wusste ich nicht mehr. Ich befand mich in einem Rausch, besessen davon, diesem Schicksalsschlag zu entfliehen.

Mir war es egal, was der Tacho anzeigte. Ich wollte weg, umso schneller desto besser. Wohin? Keine Ahnung! Die Sätze in meinem Kopf machten mich wahnsinnig. Sie verfolgten mich, wie ein Rudel hungriger Wölfe, die nur ein Ziel hatten, mich mit Haut und Haaren aufzufressen. Ich starrte auf die Straße, obwohl ich gar nichts um mich herum wahrnahm, nur den, von einem blauen Nebel eingehüllten Baum der in der Ferne auftauchte, registrierte ich.

Du musst bremsen! Die Straße ist rutschig und du knallst sonst dagegen, warnte mich mein Innerstes.

Sei still! Warum? Mich würde doch sowieso niemand vermissen. Es wäre gut, diese Qual loszuwerden!

Ich drückte das Gaspedal durch und fuhr in die Nebelwand, mit nur einem Ziel, den Baum zu treffen!

„Das ist mein Baum! Verschwinde!", hörte ich eine Stimme. „Diesen Baum darfst du nicht nehmen! Er gehört mir!"

Ich erschrak und wachte aus dem Zustand, der Verkrampfung auf. Der Baum war nicht mehr weit entfernt, ich bremste und kam ins Schleudern. Für einen Augenblick hatte ich den Eindruck, dass mich der Nebel festhielt, sanft abfederte und somit verhinderte, dass ich dagegen prallte. Ich wiegelte ab und versuchte eine vernünftige Erklärung zu finden, dass ich es doch noch geschafft hatte, rechtzeitig zum Stillstand zu kommen. Mein Käfer war alt, das musste es sein. Wäre ich mit einem neuen Auto schneller gefahren, dann hätte mich diese Schwäche mein Leben gekostet.

Doch wer hatte da gesprochen? Hatten mir meine Gedanken einen Streich gespielt? War ich jetzt schon verrückt geworden? Ich schaute in den Rückspiegel, betrachtete mich und stellte erleichtert fest, dass ich in Ordnung war.

Langsam stieg ich aus und schaute mich verunsichert um. Die Umrisse des Baumes waren nur noch schwach zu erkennen, der Nebel war dichter geworden. Vorsichtig ging ich ein paar Schritte auf ihn zu. Meine Beine zitterten, mein Puls beschleunigte sich und ich erkannte bei näherer Betrachtung, dass der Baum sein Laub vollständig abgeworfen hatte. Seine knorrigen Äste ragten wie hagere Arme in den Nachthimmel. Er wirkte wie ein Skelett, das im aufkommenden Herbstwind hin und her wog.

Plötzlich entdeckte ich im Geäst eine Gestalt, die versuchte sich zu verstecken. Ich wich zurück, denn damit hatte ich nicht gerechnet. Der seltsame blaue Nebel umgab sie, wie eine schützende Mauer und ich erkannte nur schwer, wohin sie sich bewegte.

Schließlich blieb sie sitzen und schrie mich wütend an:

„Du wolltest meinen Baum für deine Absichten missbrauchen!" Sie fuchtelte mit den Armen herum, war aufgebracht und ihre dünnen, fast gläsernen Beine baumelten von einem Ast herunter.

„Was?", fragte ich erschrocken.

„Naja, du hattest doch vor, dein Auto an meinen Baum zu setzen, oder?", hakte sie nach.

„Quatsch", versuchte ich mich zu verteidigen. „Ich war wohl nur etwas zu schnell."

„Warst du! Aber nur um es zu tun! Lüge mich nicht an! Ich weiß es!", antwortete sie barsch.

Trotz ihrer robusten Art fühlte ich mich zu dem frechen Wesen hingezogen und trat einen Schritt auf sie zu.

„Ist ja gut, du hast Recht. Ich hatte heute nicht meinen besten Tag."

„Wieso?", wollte die Gestalt wissen und sprang herunter. Federleicht landete sie und trotzdem sie nur eine Armlänge von mir entfernt war, konnte ich ihr Gesicht immer noch nicht erkennen.

„Wer bist du?", fragte ich neugierig.

Keck entgegnete sie: „Wer bist du, dass du es wagst meine Ruhe in diesem Baum zu stören? Als ich dein Auto kommen sah, wusste ich sofort, was du vorhattest und musste meine Nachtruhe beenden, um dich davon abzuhalten."

„Entschuldige bitte, das war nicht meine Absicht. Dann hat doch der Nebel mich gerettet?"

„Na was denkst du denn? Ohne meinen Nebel wärst du jetzt tot!" Sie machte eine kurze Pause. „Wie heißt du denn jetzt?"

„Ich heiße Eva", stotterte ich herum, bevor mir schlecht wurde.

„Ich bin Milly, ein Geist, wie du siehst. Besser gesagt, ein Geist zwischen den Welten, denn nur so konnte ich bleiben. Doch ich habe nicht mehr viel Zeit!"

Ich versuchte meine Übelkeit herunterzuschlucken. Wenn sie nicht gewesen wäre, dann würde ich jetzt an diesem Baum kleben, schoss mir durch den Kopf. Nur langsam konnte ich mich aufrappeln und merkte, dass Milly eine Reaktion von mir erwartete.

„Ein Geist zwischen den Welten? Was ist das? Ich glaube nicht an Geister."

„Solltest du aber, denn es gibt sie. Das siehst du ja."

Sie hüpfte mit nackten Füßen umher und ihr langes, fast durchsichtiges Kleid wehte um ihre schlanken Fesseln.

Der Nebel regte mich langsam auf, denn er ließ es nicht zu, einen Blick auf ihre Gesichtszüge zu werfen.

„Dir ist schlecht, nicht wahr?" Das ist ganz normal, wenn man so durchgeknallt ist!", fuhr Milly fort. „Ich wünschte, ich hätte so ein Glück gehabt, wie du, dass mich jemand davor bewahrt hätte, an den Baum zu knallen. Bei mir war es damals ganz anders. Ich wollte den Baum nicht anfahren, es war ein Unfall. Mein armer Mann und mein kleiner Sohn."

Ich sah sie erschrocken an und spürte die Traurigkeit in ihrem Herzen. „Du bist hier gestorben?", fragte ich mitfühlend und obwohl ich Milly erst seit ein paar Minuten kannte, wollte ich sie trösten.

„Ja, vor fast zwei Jahren, genau an dieser Stelle. Ich hatte Nachmittagsschicht als Kassiererin im Supermarkt und es wurde an diesem Tag sehr spät, dass ich Feierabend machen konnte. Meine Mutter hatte auf meinen Sohn aufgepasst und war verärgert, weil es schon so spät geworden war, als ich zu ihr kam. Für sie gehörte eine Mutter nach Hause. Der Mann hatte das Geld zu verdienen.

Wir stritten wieder einmal über das Thema. Mein Kleiner wollte dann unbedingt noch eine Nacht bei Oma schlafen und da ich am nächsten Tag sowieso einen Arzttermin hatte, willigte ich ein. Zum Glück, denn sonst wäre meinem Kleinen auch noch etwas passiert. Ich fuhr los, mein Mann sollte rechtzeitig sein Abendessen bekommen. Ich wollte nicht, dass meine Pflichten als Ehefrau darunter litten, dass ich nun berufstätig war. Ich war zu schnell, in Gedanken immer noch auf der Arbeit, weil die Abrechnung nicht gestimmt hatte, als ein Reh auf die Fahrbahn sprang und ich das Lenkrad herumriss. Den Rest kannst du dir ja bestimmt denken."

„Du warst verheiratet und hast einen Sohn?", fragte ich nach.

„Ja, das Schlimmste war für mich, Beide zurückzulassen.

Mein Kleiner ist jetzt fünf und deshalb bin ich auch noch hier. Ich konnte nicht gehen. Damals beschloss ich ein Geist zwischen den Welten zu werden, nur so konnte ich bleiben, um einen Auftrag zu erfüllen, für den ich genau 750 Tage Zeit hatte. Schaffe ich es nicht meine Aufgabe zu erfüllen, muss ich hier bleiben, das war die Abmachung. Dann muss ich als normaler Geist, den Menschen das Fürchten lehren und das will ich nicht!"

„Welchen Auftrag?", fragte ich neugierig nach.

Milly druckste herum und wollte nicht darüber reden, das spürte ich. Doch schließlich gab sie nach und erwiderte:

„Erschrick nicht!"

Sie breitete ihre Arme aus, schwebte über dem Boden und der Nebel, der sie die ganze Zeit vor neugierigen Blicken bewahrt hatte, lichtete sich ein wenig.

Was ich dann zu sehen bekam, hatte ich nicht erwartet.

Milly wusste, wie ich reagieren würde und wendete sich ab.

Ich brauchte einige Zeit, bis ich meine Worte wiedergefunden hatte. „Es tut mir leid!", entschuldigte ich mich.

„Ich weiß, es sieht furchtbar aus, aber ich kann nichts dafür. Durch die Erfüllung meines Auftrages kann ich endlich Ruhe finden. Solange bin ich ein Niemand und muss mich verstecken, denn die normalen Geister, hassen Zwischengeister, da sie einem Menschen ein neues Leben schenken. Als ich mich dazu entschlossen hatte, den Auftrag anzunehmen, ahnte ich ja nicht, wie schwer es werden würde, ihn zu erfüllen."

Ich versuchte sie in den Arm zu nehmen. Doch es war mir nicht möglich. Eine unbekannte Kraft hinderte mich daran. Ihre roten Haare, fielen sanft um ihre Schultern und umspielten die Leere in ihrem Gesicht.

„Bist du sehr erschrocken?", fragte Milly nach.

Ich wollte ehrlich zu ihr sein und erwiderte: „Ein bisschen" und versuchte zu grinsen. „Ich werde mich daran gewöhnen. Es gibt Schlimmeres, glaube ich."

„Ein Gesicht ohne Augen, Nase und Mund ist furchtbar, auch als Geist", erwiderte Milly. „Eine leere Scheibe, in der man das wahre Ich eines Wesens nicht erkennen kann, denn in den Augen spiegelt sich die Seele, mit der Nase kann man einen vertrauten Geruch wahrnehmen und mit den Lippen, küsst man sich ins Herz."

„Du kannst aber trotzdem sprechen?" entgegnete ich.

„Das ist für Geister kein Problem. Genauso, wie wir fliegen können, ohne Flügel zu besitzen, wie wir unsichtbar sind, wenn die Stunde vorbei ist, in der wir uns zeigen und noch vieles mehr. Wie spät ist es denn?"

Ich schaute auf meine Uhr. „Viertel nach eins", antwortete ich.

„Das ist unsere Zeit, für die nächsten zwei Treffen. Merke sie dir gut. Mir bleiben drei Nächte, um meine Aufgabe zu erfüllen. Komme morgen wieder… bitte nehme diese Chance wahr. Hilf mir, denn du kannst mich retten und dich selbst.

Das ist mein Glüholi- Auftrag. Ein Auftrag für **Glü**ck- **Ho**ffnung- und **Li**ebe. Und am Ende, wenn es das dann irgendwann gibt, darfst du dir auch etwas wünschen von mir. Übrigens, deinem Auto ist nichts passiert. Ich konnte dich rechtzeitig davor bewahren, es zu Schrott zu fahren."

Sie verschwand im Nichts und nur der schwache blaue Nebel, erinnerte noch an sie.

Ich war irritiert, konnte nicht glauben, was ich gerade erlebt hatte. Ich startete mein Auto und nachdem ich es in die richtige Richtung manövriert hatte, fuhr ich nach Hause. Ganz langsam, um kein Risiko einzugehen.

Nach einer schlaflosen Nacht, was noch davon übrig geblieben war, konnte ich mich nur schwer auf die Arbeit im Büro konzentrieren. Mein Chef nahm es missmutig zur Kenntnis und nachdem ich mit Ausreden versucht hatte, meinen Zustand zu erklären, schickte er mich nach Hause. Ich nahm drei Tage Urlaub, um mich auszuruhen. Auf der einen Seite litt ich unter der Trennung von Mat, es fiel mir schwer die Tränen der Enttäuschung zurückzuhalten und auf der anderen Seite, wollte ich Milly wiedersehen.

Am Meisten wunderte ich mich aber darüber, dass sich meine Gedanken nicht mehr ausschließlich um Mat drehten.

Ich wollte Milly helfen und diese Entscheidung hatte ich allein getroffen. Nach drei Jahren fühlte ich mich frei.

Gegen null Uhr vierzig fuhr ich los. Auf dem Weg zu unserem Treffpunkt dachte ich noch einmal über den gestrigen Tag nach, verstand nicht, was mich da geritten hatte, so zu handeln. Doch ohne diesen Aussetzer hätte ich Milly nicht kennengelernt.

Pünktlich stand ich unter unserem Baum und es dauerte auch nicht lange und der blaue Nebel erschien.

Milly war erleichtert, als sie sah, dass ich gekommen war und stellte mir sofort eine Frage.

„Warst du mit deinem Freund eigentlich richtig glücklich?"

Ich blickte sie verdutzt an. „Wie soll ich glücklich sein, wenn ich gestern erfahren habe, dass er mich betrügt und mein ganzes Leben den Bach runtergeht."

Milly kam näher und es war für mich immer noch schwer in ihr leeres Gesicht zu blicken.

„Ich habe nicht gefragt, ob du glücklich bist, sondern wollte wissen, ob du es mit ihm wirklich warst? Man kann nur in einer Beziehung glücklich sein, wenn Beide etwas dafür tun. Du hast dein Bestes gegeben, doch hat er das auch für dich getan? Hast du dich nicht letztendlich für ihn aufgegeben?

Ich wich zurück. Woher wusste sie das alles.

„Ich liebte ihn, er war mein Lebensinhalt. Ich hätte alles für ihn getan", versuchte ich mich zu verteidigen.

„Genau, und das spürte er. Du wurdest uninteressant für ihn. Du warst dir selbst nicht mehr wichtig! "

Milly lief umher und verschränkte die Arme.

„Ich will dir eine Geschichte erzählen und hoffe, dass du dann verstehst, was ich meine. Pass gut auf!"

Milly setzte sich auf den kalten Boden und obwohl ich immer darauf achtete, mich nicht zu erkälten, war es mir diesmal egal und ich setzte mich dazu, um ihr zuzuhören.

Maria und Erik waren seit zwei Jahren verheiratet und nachdem sie ein älteres Anwesen auf dem Land gekauft hatten, erfuhren sie, dass sie Nachwuchs erwarteten.

Ihr Glück schien perfekt, als Jens auf die Welt kam.

Maria umsorgte ihn liebevoll, wenn Erik auf der Arbeit war, doch Beide merkten nicht, dass sie sich auseinanderlebten und jeder in seinem Alltag gefangen war. Maria sehnte sich nach Zärtlichkeit, doch ihr Mann war zu sehr damit beschäftigt, sich auf seine Arbeit zu konzentrieren und wenn er abends nach Hause kam, schlief er auf der Couch ein. Maria wurde immer unzufriedener und fühlte sich allein. Nach der Geburt von Jens, bekam sie die überflüssigen Pfunde nicht mehr von den Hüften und fühlte sich in ihrer eigenen Haut nicht wohl. Nach mehreren gescheiterten Versuchen, Eriks Leidenschaft aufs Neue zu entfachen, ergab sie sich ihrem Schicksal und nahm es hin, so wie es war. Mit der Zeit strich sie die Friseurtermine, trug am Liebsten zum Einkaufen die bequemen Jogginghosen von Zuhause und sparte sich somit viel Zeit, um sich aufwendig zurechtzumachen. Für wen sollte sie sich auch hübsch machen, ihrem Mann fiel es sowieso nicht auf, davon war sie überzeugt und so wäre alles wahrscheinlich so geblieben, hätte sie eines Tages nicht einen zerknüllten Zettel in Eriks Hosentasche gefunden.

Ich schlage vor, wir treffen uns am Freitag nach der Arbeit. Ich warte am Hoftor.
Ulli

Maria stockte der Atem. Wer war Ulli? Hatte ihr Mann eine Affäre? War er deshalb so abweisend zu ihr? Ulli konnte nur für Ulrike stehen. Sie überlegte, eine Ulrike kannte sie nicht.

Sie lief wie ein aufgescheuchtes Huhn durch die Wohnung, durchwühlte sämtliche Kleidungsstücke ihres Mannes, um weitere Beweise zu finden. Es musste doch noch etwas geben, das ihre Vermutung bestätigte. Doch sie wurde nicht fündig und stand plötzlich vor dem großen Spiegelschrank im Schlafzimmer. Sie starrte sich an und erschrak vor sich selbst. Plötzlich sah sie sich mit anderen Augen.

Wie konnte sie nur erwarten, dass Erik sie so noch lieben könnte? Wieso hatte sie sich so gehen lassen?

Erik war tagtäglich mit vielen attraktiven Frauen in der Firma zusammen, wie konnte sie denken, dass er sie so noch begehrte. Maria fiel es wie Schuppen von den Augen.

Sie musste wieder etwas aus sich machen und ihre Ehe retten!

Sie brachte den Kleinen zu ihrer Mutter, nutzte die Zeit, um beim Friseur vorbeizuschauen und hatte Glück. Es war wenig los und so konnte sie bleiben, um ihre Haare nach langer Zeit wieder aufzuhellen. Ihr gefiel das, was sie im Spiegel sah und sie konnte immer noch nicht begreifen, dass sie sich so vergessen hatte. Musste das erst alles passieren, damit sie aufwachte? Sie wollte Erik zeigen, dass auch sie sexy und verführerisch sein konnte, auch wenn sie ein paar Kilos zu viel hatte. In ihr erwachte ein Kampfgeist, den sie so noch nie erlebt hatte. Ihre kleine Familie wollte sie sich von keiner anderen Frau zerstören lassen. Sie lief zum größten Warenhaus der Stadt, denn ein freizügiges Outfit musste her. Ein schwarzes Neckholderkleid, mit kleinen weißen Punkten hatte ihre Aufmerksamkeit erweckt, schrie danach von ihr anprobiert zu werden. Sie blickte es sich genauer an. Das passt mir bestimmt nicht und mit meinem großen Busen werde ich da nicht reinpassen, überlegte sie. Und es ist auch fraglich, ob ich den Bauch damit verstecken kann. Sie war unschlüssig.

Nach längerem Zögern fasste sie einen Entschluss.

Was konnte sie verlieren?

Es fiel Maria nicht leicht, nach ihrer Größe zu fragen, da sie sich dafür schämte, nicht den Modelmaßen zu entsprechen. Doch sie schaffte es und wurde wie so oft enttäuscht.

Die nette Verkäuferin bemerkte ihre Unsicherheit und bestärkte Maria darin, es in einer kleineren Größe anzuprobieren, da es weiter ausfallen würde.

Früher hätte Maria dankend abgelehnt, doch ihre neue Frisur gab ihr ein neues Selbstbewusstsein.

Warum nicht? Wenn ich nicht reinpasse, dann habe ich es wenigstens probiert, munterte sie sich auf und konnte es selbst nicht fassen, dass es wirklich umwerfend an ihr aussah. Es umspielte ihre weiblichen Formen und versteckte die Zone, mit der Maria nicht zufrieden war.

Überglücklich verließ sie das Geschäft. Sie fühlte sich wie ein neuer Mensch. Sie schaute auf die Uhr. Ach du meine Güte, es ist schon so spät? Jetzt schnell den Kleinen von

Mama abholen und alles vorbereiten. Ihr Tagesplan war noch nicht erledigt. Maria schaffte es, pünktlich zu Hause zu sein. Sie stellte die Essensreste vom gestrigen Tag in den Backofen und war zufrieden, dass sie heute nicht kochen musste. Maria musste sich zwingen, ruhig zu bleiben.

Würde Erik ihre Veränderung bemerken?

Sie holte den Staubsauger aus dem Schrank, um noch ein wenig Sauberkeit zu schaffen. Das musste für heute reichen. Das war heute nicht wichtig.

Ihr Blick fiel auf die Uhr im Badezimmer. Erik musste gleich kommen. Sie zog ihr neues Kleid an und richtete sich noch einmal die Haare. Sie blickte in den Spiegel und sah eine hübsche junge Frau, die alles dafür getan hatte, ihre Vorzüge ins richtige Licht zu setzen. Alles war perfekt und als sie gerade fertig war, fiel die Tür ins Schloss. Als er Maria anschaute, sah er die Zufriedenheit, das Glück in ihren Augen.

„Du siehst ja toll aus, mein Schatz. Was hast du gemacht? Du siehst so glücklich aus?" Er zog sie an sich heran und küsste sie leidenschaftlich. „Ich könnte dich auffressen!" Maria genoss seine Zärtlichkeit, die Blicke, die er ihr beim Essen zuwarf und nachdem sie Jens ins Bett gebracht hatte, liebte sie Erik wie lang nicht mehr. Maria war glücklich und lag in seinen Armen. Doch sie musste noch etwas loswerden, ihrem Mann eine Frage stellen.

Es brannte ihr unter den Nägeln.

„Du... Schatz...", sie versuchte sich ihre Besorgnis nicht anmerken zu lassen. „Wer... wer ist denn Ulli?"

Sie hatte Angst es auszusprechen. Angst davor, die Wahrheit zu erfahren.

„Ulli?", wiederholte Erik überrascht und schaute ihr in die Augen. „Woher kennst du ihn denn?"

„Ihn?"

Maria schaute ihren Mann fragend an.

„Ullrich ist mein neuer Arbeitskollege."

Maria atmete erleichtert auf und lachte. Sie nahm Erik in den Arm. „Wieso schreibt er dir Zettel, die ich dann in deiner Hosentasche finde.

„Er hat mir den Zettel unter den Scheibenwischer geklemmt, letzten Donnerstag. Er hatte sich ein neues Auto gekauft und ich wollte seinen alten Wagen anschauen, um dich damit zu überraschen, wenn ich ihn genommen hätte. Du dachtest doch nicht etwa, dass ich…" Maria legte ihren Zeigefinger auf seine Lippen. „Pst… ich liebe dich!"

„Ich liebe dich auch, aus vollem Herzen und würde niemals etwas tun, das dich verletzen würde."

Maria kuschelte sich an seine Brust. „Und ich werde immer alles tun, dass du stolz auf mich sein kannst. Als erstes werde ich abnehmen."

„Das brauchst du nicht. Du gefällst mir so, wie du bist."

„Ich weiß", entgegnete Maria. Aber ich tue es für mich, weil ich mich dann besser fühle."

Erik richtete sich auf. „Dann mache es nur, wenn du dich dann wohler fühlst. Wir haben uns in den letzten Jahren ein wenig vergessen. Was meinst du? Das darf nicht sein. Entschuldige, dass ich oft so genervt bin, wenn ich von der Arbeit komme. Ich weiß, was du alles am Tag leistest und sage es dir zu wenig. Ich werde mich ändern und mehr darauf achten, auch deine Sorgen zu verstehen."

Er zog sie fest an sich heran und lächelte.

„Dann muss ich jetzt ja ganz schön auf dich aufpassen, wenn du wieder so gut aussiehst."

Maria spitzte ihre Lippen. „Ja, das solltest du!" und lachte zurück. „Ich liebe nur dich und werde es immer tun!" Sie war glücklich und hatte noch viel vor, denn die Nacht war noch nicht zu Ende. Milly holte tief Luft und wartete auf eine Regung von mir. Doch ich konnte nichts sagen. Ich hatte begriffen, was Milly mir mit dieser Geschichte sagen wollte. Auch wenn ich noch keine Familie hatte, so konnte ich die Gefühle von Maria nachvollziehen, verstand warum sie unglücklich war, denn auch ich hatte mich selbst verloren.

„Weißt du jetzt, was ich gemeint habe?"

Mit einem langgezogenen Ja antwortete ich und hielt inne. Milly dachte gar nicht daran, mich in Ruhe zu lassen.

„Kannst du mir jetzt meine Frage von vorhin beantworten. Ich wiederhole sie gern. Warst du mit deinem Freund richtig glücklich?" Sie wusste, dass ich mich sträuben wollte, denn es fiel mir schwer, der Wahrheit ins Gesicht zu schauen, die ich schon so lange im Herzen gespürt hatte.

Dann brach es aus mir heraus. „Nein, war ich nicht, denn auch ich habe mich gehen lassen, sprang wie eine Marionette nach Mat seiner Pfeife und alles nur, weil ich ihn nicht verlieren wollte."

„Glück kann man nur weitergeben, wenn man selbst glücklich ist. In einer Partnerschaft entwickelt man sich weiter und es kann nicht sein, dass einer die Liebe des anderen so ausnutzt, dass der daran zerbricht. Du musst dein Glück in dir selber finden, dann findest du es auch in der Liebe. Wenn es dir guttut, stundenlang den Vögeln zu lauschen, dann tue es. Wenn du dein Glück darin siehst, dich begehrenswert zu finden, wie Maria, dann setze alles daran, es zu werden und wenn du es dann geschafft hast, wirst du zufrieden sein und jeder kann es spüren."

„Ich weiß jetzt, was ich für mich tun muss. Erst einmal muss ich wieder auf die Füße kommen, die ganze Enttäuschung mit Mat verarbeiten und dann werde ich wieder etwas aus mir machen. Im Grunde bin ich wie Maria und möchte mich wohl fühlen in meiner Haut. Es gibt nur einen Unterschied, ich will Mat nicht mehr, aber ich werde allen Männern zeigen, dass in mir eine tolle Frau steckt, die selbstbewusst durchs Leben geht."

Ich schaute auf die Uhr. Viertel nach Zwei, die erste Geisterstunde war vorbei. Milly stand vor mir und ich bemerkte eine Veränderung an ihr.

Ganz langsam, kaum wahrnehmbar bildeten sich mandelförmige Augen. Mit weit geöffnetem Mund starrte ich sie an. Milly winkte ab. Leise flüsterte sie mir zu:

„Ich weiß... und ich danke dir. Ich kann in deine Seele schauen und bin zufrieden, da ich nun den Willen sehe, dass du etwas ändern willst. Meine erste Aufgabe ist erfüllt. Du musst mir nun auch helfen, den zweiten Teil zu erfüllen. Ich weiß, dass du es kannst."

„Warum bist du dir da so sicher?", fragte ich sie.

„Weil ich an dich glaube! Du musst morgen zu meiner Mutter fahren und dir das rote Tuch geben lassen. Wenn sie fragt, warum sie es dir geben soll, dann erzähle ihr die Geschichte von Maria und Erik. Sie wird dich hereinbitten und dann kannst du ihr ruhig sagen, was du über mich weißt."

„Ich kann doch nicht einfach dort auftauchen und sagen, dass ich dich als Geist gesehen habe. Da denkt ja jeder, ich bin aus dem Irrenhaus ausgebrochen."

„Das wird sie nicht tun. Meine Mutter beschäftigt sich schon lange mit übersinnlichen Kräften. Sie hatte schon einmal versucht, den verstorbenen Mann ihrer besten Freundin herbeizurufen. Früher schämte ich mich für ihre Hirngespinste, die wohl doch keine waren, wie man sieht." Milly hielt inne und grübelte eine Weile nach, bevor sie fortfuhr. „Seit meinem Unfall lebt sie zurückgezogen in einem Häuschen am Stadtrand und sieht keinen Sinn mehr in ihrem Leben, sie hat keine Hoffnung mehr. Du musst ihr alles erzählen, was du über den Unfall weißt. Sie glaubt nämlich, dass unser Streit an diesem Abend der Grund dafür war, dass ich verunglückte und das stimmt nicht! Sie muss die Wahrheit erfahren und darf sich keine Vorwürfe mehr machen. Dann wird sie auch neuen Lebensmut finden."

Ich willigte ein und nachdem mir Milly genau geschildert hatte, wo ich das Haus ihrer Mutter finden würde, hüllte sie sich in ihren blauen Nebel und verschwand.

Vorher erinnerte sie mich noch einmal daran, wie wichtig das rote Tuch sei und dass wir uns in der nächsten Nacht wieder um die gleiche Zeit hier treffen würden.

In dieser Nacht schlief ich besser. Mat geisterte nicht mehr so stark in meinem Kopf herum, ich hatte die Fäden meines Marionettendaseins abgeschnitten. Ich war zu sehr damit beschäftigt, Milly zu helfen und am nächsten Morgen machte ich mich auf den Weg, um ihre Mutter aufzusuchen.

Zu meiner eigenen Überraschung, freute ich mich sogar darauf. Ich hatte natürlich Angst, nicht die richtigen Worte zu finden, schließlich kannte ich die Frau nicht. Doch ich war mir sicher, dass Alles sich zum Guten wenden würde, wenn ich nicht aufgab. Die Wegbeschreibung von Milly machte es mir leicht, das Ziel zu finden. Ich bog in den Feldweg ab und wenig später entdeckte ich ein kleines Haus, welches abgeschieden hinter einer Baumgruppe auftauchte. Der Putz bröckelte und die alten Dachziegel mussten erneuert werden. Es hatte schon bessere Zeiten erlebt. Ich hielt direkt vor dem Gartentor und als ich das Grundstück durch die quietschende Tür betrat, blickte ich mich um. Im letzten Sommer hatte niemand sich die Mühe gemacht, den Garten auf Vordermann zu bringen. Die Blumen im Fenster waren seit langem verblüht und verrieten mir, dass es früher anders gewesen war und mit gemischten Gefühlen näherte ich mich der Eingangstür. Eine Kuhglocke hing an einem dicken Seil herunter. Wohl die Klingel, dachte ich und zog daran. Stille, weder Rascheln noch Schritte. Ich hatte Pech, es war keiner zu Hause.

Ich wendete mich ab, als sich plötzlich doch noch die Tür öffnete. Erschrocken drehte ich mich um und blickte in das Gesicht einer gebrochenen Frau. Woher ich das wusste?

Ich sah es an ihrer gebückten Haltung, den Augenringen und dem fahlen Gesicht. Ihre Haare hingen strähnig herunter und die Sachen die sie trug, besaßen Löcher und Flecken. Ich schluckte und versuchte mir nichts anmerken zu lassen.

„Hallo… Entschuldigung, dass ich störe! Ich… Ich bin eine Freundin von Milly… Kann ich Sie kurz sprechen?"

„Melanie ist tot! Wieso nennen Sie meine verstorbene Tochter so? Nur ihr kleiner Sohn hatte diesen Spitznamen für sie! Ich kenne Sie nicht. Wer sind Sie?"

Ihre Worte hatten mich verletzt. Doch ich durfte nicht aufgeben. Diese Frau musste neuen Lebensmut bekommen. Ich konnte ihr dabei helfen, denn ich war das Sprachrohr zwischen zwei Welten.

„Bitte entschuldigen Sie noch einmal. Ich heiße Eva und ich bin hier… ich weiß nicht wie ich es sagen soll… ich bin damit beauftragt worden, Ihnen eine Geschichte von Maria und Erik zu erzählen. Ich weiß das klingt verrückt, aber ich habe Mil… Melanie getroffen."

Die Körperhaltung der Frau veränderte sich. Sie blickte mich an, als hätte sie gerade einen Geist gesehen.

Sie öffnete den Mund und wollte etwas sagen, entschied sich um und bat mich herein. Die Luft im Haus war stickig, kaum zu ertragen, doch ich musste da durch, wenn ich erfolgreich sein wollte. Nachdem Millys Mutter mir einen zugemüllten Sessel freigemacht hatte, begann ich zu erzählen.

Sie unterbrach mich kein einziges Mal und mit jedem Satz, den ich preisgab rückte sie näher an mich heran, in der Hoffnung dadurch weitere Details zu erfahren. Sie saugte die Geschichte von Maria und Erik in sich auf, wie ein ausgetrockneter Schwamm, der nach langer Zeit wieder mit Wasser in Berührung kam.

„Und Melanie lebt noch, naja zwischen den Welten?", fragte sie mich schließlich. Ich hörte die Sehnsucht in ihrer Stimme.

„Irgendwie schon. Sie muss noch einen Auftrag erfüllen, bevor sie ins nächste Leben gehen kann, soviel ich verstanden habe", antwortete ich.

Sie schaute nachdenklich umher und flüsterte: „Ich habe es immer gewusst. Ich wusste, dass es weitergeht."

„Darf ich Sie etwas fragen?" unterbrach ich sie.

„Nur zu!"

Verlegen rieb ich meine Hände aneinander.

„Wieso haben Sie mich hereingebeten, als ich Maria und Erik erwähnt habe?"

„Maria und Erik sind Phantasiefiguren von Melanie gewesen. Schon als Kind hatte sie mit ihnen gesprochen. Immer wenn sie Sorgen hatte, erzählte sie mir eine Geschichte über diese Beiden. Sie konnte nie über sich selbst reden, sie tat es immer so. Auch wenn ich wusste, dass sie sich selbst mit Maria meinte, beließ ich es dabei. Es war mir egal, wenn ich einer fiktiven Person einen guten Rat geben sollte, da ich ja wusste, dass meine Tochter ihn schon annehmen würde, irgendwann, wenn sie es selbst so wollte. Es war unser Geheimnis und als Melanie erwachsen war, ist es einfach so geblieben."

Das hatte ich nicht erwartet. Hatte die Geschichte von Maria und Erik einen wahren Hintergrund? War es Millys Geschichte gewesen?

Ich durfte nicht darüber nachdenken, denn ich war hier, um etwas richtig zu stellen. Diese Frau durfte sich nicht mehr die Schuld an dem Unfall geben. Ich erklärte ihr, wie Milly ums Leben gekommen war. Still lauschte sie meinen Worten und in ihren Augen sah ich Bestürzung und Erleichterung zugleich. Als ich mit meinen Ausführungen fertig war, bat ich sie um das rote Tuch.

„Das rote Tuch?", wiederholte sie. „Ja, es ist Melanie sehr wichtig. Sie hat es seit Kindertagen. Jetzt weiß ich ganz sicher, dass sie Melanie getroffen haben."

Schlurfend ging sie zur Vitrine und nahm ein sorgfältig zusammengelegtes Stück Stoff heraus. Sie gab es mir mit den Worten: „Sie wird sich erinnern."

„Woran?"

„Sie wird es Ihnen selber sagen."

Ich beließ es dabei und verabschiedete mich.

Als ich mich im Vorgarten noch einmal umdrehte, sah ich einen anderen Menschen vor mir, der mir voller Zuversicht nachschaute.

Ich konnte es kaum erwarten, Milly das Tuch zu bringen und ihr meine Neuigkeiten mitzuteilen.

Endlos erschienen mir die Stunden bis zu unserem Treffen. Ich fuhr viel zu früh los und tippelte schon von einem Bein zum anderen, als Milly endlich auftauchte.

Als ich ihr das begehrte Objekt geben wollte, winkte sie ab und forderte mich auf, ihr zu folgen. Wir setzten uns auf einen abgesägten Baumstumpf, der in unmittelbarer Entfernung stand. Mein Moment war gekommen und als Milly das rote Tuch in den Händen hielt, liefen Tränen über ihre Wangen. Sie knüllte es zusammen und roch daran. Immer wieder sog sie den Geruch in sich auf. Sie sprach kein Wort, lebte in ihren Träumen. Ich brachte keinen Ton heraus, so sehr berührte es mich. Es musste eine tolle Erinnerung sein, in der sie schwelgte, voller Liebe und Nähe.

Milly schaute mich an.

„Danke, es bedeutet mir so viel!"

„Warum?"

„Sein Geruch steckt in diesem Tuch und ich sehe die wundervollen Bilder in meinem Kopf, als ich es ihm damals geschenkt habe. Er musste allein auf Motorradtreffen fahren, da ich schwanger war. Ich habe es ihm umgebunden, damit ich so bei ihm sei konnte… und siehst du dieses kleine geflickte Loch?"

Ich schaute näher hin.

„Ja."

„Kurz vor meinem Unfall bat ich meine Mutter es zu stopfen, deshalb war das Tuch bei ihr. Danke, dass du es geholt hast."

Ich wollte sie umarmen und wieder kam ich nicht richtig an sie heran, da mich der blaue Nebel, der sie immer noch umgab, daran hinderte. Doch es war mir möglich ihr näher zu sein, als vorher, als ich wieder eine Entdeckung machte. Unter ihren wunderschönen Augen hatte sich eine Stupsnase mit Sommersprossen gebildet und ich sah eine Frau, die an Schönheit kaum zu übertreffen war. Wie überragend musste sie erst im richtigen Leben ausgesehen haben. Milly drehte sich zu mir um.

„Jetzt gibt es nur noch eins zu tun und gleichzeitig habe ich auch Angst davor, denn dann muss ich gehen."

„Vielleicht kannst du wiederkommen, so einmal im Jahr. Das wäre doch toll, oder?", versuchte ich sie aufzumuntern.

„Das weiß ich nicht, vielleicht…"

„Verrate mir die letzte Aufgabe. Ich platze fast vor Ungeduld!"

Milly band sich das rote Tuch in die Haare.

„Komme morgen wieder. Es ist mein Todestag." Sie senkte ihren Kopf und schwieg für einen kurzen Moment. Tränen standen in ihren Augen und schluchzend fuhr sie fort:

„Du musst aber diesmal schon kurz nach sechs hier sein.

Es ist wichtig, denn nur durch dich kann ich mich zeigen.

Mein Mann Sven wird kommen, das weiß ich genau! Ich habe Angst davor, ihn wiederzusehen, Angst davor, wie er reagieren könnte. Trotzdem will ich unsere Liebe noch einmal spüren, die so endlos war."

„Ist Sven der Erik aus deiner Geschichte?"

„Ist er, ja. Meine Mutter hat dir das Geheimnis verraten?" Milly wischte sich die Tränen ab und blinzelte mich an.

„Wir sehen uns morgen." Sie verschwand und es fiel mir schwer, wieder in mein trostloses Zuhause zurückzukehren. An diesem Abend spürte ich eine Leere, die ich in den letzten Stunden vergessen hatte. Ich sehnte mich nach Mat und begriff, dass ich ihn verloren hatte. Er dachte nicht einmal daran, um mich zu kämpfen, mir zu zeigen, dass ich ihm wichtig war. Er war einfach gegangen und aus meinem Leben verschwunden. In dieser Nacht schlief ich kaum und am Morgen meldete sich mein Innerstes wieder und munterte mich auf. Wie kannst du nur immer noch an ihn denken, nach all dem was war? fragte es mich verständnislos. Er hat dich monatelang betrogen, dein Herz gebrochen und du hast nichts Besseres zu tun, als ihm nachzuweinen? Du warst einmal stark, selbstbewusst und unabhängig. Tue etwas für dich und mache es wie Maria. Dann kehrt auch das Glück wieder bei dir ein.

Ich konnte mich nur schwer aufraffen, um den Umschlag aus meinem Wohnzimmerschrank zu holen. So lange hatte ich für den schönsten Tag in meinem Leben gespart. Jetzt wollte ich es für mich verwenden. Für mich allein und ich tat es!

Nach einem Besuch bei meiner Kosmetikerin, kaufte ich mir die schicksten und modernsten Klamotten der Stadt.

Wie Maria begutachtete ich mein Äußeres vor dem Spiegel und war zufrieden. Es reute mich nur, so viel Geld für mich selbst ausgegeben zu haben. Hatte ich bisher, doch immer verzichtet. Du siehst toll aus, munterte mich meine innere Stimme auf. Du kannst andere Männer haben, als diesen Windhund.

Ich lächelte das Spiegelbild an und dachte an Milly.

Was? Es ist schon so spät? Mir blieb noch eine halbe Stunde, um zum Treffpunkt zu fahren. Ich musste mich beeilen. Schnell warf ich mir den neuen Mantel über und raste los. Naja, ich fuhr so schnell mein Auto fahren konnte und traf doch noch pünktlich ein. An diesem Abend regnete es und ein kühler Wind wehte mir um die Nase.

Wo blieb Milly nur? Es war schon viertel nach sechs und ihr blauer Nebel war nirgendwo zu erkennen. Die feuchte Kälte ließ mich frieren und ich wollte mich gerade in mein Auto setzen, als ich in der Ferne zwei Scheinwerfer wahrnahm, die auf mich zukamen. Ein dunkelgrauer Wagen näherte sich, bremste und beschleunigte immer wieder, bevor er in einiger Entfernung zum Stehen kam. Ein kräftiger, hochgewachsener Mann mit blonden Haaren stieg aus und lief mit langsamen Schritten auf mich zu. Der immer stärker werdende Regen schien ihm nichts auszumachen und als sich unsere Blicke für den Bruchteil einer Sekunde trafen, war es mir fast unangenehm an diesem Ort zu sein.

„Hallo!", grüßte er mich und schaute gleichzeitig zu Boden.

„Hallo!" Mir war unwohl. Was sollte ich nur sagen. Es war Sven, das spürte ich. Wo war Milly nur? Ich stand da, sah seine Trauer in jeder seiner Bewegungen und schaute stillschweigend zu, wie er ein Gedenklicht am Baum niederstellte.

Ich wollte so gern mit ihm sprechen, ihm nur sagen, dass Milly bald kommen wird und ihn damit aufmuntern. Ja vielleicht hätte ich ihn sogar in den Arm genommen, nur um seinen Schmerz zu lindern. Ich wusste, dass Milly sich genauso nach ihm sehnte, wie er es tat. Doch ich konnte nicht. Ich begriff, dass ich nie wahrhaftig geliebt hatte. Diese Liebe ging über den Tod hinaus. Ich spürte sie, auch wenn ich nur ein Teil von Millys Geschichte war und die Beiden im wahren Leben nie kennengelernt hatte. Sven stand auf und ich erschrak. Wie sollte ich ihn aufhalten, wenn Milly nicht kam?

Ich schaute ihn an und versuchte meine Nervosität in den Griff zu bekommen.

„Waren Sie eine Freundin von Melanie?", fragte er mich plötzlich.

„Das kann man so sagen", antwortete ich verlegen und zeigte auf den blauen Nebel, der von Westen auf uns zukam. „Ich glaube, Sie sollten jetzt stark sein. Es wird Sie überraschen, was gleich passiert, erschrecken Sie bitte nicht! Ich bin nur gekommen, damit es überhaupt passieren kann."

Jetzt war es raus. Mein Herz raste, schlug fest gegen meine Brust, drohte herauszuspringen und ich hatte fast das Gefühl, es würde jeden Moment passieren.

Sven starrte mich an. Es blieb ihm keine Zeit weiter über meine Worte nachzudenken, denn der blaue Nebel hatte ihn schon in Besitz genommen, fest eingehüllt und dachte gar nicht daran ihn freizugeben. Ich ging ein paar Schritte zurück, denn es war nicht mein Augenblick. Dieser Augenblick gehörte den Beiden und ihrer Liebe!

Ein grelles Licht blendete mich, die Nebelschwaden verschwanden und Milly erschien. Sven konnte nichts sagen. Es fehlten ihm die Worte, für das was er sah und als er Milly erkannte, stand er nur regungslos da, um eins zu tun:

Sie anzuschauen!

Zum ersten Mal war der blaue Nebel ganz und gar verschwunden und ich sah Millys Schönheit. Ihr Gesicht war makellos und die vollen, geschwungenen Lippen forderten ihren Mann dazu auf, ihre Leidenschaft zu erwidern und sie in den Arm zu nehmen, sie zu berühren, so wie er es früher immer getan hatte. Sven zögerte nicht lange und drückte sie fest an seine Brust, um seiner Sehnsucht freien Lauf zu lassen. Eine Leidenschaft ging von ihm aus, die ich so noch nie gesehen hatte. Jede Berührung wurde von zärtlichen Blicken und innigen Liebkosungen begleitet.

Zum ersten Mal in meinem Leben erkannte ich wahre Liebe. Die Beziehung zu Mat hatte damit nichts zu tun. Ich begriff, dass alles, was ich bisher für einen Mann empfunden hatte, nichts mit dieser Kraft zu tun hatte, die von zwei liebenden Menschen ausging.

Ich weiß nicht, wie lange ich da gestanden war und den Beiden zuschaute. Es war mir fast peinlich, doch ich konnte meinen Blick nicht von diesem Paar abwenden. Doch irgendwie starrte ich auch ins Leere, träumte davon, diese Erfahrung in meinem Leben auch einmal zu machen und bemerkte nicht, dass Milly auf mich zukam, um mir Sven vorzustellen. Aufgeschreckt aus meinen Gedanken schaute ich sie an und lächelte, nickte und trat näher. Sie strich über meine Wange und blickte mir tief in die Augen.

„Ohne dich hätte ich meinen Auftrag nie erfüllen können. Du hast mich gerettet und ich hoffe, dass du für dein Leben auch etwas gelernt hast. Nun ist es Zeit zu gehen und Ruhe zu finden. Doch vorher, darfst du dir noch etwas wünschen. Ich habe es dir versprochen."

Ich gebe zu, dass ich in diesem Moment total überfordert war und Milly spürte es. Sie nahm meine Hand und da wusste ich, was ich mir wünschen wollte.

„Ich wünsche mir, dich einmal im Jahr zu sehen. Immer an diesem Tag, zu dieser Stunde, bis ich sterbe."

Milly schnaufte tief durch, denn das hatte sie nicht erwartet. Sie war gerührt und wusste, was ich für sie getan hatte.

Für ihre Liebe zu Sven.

Ich versuchte es zu erklären. „Ich weiß, dass ich dich brauchen werde und immer, wenn ich dich sehen kann, wird es mich weiter bringen auf meinem Weg auch Glück, Hoffnung und Liebe zu finden" antwortete ich.

„Du denkst wieder einmal an Andere. Ich danke dir dafür, dass du das für mich getan hast. Ich verspreche dir, dass es nicht dein Schaden sein wird" entgegnete sie.

Ich war stolz auf meinen Wunsch, denn es war mir gelungen, die Liebe von zwei Menschen über den Tod hinaus festzuhalten. Das machte mich glücklich,

„Dann sehen wir uns in einem Jahr wieder, gleiche Zeit und gleicher Ort. Ich werde hier sein und auf euch warten", verabschiedete sie sich und als sich ein Lichtstrahl vom Himmel näherte, um sie abzuholen, standen Sven und ich da, um Milly dabei zuzuschauen, wie sie mit einem breiten Grinsen im Nachthimmel verschwand.

Der Schaukelstuhl wippte sanft hin und her. Immer wieder hatte ich ihn mit sanftem Druck angestoßen. Ich schaute auf das Notizbuch und holte tief Luft.

Wie sollte diese Erinnerung auf zehn leere Seiten passen?

Du schaffst das schon, schimpfte mein Innerstes. Hast du nicht immer alles im Leben geschafft.

Ja, entgegnete ich und biss mir auf die Lippe, wie ein kleines Kind das bei einem Schabernack ertappt wurde. Ich hatte so vieles geschafft. Mit Sven hatte ich einen wahrhaftigen Freund gefunden, der mir immer zur Seite stand. Die Freundschaft mit Milly und unsere alljährlichen Treffen, machten mich gleichzeitig stark fürs Leben.

Ich fand mich selbst und erkannte, was für mich wichtig war und als ich Noras Vater kennenlernte, spürte ich die Macht der wahren Liebe am eigenen Leib.

Millys Glüholi- Auftrag, wurde zu meinem Lebensauftrag.

Seit unserer ersten Begegnung lernte ich, die kleinen Glücksmomente im Leben zu genießen. Ich lernte die Hoffnung nie aufzugeben, dass nach schlechten Zeiten wieder Gute folgen würden und vor allem lernte ich Eines: Dass man sich für die wahre Liebe nicht aufgeben muss!

Millys Glüholiauftrag war mein Lebenselixier!

Marlene

von R. A. Altena

„Aber ich muss es ihm sagen!"
Anita standen Tränen in den Augen. Ihre Mutter Gerda nahm sie in den Arm. Anita war mit den Nerven am Ende. Bei ihrem Freund Peter wurde vor zwei Wochen Krebs im fortgeschrittenem Stadium diagnostiziert, und ihr Frauenarzt hatte bei einer Routineuntersuchung festgestellt, dass sie in der vierten Woche schwanger war.

„Meinst du nicht, dass Peter im Moment andere Sorgen hat. Er sollte so wenig wie möglich belastet werden. Und die Nachricht, dass er Vater wird, wäre eine Belastung." Anitas Mutter stand von einem der beiden Küchenstühle auf. Während sie an die Arbeitsplatte trat, um sich und ihrer Tochter einen Kaffee zu kochen, sprach sie weiter. „Natürlich würde es ihn freuen, du kennst Peter. Aber er würde sich Sorgen machen, weil er dir keine Unterstützung geben kann. Und Aufregung ist im Augenblick das letzte was er gebrauchen kann."

Als sie wieder an den Tisch trat, wischte Anita sich die Tränen aus dem Gesicht. Ihre sonst so leuchtend blauen Augen, schauten ihre Mutter traurig an. Für Anita war ihre Mutter -außer Peter-, der einzige Mensch der ihr wirklich Nahe stand. Nachdem ihr Bruder Thorsten vor drei Jahren im Alter von einundzwanzig tödlich verunglückte, war ihr Vater dem Alkohol verfallen und komplett abgestürzt. Nach einigen Entzugsversuchen, die allesamt gescheitert sind, ließen sich ihre Eltern vor einem Jahr scheiden. Seitdem hatten weder Anita noch ihre Mutter etwas von ihm gehört. Jetzt hielt Anitas Mutter sich mit mehreren Putzstellen über Wasser, was ihrer Gesundheit nicht gerade förderlich war. Die harte Arbeit hatte ihre Spuren hinterlassen. Noch während Anita ihre Mutter betrachtete, erklang aus ihrer Handtasche, die sie auf der großzügigen Eckbank abgestellt hatte, der neuste Hit von

Coldplay. Ein unweigerliches Zeichen dafür, dass sich am anderen Ende der Leitung ihres Handys Peter befand. Schnell griff Anita ihre Tasche, wühlte darin herum, bis sie endlich ihr Telefon rausangelte. Schnell drückte sie auf den grünen Hörer des Displays, in Sorge, Peter könnte wieder auflegen.

„Hallo Schatz", meldete sich Anita erfreut, so früh von ihm zu hören. Bei Peter sollten heute einige Untersuchungen vorgenommen werden. Dass er sich jetzt schon meldete, musste doch ein gutes Zeichen sein. „Und, weißt du schon mehr?"

Statt zu antworten, fragte Peter nur: „kannst du vorbeikommen?"

„Selbstverständlich!" Irgendetwas stimmte nicht. Peter hörte sich bedrückt an. „Was ist denn los?"

„Nicht am Telefon. Bitte. Komm einfach her, wir müssen reden." Ohne ein weiteres Wort legte Peter auf.

Entgeistert starrte Anita auf ihr Handy. „Was ist denn los?" Die Stimme ihrer Mutter, klang wie aus weiter Ferne.

„Das war Peter. Er war ganz komisch. Ich fahre sofort ins Krankenhaus. Entschuldige Mama." Anita schnappte ihre Handtasche und ging zur Haustür.

„Fahr vorsichtig", rief ihre Mutter, doch die Worte erreichten Anita nicht mehr. Sie befand sich schon auf dem Weg nach unten.

Anita flog die Stufen des Treppenhauses hinunter. Auf den Aufzug zu warten dauerte ihr zu lange. Auf der Straße angekommen, fingerte sie den Autoschlüssel aus ihrer Hosentasche, und lief zu ihrem blauen Passat, der nicht allzu weit weg stand. Da es Samstagnachmittag war und ausgesprochen warm, hatte Anita Glück mit dem Verkehr. Die meisten Leute aus der Umgebung lagen zu dieser Zeit an einem der Seen in der Umgebung. Sie drückte das Gaspedal durch. Wenn sie so weiterfuhr, war sie in einer Viertelstunde am Krankenhaus `oder du baust einen Unfall, und kommst überhaupt nicht im Krankenhaus an´. Dort registrierte Anita, wie aufgedreht sie war. Nachdem sie den Wagen abgestellt hatte, blieb sie noch einen Moment sitzen, und versuchte ihre Atmung zu normalisieren. Im Unterbewusstsein machte sie sich klar, dass die Aufregung auch für ihr Ungeborenes nicht eben förderlich war. Anita atmete einige Male tief ein und aus. Dann stieg sie aus dem Wagen und machte sich auf den Weg zu Peters Zimmer.

Nervös legte Peter sein Handy in die Schublade des Nachttischs, der links neben seinem Krankenbett stand. Rechts neben ihm, lag ein älterer Mann, der wie Darth Vader röchelte. `Mir wird auch keine Maske mehr helfen´, dachte er bedrückt. `Ich werde auch ohne Maske sterben´. Langsam setzte Peter sich aus seinem Bett auf. Im Zimmer war es, trotz des schönen Wetters, welches die Menschen zum Schwitzen brachte, dunkel. `Wenn ich gesund wäre, würde ich gerne schwitzen´, so aber ließ Peter die dunkelgrünen Vorhänge einfach zugezogen. Darth Vader war es sowieso egal, und ansonsten befand sich niemand im Zimmer. Das leise klopfen an der Tür riss ihn aus seinen Gedanken.

„Herein!", rief Peter durch den kahlen Raum, in dem nur ein Bild gegenüber den Betten hing. Geräuschlos öffnete sich die Tür, und Anita trat mit leisen Schritten ein. Ihre Sorgenvolle Mine würde es Peter nicht leichter machen, mit ihr über den Stand seiner Krankheit zu reden. Trotzdem musste es sein. Er wollte ihr nichts vorlügen. Er wusste nur noch nicht, wie er es ihr beibringen sollte.

Trotz der Dunkelheit, die im Raum herrschte, bemerkte Anita sofort das mit Peter etwas nicht stimmte. Sie konnte nicht sagen warum, es war nur ein Gefühl. Sie ging zu ihm ans Bett, und drückte ihm zärtlich einen Kuss auf die Wange.

„Hallo, mein Schatz. Was ist los? Du wirkst bedrückt. Was haben die Ärzte gesagt?" Anita setzte sich neben ihm aufs Bett, und ergriff seine Hand.

Peter wusste nicht wie er anfangen sollte. „Nun, es sieht schlecht aus", war alles was er hervorbrachte. Seine Stimme zitterte, und Tränen standen ihm in den Augen. Er war nicht in der Lage, Anita direkt anzusehen, so lugte er an ihr vorbei, und beobachtete Darth Vaders Monitor, der zur Überwachung seiner Vitaldaten diente. Das regelmäßige Piepen und grüne Blinken lenkte ihn auf gewisse Art und Weise ab.

„Peter? Sag doch endlich was los ist!" Anitas Stimme ließ ihn aufblicken. Nun schaute er sie direkt an, und Anita sah das feuchte Schimmern in seinen Augen. Der Krebs hatte noch keine Spuren an seinem Äußeren hinterlassen.

Peter schluckte, um seine Fassung zu wieder zu finden. „Meine Prostata ist nicht mehr zu retten." Peter musste wieder schlucken.

„Aber die Ärzte sagten doch, dass sei nicht so schlimm. Man kann auch ganz gut ohne Leben. Und selbst wenn es Einschränkungen für dich gibt, weißt du, dass ich voll und ganz hinter dir stehe. Egal was kommt. Wir stehen das gemeinsam durch!" Anita überlegte kurz. „Wir brauchen dich jetzt, genau wie du uns brauchst." Anita erwartete wenigstens jetzt bei dem Wort „wir" eine Reaktion, aber Peter schien es nicht zu registrieren.

„Schatz, wir müssen zusammenhalten. Gerade jetzt. Ich bin in der vierten Woche schwanger!" Jetzt war es raus. Anita drückte ganz fest Peters Hand. Wie lange wünschten sie sich schon ein Kind. Das musste ihn doch aufbauen. Stattdessen schaute er sie mit leerem Blick an. Die nächsten Worte trafen Anita mit voller Wucht, erschlugen sie förmlich.

Gerda räumte gerade die Tassen vom Tisch, als das Telefon, dass sie in ihrer Nähe hatte, läutete.

„Anita." Doch Gerda wurde enttäuscht, am anderen Ende der Leitung meldete sich die dunkle Stimme ihrer Schwester. „Hallo Gerda. Weißt du, wo Anita steckt? Ich erreiche sie zu Hause nicht, und ihre Handynummer kenne ich nicht."

`Und das aus gutem Grund´, dachte sich Gerda.

„Sie ist bei Peter im Krankenhaus. Was willst du von ihr? Du weißt doch genau, dass du dich von ihr fernhalten sollst! Ich will nicht, dass du sie mit deinem okkulten Schwachsinn belästigst. Das letzte Mal hat ja wohl gereicht!"

„Aber ich habe recht behalten. Ich habe euch den Tod von Thorsten vorausgesagt. Aber ihr wolltet ja nicht hören. Ansonsten könnte er heute noch Leben."

Gerda hätte am liebsten aufgelegt, auf der anderen Seite, war sie doch neugierig, was ihre verrückte Schwester von Anita wollte. „Hör auf, so zu reden. Das war eine zufällige Verkettung mehrerer Ereignisse. Außerdem hast du Anita damit fast in den Wahnsinn getrieben." Der Hörer in Gerdas Hand fing an zu zittern. Wenn sie noch lange mit ihrer Schwester telefonierte, musste sie um ihren Blutdruck fürchten.

„Wer Anita dahin gebracht hat, sei ja wohl mal dahingestellt. Du hast doch mit deinen Behauptungen, ich könnte etwas mit Thorstens Tod zu tun haben, Anita gegen mich aufgebracht!"

Gerda setzte sich. Sie merkte wie ihre Beine nachließen. Das Telefonat mit ihrer Schwester machte ihr zu schaffen. Sie wollte das Gespräch so schnell wie möglich zu Ende bringen. „Also Marlene, was willst du? Ich habe nicht allzu viel Zeit." Sie versuchte ihre Stimme ruhig zu halten.

Marlenes Stimme klang ruhig. „Tu mir bitte den Gefallen und gib Anita Bescheid, dass ich dringend mit ihr sprechen muss. Es ist wichtig, dass sie sich noch heute bei mir meldet." Und mit beschwörender Stimme fügte sie hinzu: „Es geht um Leben und Tod." Nach diesem Satz legte Marlene wortlos auf. Es dauerte einige Sekunden, bevor Gerda das Telefon weglegte. `Was bildete Marlene sich ein? Dachte sie wirklich, sie könnte sich nochmal in unser Leben einmischen? ´ Trotzdem hatte der Anruf Wirkung gezeigt. Zusammengesunken saß Gerda auf der Küchenbank und dachte an die Ereignisse, die drei Jahre zurücklagen.

„Anita, der Krebs hat bereits sehr stark gestreut." Peters Stimme war monoton. „Die Ärzte haben festgestellt, dass ich auch im Kopf zwei Tumore habe, daher kamen auch meine starken Kopfschmerzen. Doktor Schuhmann von der Neurologie hat mir eben bestätigt, dass ich höchstens noch ein halbes Jahr zu leben habe."

Anita war fassungslos. „Aber die Ärzte haben doch gesagt…"

Peter unterbrach sie. „Ich weiß, was die Ärzte gesagt haben. Tatsache aber ist, dass ich noch dieses Jahr sterben werde!"

„Nein! Das kann nicht sein. Die Ärzte haben sich vertan. Wir gehen zu einem Spezialisten." Anita sprang vom Bett auf, ihre Stimme überschlug sich. „Ich habe von Kliniken in Amerika gehört, wo man angeblich hoffnungslose Fälle wieder geheilt hat. Die verfügen hier doch gar nicht über die Möglichkeiten."

„Anita…"

„Nein Peter, lass mich ausreden. Ich werde mich erkundigen. Wir werden dir helfen. Koste es was es wolle." Tränen schossen ihr in die Augen. „Wir bekommen ein Kind zusammen. Soll es ohne Vater groß werden?"

„Weißt du, wie du dich gerade anhörst?"

„Was meinst du damit? Ich mache mir Sorgen und habe Angst."

„Ja", antwortete Peter. Er setzte eine traurige Mine auf. „Du machst dir Sorgen um unser Kind. Und du hast Angst, dass es ohne Vater aufwächst."

Anita erstarrte. Sie konnte nicht glauben, was sie da hörte. Das war nicht ihr Peter. Auf keinen Fall. „Wie kannst du nur so denken? Ich Sorge mich um dich. Ich…"

„Bitte geh jetzt. Ich bin müde und möchte jetzt schlafen. Ich melde mich morgen bei dir."

„Aber…"

„Bitte Anita, geh einfach,"

Trotz seiner abweisenden Art, ging Anita auf Peter zu, und drückte ihm noch einen Kuss auf die Wange.

„Ich verstehe dich nicht", sagte Anita noch während sie das Zimmer verließ.

Anita ging den Krankenhausflur hinunter. An dessen Ende bog sie rechts ab, um Richtung Ausgang zu gehen. Sie verließ das Gebäude, wobei sie fast von einem herannahenden Fahrzeug erfasst wurde.

„Hast du keine Augen im Kopf?", wetterte der Fahrer mit wild gestikulierenden Händen. Anita reagierte überhaupt nicht, und ging weiter Richtung Parkplatz. Nachdem sie Peters Zimmer verlassen hatte, dachte sie nur darüber nach, was er da von sich gegeben hatte. `Sie würde nur an sich und das Kind denken. Wie konnte er so etwas sagen? Sie liebte ihn mehr als alles andere´. Anita stieg in ihren Wagen. Automatisch fuhr sie zu ihrer Mutter. Sie brauchte jemanden zum Reden.

„Was ist denn mit dir los?" Nachdem ihre Mutter ihr die Haustür geöffnet hatte, erschrak Anita. Gerda war leichenblass im Gesicht. „Du siehst aus, als ob dir ein Geist über den Weg gelaufen ist." Für den Moment war ihre Sorge um Peter in den Hintergrund gerutscht. Ihre Mutter sah extrem schlecht aus.

„Es war nicht direkt ein Geist, aber so ähnlich." Erstaunt blickte Anita ihre Mutter an. Bevor sie ihrer Mutter weitere Fragen stellen konnte, redete Gerda weiter. „Deine Tante hat angerufen. Sie hat sich nach dir erkundigt, und wollte wissen wo du bist?"

„Marlene?", fragte Anita überrascht, wobei es mehr eine Feststellung war.

„Wer sonst? Ich wüsste nicht, dass ich noch eine Schwester habe." Auf den Weg in die Küche, wo es nach frischem Kaffee duftete, fragte Gerda: „Wie geht es Peter? Was war denn los?" Sorgenvoll blickte Gerda in die versteinerte Mine ihrer Tochter.

„Peter war komisch. Erst war er völlig abwesend, dann hat er mich förmlich rausgeschmissen."

„Wie rausgeschmissen?"

Anita erzählte ihrer Mutter, was sich in dem Krankenzimmer zugetragen hatte.

„Ich habe dir doch gesagt, du sollst ihm nichts von der Schwangerschaft sagen. Erst recht nicht, wenn ihm die Ärzte sagen, dass er unheilbar krank ist. Hast du überhaupt eine Vorstellung davon, was er gerade durchmacht?" Als Anita nicht reagierte, sprach sie weiter. „Vor einer Woche war er noch ein Mann, der mitten im Leben stand und dem es gut ging. Dann geht er zum Urologen und erfährt, dass er Krebs hat. Ein paar Tage später teilt man ihm mit, dass er unheilbar krank ist. Und dann kommst du, und sagst ihm, dass du schwanger bist. Damit hast du ihn in dem Moment nur noch mehr belastet. Er braucht jetzt Ruhe. Gib ihm Zeit, dass alles zu verarbeiten. Morgen wird er dich anrufen, da bin ich mir sicher. Und dann unterhaltet ihr euch nochmal in aller Ruhe."

Eine unangenehme Stille bereitete sich in der Küche aus. Nur das leise Röcheln der Kaffeemaschine war zu hören.

„Vielleicht hast du ja recht", nahm Anita das Gespräch wieder auf.

„Deine Mutter hat doch immer recht", sagte Gerda, und versuchte ein Lächeln auf ihr Gesicht zu zaubern, was allerdings misslang. „Möchtest du einen Kaffee?" Gerda wartete keine Antwort ab. Sie stand auf und ging auf die Kaffeemaschine zu.

„Nein, danke. Lass gut sein. Ich werde jetzt fahren."

Fragend drehte sie sich zu ihrer Tochter um. „Wo willst du denn noch hin? Kann ich was für dich tun?"

„Nein, es ist alles in Ordnung. Aber ich möchte nach Hause. Ich fühle mich müde und schlapp."

„Aber mach keine Dummheiten. Denk an dein Kind."

Zum Abschied drückte sie ihre Mutter und hauchte ihr einen Kuss auf die langsam, faltig werdende Wange.

„Was soll ich denn für Dummheiten machen. Es wird schon alles wieder gut."

Eine halbe Stunde später, befand Anita sich in ihren eigenen vier Wänden. Unterwegs hatte sie sich zwei Flaschen Wein besorgt. Anita war bewusst, ohne sich Mut anzutrinken, würde sie ihre Tante nicht anrufen. Dafür war damals zu viel vorgefallen. Zuhause angekommen, sprang Anita unter die Dusche, und ließ den warmen Strahl ihren Körper zu neuen Kräften kommen. Danach setzte sie sich auf die cognacfarbene Couch. Auf dem Glastisch davor, auf dem auch die Fernbedienungen des Fernsehers und der Stereoanlage lagen, stellte sie eine der beiden Weinflaschen und ein Glas ab. Mit der Fernbedienung der Stereoanlage startete sie den CD-Player. Aus den Lautsprechern drang das harte Schlagzeug von Lars Ulrich zu *Whiskey in the jar*. Anita nahm das Glas, trank es in kräftigen Zügen leer und schenkte sich nach.

Nachdem sie auch das zweite Glas geleert hatte, stand sie auf und ging zum Telefon, welches in der geräumigen Diele auf der Anrichte lag. Sie zögerte, dann wählte sie die Nummer ihrer Tante. Das erste Läuten war noch nicht ganz rum, da wurde am anderen Ende der Leitung abgenommen.

„Ja, Bitte?"

Anita schluckte. Sie hörte das schwere Atmen am anderen Ende. Die Stimme ihrer Tante nach so langer Zeit zu hören, machte ihr irgendwie Angst. Sie wollte schon wieder auflegen, als sich die Stimme wieder meldete.

„Anita, bis du das?"

„Ja." Ihre Stimme war mehr ein schüchternes Wimmern.

„Endlich. Hör mir zu Anita. Du musst sofort vorbeikommen. Ich habe etwas Wichtiges mit dir zu besprechen."

„Was sollte das sein Marlene." Sie weigerte sich, die Frau am anderen Ende der Leitung mit Tante anzusprechen. „was haben wir zwei zu bereden? Meinst du, du kannst dich nach all den Jahren einfach melden, und ich springe? Ich bin froh, dass ich mein Leben wieder einigermaßen im Griff habe!"

„Ach ja, hast du? Du bist schwanger, und dein Freund liegt im sterben. Das verstehst du unter Leben im Griff haben? Das sehe ich etwas anders."

„Das hat Mama dir alles erzählt?" Anita war ehrlich überrascht.

„Nichts hat Gerda mir erzählt. Du weißt, dass wir uns nicht sonderlich gut verstehen. Schließlich hat sie mir damals alles genommen, was mir etwas bedeutet hat." Marlenes Stimme wurde lauter.

„Aber woher weißt du...?"

Jetzt wurde Marlenes Stimme bestimmend: „Hör mir zu, Anita. Die Zeit wird knapp. Wir können noch endlos diskutieren, oder du kommst jetzt her, und wir retten deinem Peter das Leben!"

Was sollte sie jetzt tun? Einerseits hielt sie ihre Tante für verrückt, andererseits fragte sie sich, woher Marlene das von Peter und von ihrer Schwangerschaft wusste. Sie wollte ihre Tante nicht wiedersehen, doch die Aussicht Peter zu helfen, machte ihr Hoffnung. Ihre Tante war vielleicht verrückt, aber mit Thorsten hatte sie damals auch Recht gehabt.

„Anita? Entscheide dich!"

Erschrocken fuhr Anita aus ihren Gedanken hoch. „Ich bin in einer Stunde bei dir." Sie legte auf, und wählte gleich darauf die Nummer der Taxizentrale.

Eine knappe Stunde nach Anitas Telefonat mit Marlene hielt das Taxi vor der Haustür ihrer Tante. Marlene wohnte etwas außerhalb von Köln. Nach den Vorfällen von vor drei Jahren, hatte sich ihre Tante komplett zurückgezogen. Anita stieg aus dem Taxi, und ging auf die Eingangstür des vierstöckigen Hauses zu. Sie drückte auf die Klingel mit dem ausgeblichenen Namensschild. Sofort meldete sich der Summer, und die Tür ließ sich unter starken Quietschen öffnen. Anita drückte auf den Schalter für die Treppenhausbeleuchtung, doch das hätte sie sich auch sparen können. Die Glühbirne, die in der Fassung an der Decke hing, flackerte und gab nur schwaches Licht ab. Die einst weiß gestrichenen Wände waren vergilbt und mit Graffitis beschmiert, wie man sie häufig in öffentlichen Toiletten vorfand. Aus den Fliesen der Treppe waren Ecken abgesplittert, die scharfkantig aussahen. Anita hielt sich schützend die Hand vor Nase und Mund. Es roch, nein es stank, nach Urin und Erbrochenem. Am liebsten hätte Anita auf dem Absatz kehrtgemacht, doch jetzt war sie schon so weit gegangen, da würde sie das letzte Stück auch noch schaffen. Marlene wohnte im Dachgeschoss, doch Anita wollte den Teufel tun, und den Aufzug benutzen. Nachdem sie oben angekommen war, sah sie ihre Tante schon im Türrahmen stehen. Marlene erschrak. Die grauen Haare glänzten fettig im diffusen Licht des Treppenhauses. Den bunten Kittel, den sie trug, war voll mit Flecken. Ihre kleine, hagere Gestalt war mehr ein Strich in der Landschaft, statt einer Figur. Ihre ledern wirkende Haut war faltig. Zwar war Marlene sechs Jahre älter als ihre Schwester Gerda, doch wirkte sie noch weitere zehn Jahre älter. Eins hatte sich allerdings nicht geändert. Der aufmerksame und katzenhafte Blick, aus ihren grünen Augen.

»Komm rein«, bat Marlene mit einer Hand die Tür aufhaltend.

»Danke.« Anita betrat die kleine Wohnung, in der sich nicht viel geändert hatte. Überall hing und standen irgendwelche Dinge, sodass die Wohnung aussah, wie eine Höhle, in der eine Hexe hauste. Der Geruch von Zedernholz und Myrrhe, der durch Räucherstäbchen erzeugt wurde, die überall verteilt standen, schwängerte die Luft in den Räumen. Anita erinnerte sich, dass ihr damals, diese Atmosphäre Unbehagen bereitet hatte, aber heute machte es ihr nichts aus.

»Geh durch ins Wohnzimmer, mein Kind. Möchtest du etwas trinken?«

»Marlene, bitte komm gleich zur Sache. Was willst du von mir?« Anita blickte sie böse an.

»Setz dich, dann reden wir.« Und etwas vorwurfsvoll: »Du hast getrunken. Meinst du das wäre gut für dein Kind?«

»Ich wüsste nicht, was dich das angeht«, erwiderte Anita, und setzte sich auf die alte, mit Decken überworfene Couch.

„Du willst also gleich zur Sache kommen. Kein Problem. Wir haben sowieso nicht mehr viel Zeit." Während Marlene sprach, blickte sie auf die große Uhr, die rechts an der Wand hing. 22:30 Uhr.

„Ich will dir und deiner zukünftigen Familie helfen. Ich kann dafür sorgen, dass Peter wieder Gesund wird, und ihr ein ganz normales Leben führen könnt."

Am liebsten wäre Anita wieder aufgestanden und gegangen, aber irgendetwas hielt sie zurück. Stattdessen sagte sie: „Ich habe zwei Fragen an dich. Beantworte sie mir, dann sehen wir weiter."

„Stell deine Fragen." Ein Lächeln zuckte über Marlenes rissige Lippen. Sie war sich anscheinend sicher, dass Anita bleiben würde.

„Erstens: Wie willst du Peter helfen? Selbst die Ärzte sind Machtlos. Und zweitens: Selbst, wenn du Peter helfen könntest, warum solltest du das tun? Du hast mich damals beschuldigt, ich sei schuld am Tod meines Bruders."

„Nun, ich werde dir deine Fragen beantworten. Aber wenn ich das tue, musst du mir vertrauen."

Anita zuckte mit den Schultern. Marlene setzte sich in den Sessel, der gegenüber der Couch stand und lehnte sich zurück.

„Um deine erste Frage zu beantworten: Es steht in meiner Macht, kranken Menschen zu helfen. Ich beherrsche die Kunst des Heilens."

Anita glaubte nicht richtig zu hören. War ihre Tante jetzt vollkommen verrückt geworden? Doch bevor sie reagieren konnte, sprach ihre Tante weiter.

„Zweitens: Ich habe damals versucht, dir zu erklären, dass du nicht mit Thorsten auf dieses Konzert gehen sollst. Ich habe dir gesagt, dass die Texte dieser Band, geheime Botschaften versenden. Und ich wusste, dass Thorsten zu den Menschen gehört, die sie empfangen. Die Musik hat Thorsten in den Wahnsinn getrieben, und ihn dazu gebracht, aus dem Fenster zu springen. Aber mir wollte niemand glauben. Lieber wurde ich als Irre abgestempelt."

„Du musst doch auch zugeben, dass sich das vollkommen verrückt anhört. Außerdem hat man in Thorstens Körper Rückstände von Drogen gefunden. Die haben ihn in den Tod getrieben. Nicht meine Musik." Anita erhob sich. „Ich werde jetzt gehen Marlene. Bitte tu mir einen Gefallen: Halte dich aus meinem Leben raus. Ich möchte nichts mehr mit dir zu tun haben!"

Anita bewegte sich auf die Ausgangstür zu, doch Marlene redete unbeirrt weiter. „Du wolltest wissen, warum ich dich nicht damit in Ruhe gelassen habe? Das hatte einen ganz speziellen Grund."

Anita hielt inne, und drehte sich um. Gespannt schaute sie Marlene an. Sollte sie tatsächlich, nach drei langen Jahren erfahren, was sie ihrer Tante angeblich angetan hatte?

Ohne sich an Anita direkt zu wenden, sprach Marlene weiter. „Es hat mir sehr weh getan, dass selbst du mir nicht glauben wolltest. Du, mein eigen Fleisch und Blut. Schließlich bist du meine einzige Tochter!"

Anita starrte Marlene völlig verblüfft an. „Was redest du da? Ist das jetzt wieder eine neue Masche von dir, um mich zum Hierbleiben zu bewegen? Das wird nicht klappen. Ich…"

Marlene unterbrach sie: „Ich kann es dir sogar beweisen."

„Wie?"

„Ich habe noch eine Kopie der Geburtsurkunde. Gerda war der Meinung, ich besäße nichts mehr, womit ich beweisen kann, dass du meine Tochter bist. Und ich habe eine Phiole mit deinem Blut, welches wir dir als Kind entnommen haben. Dein Vater und ich haben es damals gebraucht, um zu testen, ob du auch anders bist. Aber dem war nicht so. Du bist eine ganz normale junge Frau."

Anita ging zurück, und setzte sich wieder. Sie schaute Marlene an und wusste, dass alles was sie ihr gerade erzählt hatte stimmte. Anita konnte nicht sagen warum, sie spürte, dass es die Wahrheit war.

„Warum erfahre ich erst jetzt davon?", fragte sie mit brüchiger Stimme.

Marlenes Blick ging wieder Richtung Uhr. 22:55 Uhr.

„Ich kann es dir im Augenblick nur in kurzen Zügen erklären. Wir haben nicht mehr allzu viel Zeit."

Was soll das nun wieder bedeuten?" Anita beugte sich vor, und sah Marlene tief in die Augen. Sie glaubte ein Leuchten darin zu erkennen.

„Dein Vater war der einzige Mensch, der wusste, dass ich übernatürliche Kräfte besaß. Wir waren uns bewusst, dass es ein Risiko birgt, ein Kind zu bekommen. Die Gefahr das dieses Kind, also du, auch anders sein würde war hoch. Trotzdem riskierten wir es, und ich wurde schwanger. Gleich nach der Geburt haben wir dich getestet, aber es war alles in Ordnung." Marlene streckte sich. Anita merkte, dass ihr das Reden schwerfiel.

„Kannst du mir ein Glas Wasser aus der Küche holen, mein Mund ist schon ganz trocken."

Anita stand auf, und ging in die Küche, um Marlene den Wunsch zu erfüllen. Als sie zurück war und sich wieder gesetzt hatte, sprach Marlene weiter.

„Kurz nach deiner Geburt, starb dein Vater bei einem Autounfall. Ich war völlig am Ende. Ich beherrsche zwar Magie, aber einen Toten zurückholen, überstieg selbst meine Kräfte. Daher zog ich mich zurück in meine Welt. Gerda war davon nicht begeistert. Nach langem Kampf hat sie es schließlich geschafft, die Behörden davon zu überzeugen, dass ich nicht fähig war, ein Kind groß zu ziehen." Marlene musste schlucken. Sie nahm das Glas Wasser vom Tisch, und blickte wieder auf die Uhr.

23:15 Uhr.

„Nun weißt du das wichtigste. Das ich dich seit dem Vorfall mit Thorsten nicht mehr wiedergesehen habe, ist mir am schwersten gefallen. Aber ich konnte nicht. Gerda hat mir damit gedroht, mich für verrückt erklären zu lassen, und mich in einer psychiatrischen Klinik einweisen zu lassen. Nicht das mich das gehindert hätte, da wieder rauszukommen, dass wäre ein leichtes gewesen. Aber die Kräfte die ich hätte freisetzen müssen, hätten sehr wahrscheinlich verhindert, dass ich dich je wiedersehe. Nun ist der Punkt gekommen, an dem ich wenigstens wieder ein wenig gut machen kann. Ich kann Peter und dir ein normales Leben bieten." Mit ernster Miene fragte Marlene: „Möchtest du das? Möchtest du ein ganz normales Leben führen, mit Peter und deinem Kind? Entscheide dich jetzt." Wieder der Blick auf die Uhr.

23:30 Uhr.

„Wenn du das willst, müssen wir nun beginnen. Ansonsten wird dein Mann in einer Stunde Tod sein!"

Anita war fassungslos. Zu viel stürzte auf einmal auf sie ein. Aber eins war ihr klar: Sie wollte ihren todkranken Freund zurückhaben.

Gerda schaute zum x-ten Mal auf ihre goldene Armbanduhr, die mittlerweile 23:00 Uhr anzeigte. Sie war beunruhigt, weil sie immer noch nichts von Anita gehört hatte. Sie nahm nochmals das Telefon in die Hand, und wählte Anitas Nummer. Aber außer ein regelmäßiges „tüüt", war die Leitung ruhig. Auch auf dem Handy hatte es Gerda schon probiert, aber das war wohl ausgeschaltet. Nervös fuhr sie sich mit der rechten Hand durch die Haare.

`Sie wird doch nicht zu Marlene gegangen sein? Nein, das kann nicht sein. Anita wollte mit ihr nichts mehr zu tun haben. Außerdem würde die verrückte Alte sich hüten, Anita irgendetwas zu erzählen. Anita würde ihr sowieso nicht glauben. Oder doch?´ Zweifel machten sich bei Gerda breit. Was, wenn Anita bei Marlene war, und die ihr alles erzählte? Was, wenn Anita ihr glaubte? Unvorstellbar, aber nicht unmöglich. Nochmals wählte Gerda Anitas Nummer. Nichts. Sie schaute auf ihre Uhr. 23:15. Gerda konnte nicht anders. Sie schnappte sich ihren Autoschlüssel, und machte sich auf den Weg zu ihrer Schwester.

Als Peter wach wurde erschrak er. Im Zimmer war es dunkel. Die einzige Lichtquelle kam von Darth Vaders Monitor. Sein Bettnachbar, atmete ruhig und ohne zu röcheln. Das leise und regelmäßige `bling´, welches der Monitor von sich gab, zeugte aber davon, dass es ihm gut ging. Was Peter von sich nicht behaupten konnte. Er fühlte sich schlapp, und hatte das Gefühl, ein Presslufthammer würde unkontrolliert in seinem Kopf hin und her springen. Peter fingerte mit seiner rechten nach seinem Handy. Das hellleuchtende Display, zeigte ihm, dass es schon nach Elf war. `Mein Gott, habe ich lange geschlafen´. Peter merkte wie seine Harnröhre drückte. Langsam versuchte er, sich aufzurichten. Was ihm allerdings schwer fiel. Aber es nützte nichts, er musste dringend auf die Toilette. Er stand auf, kippte jedoch im gleichen Moment wieder zurück. Statt die Klingel für die Nachtschwester zu benutzen, wartete er einen Moment, und probierte es nochmal. Diesmal klappte es besser. Schritt für Schritt schlurfte er Richtung Badezimmertür. Er merkte, dass die ersten Tropfen Urin seinen Körper verließen, aber es ging einfach nicht schneller. Als er endlich die Tür zum Bad erreicht hatte, war schon ein ziemlich großer Fleck in seiner Schlafanzughose, die er sich extra fürs Krankenhaus gekauft hatte, da er üblicherweise nackt schlief. Peter stand vor der Toilette, und wollte gerade seine Hose herunterlassen, als ihm ein stechender Schmerz durch den Kopf zog. Er packte sich mit beiden Händen gegen seinen Schädel, während seine Beine es nicht mehr schafften, ihn zu halten. Von einem Moment auf den Nächsten brach er zusammen, und blieb Bewusstlos liegen.

„Natürlich möchte ich, dass Peter gesund wird."

„Dann lass uns beginnen!" Marlene stand auf, und ging zu einem Regal, aus dem sie einige Fläschen holte und auf einen Tisch abstellte. Aus einem anderen Schrank holte sie eine leere Schüssel, und eine Dose, mit der Aufschrift *Zunder*. Sie schüttete ein wenig von dem Zunder in die Schüssel und benutzte einen Feuerstein, um es zu entzünden. Eine kleine, bläuliche Flamme, züngelte sich schnell größer werdend, in der Schüssel empor. Anschließend schüttete Marlene aus den verschiedenen Gefäßen, die sie vorher aus dem Regal geholt hatte, jeweils etwas in das Feuer. Dann reckte sie ihre Hände nach oben, und warf ihren Kopf in den Nacken. Dabei sprach sie einige Sätze in einer Sprache, die Anita an irgendein Kauderwelsch erinnerten. Marlenes Stimme wurde immer lauter, bis sie fast in ein Schreien überging. Ängstlich, aber auch ein wenig ehrfurchtsvoll beobachtete Anita das Ritual. Nachdem die Flamme fast erloschen war, senkte Marlene ihren Kopf, und blickte Anita an.

„Dein Freund ist fast geheilt. Jetzt müssen wir nur noch darauf warten, dass jemand Peters Zimmer betritt, von dem er den Odem des Lebens übernimmt."

Zwar vernahm Anita die Worte, doch registrierte sie nicht, was Marlene gesagt hatte. Etwas machte ihr nun doch gewaltig Angst. Zuerst vermochte Anita nicht zu sagen was, doch dann fiel es ihr auf. Marlenes Augen hatten sich für einen kurzen Augenblick verändert. Sie waren für den Bruchteil einer Sekunde schwarz wie Ebenholz und vollkommen ausdruckslos.

Nachdem Anita ihre Fassung wiedergefunden hatte, sprach sie Marlene an. „Deine Augen, was war mit deinen Augen?"

„Was meinst du?", fragte Marlene unschuldig.

„Sie waren plötzlich ganz schwarz."

„Das ist der Dämon der in meinem Körper lebt. Er ermöglicht es mir, über Leben und Tod zu bestimmen."

Anita fühlte sich immer unbehaglicher in ihrer Haut. „Und wo ist der Dämon jetzt? Ist er immer noch in deinem Körper?" Ihre Stimme zitterte.

Ein Lächeln legte sich auf Marlenes Antlitz. „Nein. Er befindet sich nun in Peters Körper. Er wird dem nächsten, der Peter zu nahekommt, die Lebenskraft entziehen, und somit deinen Freund heilen."

„Und was passiert mit demjenigen, der Peter zu nahekommt?" Anita kannte jedoch die Antwort, bevor Marlene sie ihr gab. „Nun ein Leben geben, ein Leben nehmen. Das Gleichgewicht muss erhalten bleiben."

„Das ist doch blanker Unfug! So etwas kann es nicht geben." Tränen der Wut rannen Anita an den Wangen herab. Tief in ihrem Innersten wusste sie jedoch, dass alles stimmte, was Marlene erzählte. Und derjenige, der für Peter sterben müsste, hätte sie auf dem Gewissen. Auch wenn Anita vorher von nichts gewusst hatte, würde sie sich auf ewig die Schuld geben. Jedes Mal, wenn sie Peter ansehen würde, würde ihre Schuld sie erdrücken. Marlene lächelte, und streichelte Anita sanft über ihre Wangen. „Damit brauchst du dich nicht zu belasten. Werde einfach glücklich mit Peter, und denke nicht darüber nach."

„Ich muss sofort in die Klinik!"

„Das darfst du nicht. Du musst bis Morgen warten. Dem Dämon ist es egal, welche Seele er als Gegenleistung bekommt. Wir müssen abwarten, bis Peter völlig genesen ist."

Anita war es egal, was Marlene sagte. Sie schnappte sich ihre Tasche und wollte Richtung Tür. In diesem Moment klingelte es.

Gerda traf bei Marlene ein. Sie schwang sich aus den Wagen, lief auf die Haustür zu und schellte Sturm. Keine Reaktion. Sie hoffte, dass ihre schlimmsten Befürchtungen nicht eingetroffen waren. Ein wenig Hoffnung besaß Gerda noch, da sie Anitas Wagen nirgends gesehen hatte. Sie fühlte sich schuldig. Niemals hätte Anita gegenüber erwähnen dürfen, dass sich Marlene gemeldet hatte. Sie wusste, wie ihre Schwester jemanden einwickeln konnte, und sie ahnte auch, dass Marlene tatsächlich alles für ihr Kind tun würde, aber genau das war es, was ihr Angst bereitete. Schließlich wusste Gerda um Marlenes Fähigkeiten.

Als keine Reaktion auf ihr Läuten kam, drückte sie den Klingelknopf dauerhaft. Nach einer Minute gab Gerda auch das auf. Wahrscheinlich war Anita doch zu Hause und einfach eingeschlafen. Gerda trat einen Schritt zurück, und schaute an der Fassade hoch, doch sie konnte nicht erkennen, ob bei ihrer Schwester Licht brannte. Etwas schneller als sie wollte, schritt Gerda zurück zum Auto. Die Gegend war ihr unheimlich, doch das wurde ihr erst jetzt bewusst. Gerda überlegte, was sie nun machen sollte. Erstmal weg von hier. Sie fuhr zwei Kilometer Richtung Westen, wo die Straßen um diese Zeit noch belebter waren. Dann fuhr sie rechts an den Straßenrand, nahm ihr Handy, und wählte nochmals Anitas Nummer. Nach dem sechsten Läuten legte sie auf. Es war hoffnungslos. Sie warf einen Blick auf ihre Uhr, und stellte fest, dass es schon nach Mitternacht war. Kurzerhand überlegte Gerda sich, zu Peter ins Krankenhaus zu fahren. Vielleicht befand sich Anita ja dort. Sie wusste, dass das Krankenhaus bei den Besuchszeiten Ausnahmen machte, wenn jemand im Sterben lag.

„Wer ist das denn um diese Uhrzeit?" Marlene schaute aus dem Fenster, und sah den alten Ford ihrer Schwester unter einer Laterne stehen. Schnell zog sie die Vorhänge zu und löschte das Licht. Anita die sich mittlerweile wieder gefangen hatte, beobachtete sie dabei.

„Was ist los, wer war das?" Anitas Stimme klang wieder fester.

„Gerda."

Anita sah Marlene erschrocken an. „Und warum öffnest du nicht?"

„Es gibt nur einen Grund warum sie hier um diese Zeit auftaucht. Sie wird dich suchen. Und wenn sie dich hier nicht antrifft, wird sie früher oder später zu Peter ins Krankenhaus fahren. Das ist doch genau das, was du wolltest."

In der Dunkelheit kamen Marlenes Augen noch mehr zum Vorschein als sonst. Sie leuchteten regelrecht, in den nun wieder grünlichen Augen. Entsetzt sah Anita sie an. Die nächsten Worte spie sie ihrer Mutter entgegen.

„Gar nichts wollte ich. Ja, natürlich wollte ich einen gesunden Freund, aber nicht zu diesem Preis. Und schon gar nicht für das Leben meiner Mutter!"

„Warum? Liebst du ihn nicht wirklich? Für einen Menschen den man liebt, zahlt man jeden Preis. Ich habe es auch getan. Ich habe mich drei Jahre lang zurückgezogen. Habe darauf verzichtet, dich zu sehen. Und das nur aus dem Grund, dass du ein normales Leben führen kannst. Das hätte ich auch weiter so gehalten, wäre Peter nicht krank geworden. Aber ich konnte nicht zulassen, dass du unglücklich bist. Deswegen habe ich dir geholfen, dein Leben neu zu beginnen. Mit einer Familie, die dich liebt."

Völlig entgeistert starrte Anita Marlene an. Sie konnte nicht fassen, was sie da hörte. „Und was ist mit deiner Schwester? Was, wenn sie jetzt wirklich auf dem Weg in die Klinik ist? Dann hast du sie zum Tode verurteilt!"

„Na und. Gerda hat es verdient. Schließlich war sie diejenige, die dafür gesorgt hat, dass du dich gegen mich gewendet hast. Sie trägt die Schuld an meiner Einsamkeit."

`Ich muss so schnell wie möglich hier weg´, dachte Anita, und machte sich wieder Richtung Ausgang.

„Was hast du vor Kind?"

„Ich gehe!"

„Und wo willst du hin?"

Ungläubig schaute Anita Marlene an. „Das fragst du noch? Kannst du dir das nicht denken?"

Marlene stellte sich ihr in den Weg. „Du willst es verhindern, aber dafür ist es zu spät."

Anita nahm all ihren Mut zusammen, als sie die rechte zu einer Faust ballte. „Das denke ich nicht!" Während Anita sprach, holte sie aus und traf ihre Mutter genau auf die Nasenspitze. Marlene kam ins Strudeln. Sie stürzte Rückwärts über ihre eigenen Füße, wobei sie mit dem Kopf auf dem Sideboard aufschlug. Regungslos blieb sie liegen. Aus ihrem Kopf floss ein kleiner Rinnsal Blut, der sogleich in dem alten Teppich eintrocknete.

„Das hast du wohl nicht kommen sehen", sagte Anita mehr zu sich selber, und rannte aus der Wohnung.

Als Peter erwachte, brummte sein Schädel noch immer. Langsam versuchte er sich zu erheben. Er stand am Waschbecken, wo er sich mit beiden Händen festhalten musste. Dabei fiel sein Blick in den runden Spiegel. `Mein Gott, wie siehst du aus´. Er drehte den Wasserhahn auf, und spritzte sich eiskaltes Wasser ins Gesicht. So blieb er noch einige Minuten stehen, bevor er ins Zimmer ging. Der Monitor seines Bettnachbars, gab immer noch dasselbe monotone Piepen von sich. Peter setzte sich auf sein Bett, trank einen Schluck Wasser, legte sich wieder hin, und hoffte, dass er trotz des Presslufthammers in seinem Schädel – der nun allerdings nicht mehr so wild arbeitete, wie vor seinem Toilettengang- rasch einschlafen würde. In dem Moment als er die Augen schloss, hörte er draußen auf dem Flur eine der Nachtschwestern rumkeifen. `Das kann doch jetzt nicht wahr sein´, dachte er. `Bin ich hier in einem Krankenhaus, oder in einer Irrenanstalt?´

„Ich muss sofort zu Herrn Keller! Es ist wichtig. Ich vermisse meine Tochter, und denke, dass sie bei ihm im Zimmer ist." Gerda sprach betont leise, sich darauf besinnend, dass es schon nach Mitternacht war. Die Nachtschwester schien das weniger zu interessieren. Mit einer so schrillen Stimme, dass durch Mark und Bein ging, versuchte sie, Gerda abzuwimmeln.

„Hören Sie. Wenn Ihre Tochter hier wäre, wüsste ich davon. Deswegen möchte ich Sie jetzt bitten, die Station, oder noch besser, dass Krankenhaus zu verlassen!" Die Bestimmtheit der Krankenschwester, zeugte davon, dass sie es ernst meinte. Trotzdem versuchte es Anita nochmals.

„Ich bitte Sie doch nur darum, einmal nachzusehen, ob sich jemand bei Herren Keller im Zimmer befindet. Sollte das nicht der Fall sein, bin ich sofort verschwunden. Versprochen!"

„Also gut. Ich schaue, was ich machen kann. Aber rühren Sie sich nicht von der Stelle", erwiderte die Nachtschwester, und trottete in aller Seelenruhe zum Schwesternzimmer. Anita setzte sich auf einen der abgenutzten Holzstühle, die überall in Dreiergruppen entlang des Ganges standen. Sie wäre gerne einfach zu Peter ins Zimmer gegangen, jetzt wo die Nachtschwester verschwunden war, aber sie besaß keinen blassen Schimmer, wo er lag.

Nach zehn, schier endlosen Minuten, tauchte die Nachtschwester wieder auf.

„Okay. Wir gehen jetzt gemeinsam zum Zimmer von Herren Keller, und überzeugen uns, dass sich außer ihm und Herren Kaster, niemand im Raum befindet. Aber Sie verhalten sich ruhig. Herr Kaster ist alt, und wird Morgen operiert. Er braucht seinen Schlaf. Und danach verschwinden Sie!"

Gerda deutete mit einem Nicken an, dass sie verstanden hatte. Trotz ihrer Angst um ihre Tochter, musste sie schmunzeln. Durch die schrille Stimme der Nachtschwester, waren sicherlich ein Großteil der Patienten von allein wach geworden.

Anita hatte Glück. Zu dem Zeitpunkt als sie unten ankam, hielt ein Taxi vor der Tür, aus dem jemand ausstieg. Sofort lief sie darauf zu, stieg ein, und gab dem Fahrer die Adresse des Krankenhauses. Fünfzehn Minuten später befand sich das Fahrzeug vor dem Haupteingang der Klinik, der Tag und Nacht geöffnet war. Anita drückte dem Fahrer zwanzig Euro in die Hand.

„Der Rest ist für Sie", sagte sie, während sie schon fast ausgestiegen war. Anita betrat die Eingangshalle. Der Nachtpförtner blätterte in irgendeiner Zeitschrift. Hastig ging sie an ihm vorbei.

„Hey, Sie können um diese Uhrzeit nicht einfach…" Den Rest hörte Anita schon nicht mehr. Als sie auf den Gang ankam, wo sich Peters Zimmer befand, sah sie gerade Gerda, im Schlepptau einer Krankenschwester. Diese wollte soeben die Klinke zu Peters Zimmer hinunter drücken.

„Nein! Auf gar keinen Fall öffnen. Bitte. Sie dürfen da nicht rein!" Anitas Stimme überschlug sich, aber es hatte seine Wirkung nicht verfehlt. Reflexartig zog die Krankenschwester ihre Hand zurück.

„Anita!" Gerda war überglücklich Anita Gesund und munter wiederzusehen.

„Kann mir jetzt mal bitte jemand erklären was das hier soll?" Die Nachtschwester war sichtlich aufgebracht. Gerda versuchte ihre Fassung wiederzufinden. Mittlerweile befanden sich mehrere Patienten und auch die restlichen Schwestern auf dem Flur.

„Wenn ich Ihnen das jetzt sage, werden Sie mir sowieso nicht glauben."

„Jetzt reichts. Ich will jetzt wissen, was hier los ist!"

Da öffnete sich die Tür des Krankenzimmers und Peter trat hinaus

Peter drehte sich auf die Seite, und versuchte einzuschlafen. Er hörte immer noch diese schrille Stimme der Nachtschwester, verstand allerdings nicht, was sie sagte. Sie schien mit jemanden am Diskutieren zu sein.

„Herr Keller?" Leise drang die Stimme zu ihm herüber. Erst glaubte Peter sich verhört zu haben, doch nachdem er nicht antwortete, erklang die Stimme erneut, diesmal etwas kräftiger. „Herr Keller hören Sie mich?" Peter setzte sich auf, und drehte den Kopf. Die Stimme kam von Darth Vader, allerdings klang sie völlig anders. So, wie von einem kranken, der mit letzter Kraft versuchte, ihm etwas mitzuteilen.

„Woher wissen Sie wie ich heiße?" Peter wusste nicht, was er sonst sagen sollte. Er war viel zu überrascht.

„Oh, Sie glauben gar nicht, was ich alles weiß. Auch wenn ich nur ein alter Mann bin, der im Sterben liegt, oder gerade deswegen. Ich spüre Dinge, die andere nicht spüren. Ich höre Sachen, die andere nicht hören. Und ich weiß Sachen, die andere nicht wissen. So wie Sie."

Peter merkte, dass seinem Bettnachbar das Sprechen schwerfiel. Darth Vader bekam einen leichten Hustenanfall, dann lachte er, was mehr einem Krächzen glich, bevor er weitersprach. „Ich weiß, was Sie denken. Was will der alte Mann von mir? Warum ist er auf einmal wach?" Peter blickte erstaunt zu ihm hinüber. Das war so ziemlich genau das, was er gedacht hatte. Der Alte sprach unbeirrt weiter. „Um Ihre ungestellten Fragen zu beantworten, ich bin schon die ganze Zeit wach, nur wollte ich meine Ruhe haben. Zum anderen will ich Ihrer Freundin das Leben retten, und meins beenden. Ich habe keine Lust mehr am Leben. Ich bin alt, gebrechlich und kann mir nicht mehr selber helfen. Ihre Freundin hingegen ist jung und schön, und sie beide haben noch ihr ganzes Leben vor sich. Darum möchte ich Ihnen helfen."

„Helfen? Wie denn helfen? Sie scheinen ein wenig durcheinander zu sein. Ich bin es, dem geholfen werden muss, nicht meiner Freundin." Peter klang nicht böse, sondern traurig.

„Wie du eben im Bad warst, bist du da kurz ohnmächtig geworden?" Peter war erstaunt. Woher wusste der Alte das?

„Ja, aber…"

„Das war der Moment, in dem deine Heilung begann. Ein Dämon aus alten Zeiten ist in deinen Körper gefahren. Seine Aufgabe ist es, deine Krankheit zu heilen. Jemand hat ihn damit beauftragt. Jemand der mächtig genug ist, und Magie beherrscht. Und ich glaube auch zu wissen, wer es war."

Peter war zwar aufgefallen, dass der Alte zum du übergegangen war, aber das störte ihn nicht. Was ihn störte, war das sinnlose Zeug, welches er von sich gab. Peter stand auf, und schlurfte Richtung Tür. Seine Kopfschmerzen hatten nun fast gänzlich nachgelassen.

„Peter, hör mir zu! Du darfst da nicht rausgehen. Komm zu mir. Die Zeit drängt. Wenn Anita reinkommt stirbt sie. Das darf nicht passieren. Schließlich ist sie meine Adoptivtochter!" Völlig konstatiert blieb Peter stehen. Die Stimme des alten war fester, bestimmender geworden. Peter wusste nicht warum, aber er ging auf das Bett seines Zimmernachbarn zu während dieser weiter sprach. „Der Dämon braucht für dein Leben im Gegenzug jemanden, dessen Leben er nehmen kann. Und das wird derjenige sein, mit dem du als erstes körperlichen Kontakt hast. Also komm endlich her. Gib mir deine Hand. Los, bevor sich diese Tür öffnet!"

Peter konnte nicht sagen warum, aber er tat genau das, was der Alte ihm sagte. Dann ging alles sehr schnell. Peter durchfuhr ein zittern. Er öffnete den Mund, konnte aber nicht sagen, warum. Er war nicht er selbst. Aus seinem Mund stieg gräulicher Nebel, der gleichzeitig in den Körper des Alten eindrang. Das ganze geschah in wenigen Sekunden, dann sank Peter zusammen, aber er war sofort wieder bei Sinnen. Er sprang auf und wunderte sich, wie fit er sich fühlte. Sein Blick fiel auf den Monitor seines Bettnachbarn. Er zeigte keine Lebensfunktionen mehr an. Und statt dieses regelmäßige Piepen, war nur ein dauerhaftes Pieeeep zu hören. Darth Vader war tot!

Peter, der noch immer nicht glauben konnte, was da gerade geschehen war, richtete sich auf, und öffnete die Tür.

Ein Jahr später

Anita hatte einen gesunden Jungen zur Welt gebracht. Peter und sie hatten sich ein Häuschen außerhalb von Köln zugelegt. Keiner sprach je darüber was vorgefallen war, weder Peter noch Anita. Beide waren einfach nur glücklich, dass er vollkommen geheilt war. Natürlich konnten sich die Ärzte das nicht erklären, und an Wunder glaubte man nicht. Es wurden noch einige Tests durchgeführt, fand jedoch nichts Ungewöhnliches. Marlene wurde eine Woche später Tod in ihrer Wohnung aufgefunden. Sie hatte den Sturz nicht überlebt. Laut Polizei war es ein Unfall. Für Gerda waren die Ereignisse im Krankenhaus zu viel gewesen. Sie hatte nicht verkraftet was sie dort erlebt hatte, und musste in eine psychiatrische Klinik, wo Peter und Anita sie regelmäßig besuchten. Beide gaben die Hoffnung nicht auf, dass sich Gerdas Zustand irgendwann bessern würde.

Eines Abends saßen Peter und Anita am Bett ihres Sohnes, der eingeschlafen war.

„Meinst du wirklich, wir können ihn allein im Zimmer lassen?", fragte Peter zweifelnd. Es war die erste Nacht, dass der Kleine nicht bei ihnen schlafen sollte.

„Na sicher. Er kann ja nicht ewig bei uns liegen. Und umso früher er sich daran gewöhnt, umso besser." Anita nahm Peter in den Arm, und küsste ihn zärtlich. „Außerdem können wir ja den Versuch starten, dass er noch ein Schwesterchen bekommt." Ein Lächeln huschte über Peters Gesicht. Die Aussicht darauf, nach langem noch einmal eine Nacht mit seiner Frau allein zu haben, überzeugte ihn.

„Na gut. Aber nur, weil du es bist", sagte er leise lachend. Anita kniff ihn in den Hintern.

„Hey der gehört nur mir, und sonst keiner, damit das klar ist." Sie löschten das Licht, und verließen das Kinderzimmer, in Vorfreude, was die Nacht noch bringen würde. Keiner von beiden sah, wie sich die blauen Augen des Babys in kalte, schwarze Steine wandelten. Nur für einen kurzen Augenblick.

Mary´s Tears

von Lorelay Lost

Heiße Luft flirrte über der Landstraße. Mike trat aufs Gaspedal, er wollte unbedingt diesen verflixten Feldweg finden. Schon seit über einer Stunde suchten sie ihn. Es raschelte. Mike sah zu Mary, die ihre nackten Füße gegen die Windschutzscheibe stemmte. Umständlich hielt sie die lädierte Karte mit beiden Händen fest und verschwand gänzlich dahinter. »Wir müssen hier abbiegen.«

»Das hast du schon bei den letzten beiden Straßen gesagt«, knurrte Mike.

»Diesmal bin ich mir sicher!«

Seufzend hielt er an. »Zeig mal her.« Die Sonne brannte unerträglich auf dem roten Kombi. Sein durchgeschwitztes T-Shirt verwuchs langsam mit seiner Haut. Müde starrte er auf den Punkt, den Mary mit dem Zeigefinger anzeigte.

»Denkst du ich, kann keine Karten lesen?«, raunzte sie verärgert.

»Hab ich das etwa behauptet?«, verteidigte sich Mike.

»Du machst das ständig! Alles was ich sage oder tue, hinterfragst du. Vielleicht hat uns der Typ eine falsche Info gegeben. Schon mal daran gedacht?«

»Leute! Leute! Hört auf«, mischte sich John ein, der auf dem Rücksitz saß. »Ich hab echt keinen Nerv mehr auf eure Streitereien! Es ist zu heiß und zu spät!« Schmollend wandte sich Mary ab und sah aus dem Fenster. Amüsiert beobachtete Mike, wie sie hektisch ihr langes braunes Haar zu einem Dutt band. Dann zog sie eine Strähne heraus und spielte damit. Das tat sie immer, wenn sie aufgebracht war. Mike kam es so vor als würde sie sich auf einen Kampf vorbereiten.

»Mit der Kiste kommen wir aber nicht durch den Wald«, murmelte sie.

»Das haben wir auch gar nicht vor! Die restlichen zehn Meilen laufen wir. Ist ja nicht weit bis zur Hütte«, gab Mike genervt zurück und hielt den Wagen am Ende des Feldwegs an. Er warf einen Blick in den Rückspiegel. Skeptisch beobachtete er John, den neuen Fotografen, der schüchtern Mary beäugte. Schröder, Mikes Schäferhundmischling, fiepte aufgekratzt vor dem halb geöffneten Fenster. Lächelnd tätschelte John ihm über seinen Rücken und nippte an einer Flasche Limo. »Dann mach ich noch mal einen Akkucheck«, sagte er. Gewissenhaft kontrollierte er die Akkus und murmelte abwesend »Ich glaube, wir nehmen besser unsere Schlafsäcke und das Zelt mit. Ist schon recht spät.« Mike nickte matt. Steif stieg er aus und streckte sich. Gähnend strich er sich über seinen rotblonden Dreitagebart. Ein Kaffee wäre jetzt genau richtig! Die zehn Stunden Autofahrt machten sich bemerkbar. Müde ging er zum Kofferraum und öffnete ihn.

»Sie können hier nicht parken!«, blaffte eine tiefe raue Stimme. Überrascht blickte Mike hinter dem Kofferraum hervor. Ein groß gewachsener älterer Mann, vielleicht Mitte fünfzig, stand in durchlöcherter Jagdkleidung und tief sitzendem Baseballcap forsch vor der zerbeulten Fahrertür.

»Oh hallo! Ich bin Mike!« Verunsichert ging er auf den Mann zu und wollte ihm die Hand reichen. Kalt sah der Mann auf Mikes ausgesteckte Hand, anschließend musterte ihn eindringlich. «Wir wollen zur Allison´s Hütte am See«, beeilte er sich verlegen.

»Die ist über zehn Meilen von hier weg. Mit dem Auto kommen Sie nicht dort hin.«

»Ich weiß!«

»Tag, ich bin Mary«, stellte sie sich lächelnd vor und gesellte sich zu Mike. Der alte Mann warf seinen Kopf in den Nacken. Seine Augen weiteten sich für einen kurzen Moment. »Was wollen Sie überhaupt dort?«, setzte er erneut an. »Das alte windschiefe Ding!« Kopfschüttelnd blickte er zum Waldsaum. «Sehen Sie zu, dass der Schrotthaufen bis morgen hier verschwunden ist. Ach ja und nehmen Sie den Hund an die Leine«. Er tippte an sein Baseballcap und ging weiter. Verwundert blickten ihm die Drei hinterher.

»Komischer Kauz«, bemerkte Mary, die sich ächzend ihren Rucksack über die Schulter hievte.

»Wir sollten uns beeilen, damit wir die Hütte vor Anbruch der Dunkelheit erreichen«, drängelte Mike. Schwer bepackt und schweigend betraten sie den Wald. Sonnenstrahlen durchbrachen das dichte Laub, erhellten einzelne Gebüsche wie Scheinwerfer eine Bühne. »Wo müssen wir überhaupt lang?«, fragte John. Mary zog die zerknitterte Karte hervor. »Laut der Karte, Richtung norden.« Angenehme Kühle umfing Mike. Er hielt Ausschau nach einem Trampelpfad und kletterte über eine umgefallene Eiche. Tief sog er die würzige Waldluft ein. Es roch nach Erde, Blättern, Blüten, Kräutern und Bäumen. Aus den Augenwinkeln sah er, wie John Mary sanft auf die Schulter tippte. Eine schwarze Strähne fiel ihm ins Gesicht. Lächelnd strich Mary sie ihm hinter sein linkes Ohr. Argwöhnisch beobachtete er die aufkommende Vertrautheit zwischen den beiden. Er mochte John nicht sonderlich, jedoch seine Arbeiten. »Hier ist ein schmaler Weg«, rief er laut. Mary und John blickten überrascht auf.

Etwa zweieinhalb Stunden folgten sie dem verschlungen Pfad, der sie immer tiefer in den Wald führte. Bäume standen wie hölzerne Wächter dicht beieinander und schienen niemanden durchlassen zu wollen.

»Lasst uns eine Pause machen, mir tun die Füße weh«, ächzend setzte John seinen Rücksack ab und kramte raschelnd einige Sandwiches hervor.

»Aber nur ein paar Minuten«, erwiderte Mike ungeduldig, während er genüsslich in sein Sandwich biss.

»Wie weit ist es noch?«, fragte Mary kauend. »Ich denke noch vier bis fünf Meilen«, vermutete Mike.

»Wie spät ist es?«, fragte Mary. Sofort zog John sein Smartphone aus der Hosentasche. Verwundert starrte er darauf, der Akku hatte nur noch 13 Prozent. »Halb sechs!«

»Lasst uns weiter«, drängelte Mike, stand wieder auf und klopfte sich den Staub aus der Jeans. »Schröder«, rief Mike. Er sah sich um, doch Schröder war nirgends zu sehen. »Schröder!« Er ging auf den Pfad ein paar Schritte zurück. »Schröder! Verdammt noch mal!« John trat zu Mike. »Vermutlich rennt er irgendeinem Reh hinterher«, sagte er ruhig. »Wahrscheinlich«, erwiderte Mike angesäuert. »Schröder!« Der Ruf wurde von dem Wald gierig verschluckt.

»Da!«, John deutete mit dem Finger auf einen raschelnden Busch.

»Schröder, komm jetzt!« Freudig kam der Hund auf ihn zu gelaufen.

»Jungs«, rief Mary, »kommt mal her!« Eilig gingen sie zu ihr. Sie stand dicht vor einem dicken Baumstamm. Mike konnte zunächst nichts erkennen, doch dann sah er auf Schulterhöhe ein starres bemoostes Auge. »Vermutlich hat es wer reingeritzt.« Vorsichtig fuhr Mary mit ihrem Zeigefinger über die Konturen des Auges.

»Ich mach ein Foto!« John reichte ihr die Kamera.

»Ich dachte, du hättest den Akku geladen?« »Hab ich doch.«

»Nein der ist fast leer«

»Das kann nicht sein.« Genervt hielt Mary ihm das Display hin. »Schau!« Überrascht starrte er auf die Akkuanzeige. »Das versteh ich nicht!« Mehrmals drückte er am On-Off-Knopf, doch die Kamera ging nicht mehr an. »Vielleicht ist der Akku hin? Mach den Ersatzakku rein«, herrschte Mary ihn ungeduldig an. Rasch wechselte er den Akku und schaltete die Kamera an. Das Display leuchtete kurz auf, dann erlosch es. »Ich versteh es nicht. Ich habe beide Akkus geladen.«

»Na großartig«, schnaubte Mary, «Wie sollen wir nun das Shooting in der Hütte hinbekommen? Unsere Leser warten darauf, den angekündigten Lost-Place zu sehen.«

»Beruhige dich! Wir sind schon zu weit und es ist schon zu spät, sonst wäre ich zurückgegangen. Dann nehmen wir halt unsere Handys«, versuchte Mike sie zu beruhigen. »Minderwertige Bilder! Ach lass uns weitergehen!«, stapfte Mary meckernd davon. Mike sah ihr kopfschüttelnd hinterher. Einerseits konnte er sie verstehen, immerhin lag viel Herzblut in ihrer Website Recovered Places. Andererseits schaffte es Mary, ihn regelmäßig mit ihrer Verbissenheit auf die Palme zu bringen. Lustlos trottete er hinter John her, der immer noch verzweifelt versuchte die Kamera anzubekommen. Der verschlungene Pfad führte sie immer tiefer in den dunkler werdenden Wald. Vogelgesang drang nur dumpf zu ihnen vor.

»Da war was!« John blieb abrupt stehen und starrte zwischen zwei Bäumen hindurch. »Da hat sich etwas bewegt!« Mike stieß gegen ihn und folgte Johns Blick. »Vermutlich nur ein Vogel oder eine Maus«, entgegnete Mike leicht gereizt.

»Komm weiter.« Mary ging summend voran. Der Pfad wurde immer schmaler, bis er schließlich verschwand. »Da ist die Hütte!«, rief Mary. Eine fensterlose Hütte stand von Büschen und Bäumen umringt fünfzig Meter vor ihnen. Einzelne Balken fehlten oder hingen schief herunter. An einer Dachtraufe hing ein Windspiel aus bunten Glasstücken. Das Dach fehlte auf der rechten Seite. »Na, gut erhalten sieht anders aus«, grinste John. Mike warf ihm einen strengen Blick zu, betroffen blickte dieser zu Boden. »IIhhh, ein toter Hase!«, krähte Mary angewidert und rümpfte die Nase. Mike entschloss sich einmal um die Hütte zu gehen. Er blieb vor der linken maroden Holzwand stehen. »Hier sind überall Zahlen eingeritzt.« Mike sah zu Boden, tiefe Fußabdrücke führten um die Hütte herum. Vereinzelt sah er verschmierte Handabdrücke auf den Balken.

»Was für Zahlen?«, wollte John wissen.

»Acht, fünf, sechs, sieben. Hier spielen vermutlich Kinder« , rief Mike. Er ging weiter, überall stand diese Zahlenfolge. Stirnrunzelnd kehrte er zu John zurück, der soeben seinen Block auf den Rucksack warf. »Lasst uns reingehen« »Ich mach ein paar Bilder von dem Gekritzel«, entgegnete Mary. Mike stand vor der verzogenen Tür. Ein verrostetes zerschlagenes Schloss baumelte daran. Mike nahm es ab und zog kräftig am Griff. Die Tür ließ sich nicht öffnen. »Klemmt?«, fragte John. Mike nickte müde. John zog mit aller Kraft, grollend öffnete sie sich einen Spalt. Mike drückte ihn noch etwas weiter auf, während John erneut am Griff zog. »Das reicht.« Mike quetschte sich durch die schmale Öffnung. Er konnte nur wenig erkennen. «Die Taschenlampe.« John reichte sie ihm rein. Mike ließ den Lichtkegel einmal im Raum hin und herschweifen. Der Boden war mit vertrocknetem Laub, Tannenzapfen und Kleidung übersät. Überall hingen Spinnenweben. An der Wand stand ein grün angelaufenes Messingbett, mit schimmelnder Matratze und Bettzeug, daneben eine Kommode. Eine umgeworfene Petroleumlampe lag darauf und Schubladen fehlten. Mike blickte auf, dort fehlte ein Teil des Daches. Er ging zur Kommode. Ruppig öffnete er die einzige Schublade. Vergilbte Papiere und Fotos lagen darin durcheinander. Er kniete sich hin und durchstöberte den Inhalt. Dann nahm er einen Stapel Papier heraus, blätterte die Seiten durch. Vieles konnte er nicht mehr lesen. Das Bild einer jungen Frau fiel auf den Boden. Neugierig hob er es auf. Lächelnd und stolz stand sie neben ihren Fahrrad. Er drehte es um. *Beth, 1958.* Zufrieden steckte er es ein. Er drehte sich um. Ein einbeiniger Stuhl lag vor einem verwitterten Tisch. Mit dem Fuß schob er ihn beiseite. Ein zerbrochener Teller und eine umgeworfene Tasse zierten den verschmutzen Tisch. Unter einem Tellerstück lugte eine vergilbte schimmlige Zeitungsseite hervor. Mike schob den Teller beiseite. Mit den Fingerspitzen nahm er sie und reichte sie John raus. »Bäh!«, gab er nur von sich. Mike konnte sich ein Grinsen nicht verkneifen. Er ging zum Ofen. Vermodertes Holz lag neben dem Ofen. »Sonst gibt es hier nichts. Ich komm raus.« Mike atmete auf, als wieder im Freien stand. John saß an einem Baum, die Zeitungsseite lag vor ihm. »Kannst du es noch lesen?«, fragte er ihn interessiert.

«Ja ein Teil des Datums und der Headline.« »Und?«
John blickte auf, »A 67, w i ä c en ve....kt.«
»Hmm.« Mike überlegte. Acht, fünf, sechs, sieben. »Könnte das August der Fünfte siebenundsechzig bedeuten?«
John zuckte mit den Achseln. »Stimmt und heute haben wir den fünften August!« Etwas überrascht sah Mike John an.
»Interessant! Ich hab nichts Großes entdeckt. Weder Namen noch sonst was, außer ein Foto!«, Mike zog es hervor und reichte es John. »Beth 1958!»
Mike nickte. »Vermutlich die Tochter des Einsiedlers!«
»Bestimmt. Das erklärt aber nicht die Zahlen.«
»Lasst uns weiter«, kam Mary. »Hast du Bilder gemacht?«
»

Ein paar mit dem Handy. Was hast du da?« John reichte ihr das Bild. Aufmerksam betrachtete sie es. »Hübsch, hübsch.«

»Hier steck das auch ein!« Vorsichtig faltete John die Zeitungsseite locker zusammen und gab sie ihr. »Dann lasst uns abhauen!« Rasch gingen sie den Weg zurück. »War nichts Außergewöhnliches«, sagte Mike.

»Stimmt, aber hat dennoch Spaß gemacht«, erwiderte Mary.

»Ich bin froh, wenn wir wieder zu Hause sind. Erst mal einen Kaffee trinken«, warf John ein.

»Oh ja und duschen!«

»In zwölf Stunden«, lachte Mike.

«Hier waren wir doch vor einer halben Stunde schon«, sagte Mary.

»Nein waren wir nicht!«

»Klar, dort ist der Baum mit dem einem Auge.« Zielstrebig gingen sie auf den Baum zu. »Das kann nicht sein«, wisperte John. Mike drängelte sich zwischen ihnen hindurch. »Oh!« Ein großes und ein kleines Auge darunter fixierten sie. «Hier waren wir noch nicht. Das zweite Auge war doch vorhin noch nicht da«, beharrte John. Mike fuhr sich erschöpft durch die Haare. »Lasst uns einfach nur einen Platz für unser Zelt finden. Dann fahren wir halt erst morgen ab.« Ein dumpfes Jaulen ließ sie aufhorchen.

»Schröder!« Rasch liefen sie los. Schröder lief knurrend um einen einzeln stehenden blattlosen Baum herum. Mike ging zu ihm und hielt ihn fest. Sein Blick wanderte den Baum hinauf. Knorrige Äste zeigten mahnend auf ihn.

»Was...« Fassungslos starrte er in kleine Gesichter. Seelenlose Glasaugen schauten vorwurfsvoll auf ihn herab. Verzerrte Münder schienen ihn anzuschreien. Mike richtete sich wieder auf. Unzählige Puppenköpfe, Beine und Arme baumelten von den knorrigen Ästen. »Was ist das?«, keuchte Mary. Ein Schauer lief über Mikes Rücken, als er etwas über sich flattern sah. Einsam hing ein weißes zerfetztes Rüschenkleidchen am obersten Ast. «Hier ist noch mehr Spielzeug und heruntergebrannte Kerzen«, rief John. Mike fasste sich. Begeistert lief Mary um den Baum und schoss ein Foto nach dem anderem. »Sieht wie ein Kultort aus. Da ist was.« Vorsichtig zog sie einen Zettel aus einem Loch zwischen den Wurzeln hervor. Neugierig faltete sie ihn auseinander. *Ich liebe Dich. Vergiss das nie!*, las sie vor. »Da ist noch was!« Sie fischte weitere Zettel heraus. *Es tut mir leid.* Sie hielt Mike die Zettel hin, der sie in seine Tasche stopfte. »Wir lesen sie später. Kommt weiter.« Er ging voraus, er wollte nur noch schlafen. Doch seine Gedanken ließen ihn nicht los. Er dachte an die Mail, die er einige Wochen zuvor erhalten hatten. Es stand nur etwas über Allison`s Hütte darin. Der Informant berichtete in kurzen hastigen Sätzen von der Hütte. Die hatte wohl ein unbekannter Einsiedler Ende der neunzehnhundertsechziger gebaut. Er sollte dort ein Jahr abgeschottet und allein gelebt haben. Er mied die Ortschaften und jagte Neugierige davon, bis er eines Tages spurlos verschwand. Erfolglos hatten Suchtrupps den Wald durchkämt.

»Von diesem Baum stand nichts in der Mail«, durchbrach Mike das Schweigen, »nur von der Hütte.«

»Wow!«, rief Mary überrascht aus. Eine helle Lichtung tat sich vor ihnen auf. Letzte Sonnenstrahlen tauchten sie in goldenes Licht. »Seht mal!« John ging auf einen steinernen Bogen zu. Der obere Bogen war durchbrochen. Efeu schlang sich darum herum. John inspizierte die glatten Kanten an den Halbbögen. »Scheint jemand herausgeschlagen zu haben.«

»Hier ist eine Quelle«, rief Mary. Mike ging durch den Torbogen und stand vor einem leicht ovalen Teich. Einzelne Sonnenstrahlen reflektierten im saphirblauen Spiegel und ließen ihn leuchten. Mike sah sich um. Ockerfarbene Sandsteinwände bauten sich schützend um das Kleinod. An der einer Sandsteinwand wuchsen zwei Holunderbäume. Sie flankierten mehrere aufgetürmte flache Steine. Aus ihnen quoll klares Wasser heraus und plätscherte in den Teich. Vereinzelt wuchs Röhricht am Rand drum herum. Mike ließ seinen Rucksack auf den trockenen Waldboden gleiten und ging zum linken Holunderbaum. *Seltsam.* Dann ging er um den Teich herum zum rechten Holunderbaum. Wirkt wie ein großes Auge und das Röhricht wie Wimpern!

»Mike, schau dir das an«, riss ihn John aus seinen Gedanken. Erstaunt kniete Mike sich nieder. Ein großer abgerundeter flacher Stein lag wie dahingeworfen im trockenen Gras. In seiner Mitte war eine tiefe schalenartige Mulde getrieben. »Sieht aus, wie eine steinerne Tischplatte.«

»Mich erinnerte es eher an einen Altarstein«, entgegnete John.

»Aber wo sind die Beine?«

»Gute Frage!« John blickte sich um. Mike fuhr mit der Hand über den grauen Stein. Ein spitzer Schrei und Hundegebell ließ Mike zusammenfahren. Erschrocken fuhr er herum. »Kalt! Brrrrr!«, stieß Mary bibbernd hervor. Schröder tapste aufgebracht vor Mary herum, die zur Teichmitte watete, bis nur noch ihre Schultern zu sehen waren. Aufmerksam beobachtete Mike sie. »Ich komme auch gleich rein«, freute sich John, »aber erst bau ich das Zelt auf.« Seufzend lehnte sich Mike ein Stück zurück. Schmachtend sah er zu Mary, die unter den flachen Steinen stand und das Wasser über ihren Rücken fließen ließ. Wohlig schloss sie ihre großen Augen. Langsam entspannte er sich. Plötzlich tauchte Mary unter, um sogleich wieder prustend aufzutauchen. Ihr braunes Haar klebte ihr tropfend im Gesicht. »Seht mal!«, sie hielt ein kleines silbernes Armband zwischen den Fingern. »Hier ist ein Namensschildchen.« Sie kniff ihre Augen zusammen und las verblüfft. »Mary!«

»Wirf mal rüber!«

»Nein, John ich komm raus!« Er hielt ihr ein Handtuch hin und hüllte sie darin ein. Verlegen kicherte sie. Eifersüchtig schürzte Mike seine Lippen und beobachtete die beiden. Innerlich aufgewühlt wandte er sich ab und legte sich ins Gras. Unruhig lauschte er dem letzten melodischen Gesang der Vögel und hörte den Wind, der flüsternd über die Blätter strich. Mike schlummerte weg.

»Mike!«, hörte er aus der Ferne, »Mike, steh auf.« Er fühlte eine Hand, die sanft über seine Oberarm strich. Schläfrig zwang er sich die Augen zu öffnen, es war bereits dunkel.»Was ist?«

»Komm ins Zelt!«, wisperte Mary, »sonst wird es dir zu kalt!« Benommen richtete er sich auf und kletterte ins Zelt. Müde legte er sich zwischen den beiden ihn. Wohlig kuschelte er sich unter Marys Decke.»Gute Nacht«, säuselte Mary und rückte ein wenig näher. Endlich kehrte Ruhe ein. Sie waren so erschöpft, dass sie sofort einschliefen. »John! Mike!« John schmatzte laut. »Da ist jemand?«

»Wo?«

»Na da draußen«

»Was ist los!«, stammelte Mike schlaftrunken. Mary schrie leise auf. Wasser gluckste wütend auf, als würde jemand aus dem Teich steigen. Hastig griff sie nach der Taschenlampe. Grelles Licht flutete das innere des Zelts und blendete Mike und John. »Mary!«, rief John verärgert und riss ihr das grell leuchtende Ungetüm aus der Hand. »Da ist wer!«

»Beruhige dich«, brummte John. Mike konzentrierte sich auf das platschende Geräusch, welches immer näherkam. Mary zitterte am ganzen Körper. Aufgelöst presste sie ihre Hand gegen den geöffneten Mund. Abwesend legte Mike seine Hand auf ihre. Fassungslos sah er kleine Finger, die über die Zeltplane strichen. Jäh riss jemand am Reißverschluss, zog und zerrte an ihm. Mary schrie auf. Ein leises Lachen huschte ums Zelt und verschwand raschelnd ins Gehölz. Keuchend drückte sie sich gegen Mike, der sie fest in seine Arme schloss. Bedrohliche Stille legte sich über sie. Ein Tropfen lief Mike eiskalt über die Hand. Entsetzt sah er, wie der Tropfen seinen Oberarm hinaufloss. Ihm stockte der Atmen, immer mehr Tropfen drückten sich vom Boden hoch. Schoben sich behäbig die Wand hinauf und verbanden sich zu feinen Rinnsalen.

»Seht ihr das auch?«, fragte John japsend. Nervös rutschte er von der Zeltwand weg. Dicke Schweißperlen bildeten sich auf seiner Stirn.

»Wo ist Schröder?« Bestürzt wollte Mike aufstehen. »Er versteckt sich bestimmt irgendwo im Dickicht....«, hielt ihn

Mary zurück. Jäh hielten sie inne, als eine Kinderstimme leise sang:
Twinkle, twinkle, little star,
How I wonder what you are.
Up above the world so high,
Like a diamond in the sky.

»Ich muss hier raus!« Panisch riss John den Reißverschluss des Zelts auf.

»Nein John!«, brüllte Mike, doch John stürzte aus dem Zelt. Mike lief ihm hinterher und versuchte, John zu fassen. Doch die Dunkelheit hatte ihn bereits verschluckt. Er lief noch einige Meter, dann kehrte er um. Mary schrie spitz auf. Hastig lief er zum Zelt zurück. Völlig durchnässt schluchzte Mary auf. Tränen rannen ihr übers Gesicht. »Was sollen wir nur tun?« Er wusste es nicht, sie saßen auf dem Präsentierteller. Fliehen oder verkriechen? Schnaufend fuhr er sich durch das zerzauste Haar. Ängstlich griff Mary nach seiner Hand und schlüpfte in seine Arme. Ihr Körper bebte. »Lass mich nicht allein!« Stumm schluchzte sie vor sich hin. Angestrengt horchte Mike in die schwarze Stille hinein. Er konnte nichts mehr hören, alles war ruhig. Er starrte auf den Reißverschluss. Eng umschlungen verbrachten sie die nicht enden wollende Nacht und ließen den Reißverschluss nicht aus den Augen. Jedes noch so leise Geräusch ließ sie zusammenfahren. Erleichtert atmete er auf, als ein Vogel zaghaft den dämmrigen Morgen begrüßte. Mike betrachtete Mary, die in seinen Armen döste. Ihre schwarzen langen Wimpern klebten aneinander. Liebevoll streichelte er ihr über das verweinte Gesicht. Erschöpft legte er sie auf seinen Schlafsack. Er fühlte sich leer und erschlagen. Zitternd öffnete er den Reißverschluss. Kalte Luft drang ins Zelt. Unsicher beobachtete er kurz den Teich, der schlafend vor ihm lag. Er blickte sich um, seufzend stolperte er aus dem Zelt. Er kniete sich hin und fischte einen Pullover aus dem offenen Rucksack. »Mary?« Behutsam weckte er sie. Langsam öffnete sie ihre Augen. «Steh auf. Wir müssen John und Schröder suchen.«

Etwas raschelte hinter ihm. Erschrocken fuhr er hoch. Es knackte, Mike spannte sich an und heftete seinen Blick auf das Gebüsch, aus dem das Geräusch kam. Ein Schatten bewegte sich durchs Dickicht. Nun knisterte es auf der anderen Seite. Vom Schrecken erfasst verkroch sich Mary in die hinterste Ecke des Zeltes. Eilig drehte er sich herum und ballte die Fäuste fest zusammen. Ein Winseln ließ ihn erschauern. Jäh preschte etwas Schwarzes fiepend auf ihn zu. »Schröder!«, rief er auf, ein Fels fiel ihm vom Herzen. »Schröder, komm her mein alter Junge!« Weinend fiel er auf die Knie und schloss den Hund in die Arme. »Wo warst du nur?« Gewissenhaft begutachtete er Schröder. Unzählige Kletten, trockene Blätter und Borkenstücke hingen in seinem Fell. »Alles gut mein Junge!«

»Mike, sie doch. Da sind Fußabdrücke.« Schwer schluckend sah er zierliche Fußabdrücke vor dem Zelt, die mit Wasser gefüllt waren.

»Nimm Schröder«, bat er Mary und folgte der Spur. Sie führten ihn einmal um das Zelt. »Sieht aus wie kleine Kinderfüße!« Er blieb stehen, sah das die Fußabdrücke aus und in den Teich führten. Sein Blick fiel auf die Steinplatte. »Mary, lass uns hier sofort verschwinden«, presste er blass hervor. Mary trat zu ihm. Mit weit aufgerissen Augen starrte sie auf die graue Platte. Vor der Steinplatte im Gras lag etwas zerfetztes Blutiges, in der Steinmulde war Blut. Über ihr stand in Großbuchstaben FLIEHT, darunter die Zahlen und Buchstabenkombination von der Hütte. Mikes Nackenhaare richteten sich auf. Eine neue Zahlenkombination und Buchstabe stand drunter Acht, fünf, zwei, sieben J *August der Fünfte 2007 John*. Eiskalt lief es ihm den Rücken runter. Mike schnappte Marys Hand und zog sie hinter sich her. »Wir hauen hier sofort ab«, sagte er bestimmt. Kopflos liefen sie in den Wald hinein.

»Sieh doch!«, schrie Mary gepresst und riss sich von Mike los. Abrupt blieb er stehen. Ein kleiner Handabdruck waberte nebelartig um einen Baumstamm. »Weiter!«, heftig zog er an Marys Arm. Schmerzerfüllt schrie sie auf. Niedrige Äste peitschten ihnen hart ins Gesicht, rissen ihre Haut auf. Blut träufelte von Mikes Stirn. Er wusste nicht mehr wie oder wo sie lang liefen. Er wollte nur weg.

»Da ist der Baum!« Mike wollte an ihm vorbei laufen, doch Mary blieb stehen. Geradwegs lief sie auf den Baum zu. Aus dem Augenwinkel sah er zwei Hände, die den Baumstamm umfassten. Mike kniff die Augen zusammen. »Oh nein«, schluchzte Mary erstickt. »John«, wisperte er. John stand aufrecht mit dem Rücken zu ihnen. Seine Kleidung hing tropfend von seinem erstarrten Körper. Das schwarze Haar klebte an seinem zur Seite geneigtem Kopf. Mike ging herum. Johns Haut schimmerte bläulich weiß. Die einst grünen Augen starrten milchig ins Nichts. Der Mund war zu einem Schrei verzerrt und Wasser träufelte in einem dünnen Faden heraus. Kopfschüttelnd stand er vor John. Er konnte es nicht fassen. Übelkeit erfasste Mike. Würgend wandte er sich ab. Mary streichelte ihm über den Rücken, »Nur weg hier!« Mary nickte. Eilig liefen sie weiter. Der Wald wurde immer dunkler. Panisch liefen sie den Pfad entlang. Mike sog die Luft scharf ein, als an einem Baumstamm der Buchstabe M wie von Geisterhand auftauchte und sogleich wieder verschwand. »Du kriegst uns nicht«, donnerte er in den Wald hinein. Mit ausladenden Schritten liefen sie weiter.

»Da ist jemand«, flüstere Mary Mike zu. Eine dunkle Gestalt stand auf dem Weg. Misstrauisch und angespannt blieben sie stehen, Schröder knurrte und fletschte die Zähne. Die Gestalt kam auf sie zu. »Das ist der Typ von gestern«, stellte Mary fest.

»Was ist denn mit Ihnen passiert?«, sagte der Mann.

»Wir wollen zum A.. Au.. Auto«, stotterte Mike ungewollt.

»Sie sehen furchtbar aus. Trinken Sie erst mal einen Schluck.« Der Mann griff in die Jackentasche und zog einen Flachmann heraus. Freundlich reichte er ihn Mike. Unsicher schaute er auf das silberne Fläschchen. »Na trinken Sie schon!« Mike nahm einen großen Schluck. Das Zeug brannte wie Feuer seine Kehle herunter. Hustend beugte er sich vor. »Selbst gebrannt!«, erklärte der Mann stolz und bot ihn Mary an, diese schüttelte den Kopf. »So, was ist passiert?«, fragte der Mann erneut. Mike sammelte sich, knapp schilderte er ihm was passiert ist. Aufmerksam hörte der Mann zu, »Wegen Ihrem Freund tut es mir leid. Ich bringe Sie schnell zum Auto und dann verständigen wir die Polizei! Nicht, dass ein Irrer hier rumläuft. Ich heiße übrigens Harold!«

»Wir wären Ihnen sehr dankbar.«

»Kommen Sie! Wir müssen zurück. Ihr Auto ist auf der anderen Seite!« Sie kehrten um und gingen eine Weile. Sie kamen am Baum vorbei. »Da ist niemand. Sie müssen sich irren.« Ungläubig blieb Mike stehen und schaute zum Baum. Puppenteile schaukelten selig im Wind. »Ja...aber wo...wie kann das sein?«

»Das kann nicht sein. Er war dort«, kreischte Mary hysterisch. »Er war an den Baum gefesselt!« Mary und Mike standen fassungslos auf dem Weg. »Kommen Sie. Sonst erreichen wir vor Einbruch der Dunkelheit das Auto nicht«, drängte Harold. Mike nahm Marys Hand. Drückte sie einmal fest. Leise hauchte er ihr ins Ohr. «Hier stimmt was nicht!« Er ließ Harold nicht aus den Augen. Aufmerksam beobachtete er jede seiner Bewegungen.

Sie kamen zur Lichtung, die von Sonnenlicht durchflutet war. »Holen Sie Ihr Zeug!« Mit zitternden Knien gingen sie durch den Torbogen. »Wissen Sie, um die Quelle Mary´s Tears ranken sich einige Mythen, hauptsächlich Gewäsch«, ergriff Harold das Wort. Mike beobachtete ihn.

»Was für welche?«, fragte Mary verhalten. Harold stand direkt hinter ihr. »Nun, ein Kind soll hier ertrunken und eins soll spurlos verschwunden sein. Nachts soll es hier spuken«, fing er an.

»Ein Mädchen ertrunken und eins verschwunden?«, fragte Mike.

»Ja!«

»Beth?«

»Nein nicht Beth, die ist spurlos verschwunden. Mary, meine Tochter!« Plötzlich und unerwartet schlang er seine Hand um Marys Hals. Erschrocken entfuhr ihr ein schriller Schrei. Mike stürzte sich auf ihn, doch Harold war schneller und richtete eine alte Pistole auf ihn. »Zu dir komm ich noch«, funkelte er Mike kalt an. »Kleine Mary, du bist so neugierig.« Er wirbelte mit Mary herum, wandte sich zu Teich. »Wie damals, als du noch klein warst!« Mit aller Kraft presste er sie an sich. Schmerzverzerrt stöhnte sie auf. »Erinnerst du dich? Als Daddy dir verboten hat allein in der Quelle zu schwimmen, kaum dreh ich mich um. Und was machst du?« Mike ging langsam auf Harold zu. »Harold, das ist tragisch. Ihr Verlust muss groß sein«, sagte er mit ruhiger Stimme. Harold verdrehte die Augen, spie aus. »Was weißt du schon.« Sein Gesicht verzerrte sich zu einer Fratze. »Wie oft hab ich dir gesagt, du sollst nicht darin schwimmen!« Dicke Tränen quollen ihm übers Gesicht.

»Harold«, versuchte Mike es erneut und hob beschwichtigend die Hand, «lassen Sie sie los und wir vergessen das.« Wirr starrte ihn der alte Mann an. Mit aller Kraft schleuderte er Mary gegen die Steinplatte. Hart knallte ihr Kopf gegen die Kante. »Das hat der alte Addams auch gesagt! Ich hab ihn einem Gefallen getan seine missratene Tochter Beth Mary als Spielgefährtin zu übergeben. Der Trottel suchte das Miststück ein ganzes Jahr, bis ich auch ihn Mary brachte«, krächzte er mit rauer Stimme. Mary lag bewusstlos im Gras. Mike wollte zu ihr, doch die Waffe war immer noch auf ihn gerichtet. Grob packte Harold ihren Arm und zerrte sie in den Teich. »Kleines, ich hab jemanden für dich!« Er drückte Mary tief unter Wasser. Luftblasen stiegen auf. Hämisch blickte er zu Mike, der vorsichtig näherkam. »Du bist gleich dran!« Aus dem Nichts stürzte sich Schröder auf Harold und schnappte nach seiner Hand. Wild fuchtelnd versuchte Harold ihn loszuwerden. »Verdammter Köter!«, schrie er auf und ließ die Waffe ins Wasser fallen. Verzweifelt schlug er nach dem Hund, doch dieser biss sich fest. Mike nutzte die Chance, panisch suchte er mit den Augen den Platz ab. Überall lag nur totes Holz und Laub. Etwas Schwarzes schimmerte zwischen dem Röhricht. Mike ging drauf zu. *Ein Stein!* Eilig klaubte er ihn auf. Mit seinem ganzen Gewicht stürzte er sich auf Harold und schlug mehrmals zu, überrascht riss dieser die Augen auf. Mit aller Kraft trommelten Harolds Fäuste auf Mike nieder. Mike verlor das Gleichgewicht. Wasser drang in seinen

Mund, füllten seine Lungen. Er spürte Harolds eisernen Griff. Erbarmungslos drückte ihn der Alte unter Wasser. Mit letzter Kraft holte Mike aus. Harold ließ von ihm ab und sackte zusammen. Mike tauchte auf und schnappte hustend nach Luft. Eilig tauchte er erneut. Mary lag am Grund. Er griff nach ihr und zog sie stöhnend zum Ufer. »Mary! Mary!«, schrie er. Doch sie regte sich nicht. Zögerlich umschloss er ihren Mund und blies hinein. »Mary! Wach doch auf!«, doch sie lag leblos und blass neben ihm. Erneut umschloss er ihre Lippen und blies ein paar Mal kräftig hinein. Sie regte sich noch immer nicht.

Ein Jahr später
»Wir haben uns mal wieder verfahren!«, schnauzte Mike sie an. Mary hielt die Landkarte in der Hand. »Haben wir nicht. Du musst dort einbiegen.« Mike hielt an und nahm ihr die Karte ab.

»Wie heißt die Hütte?,«meldete sich Norman vom Rücksitz.

«Allison´s Hütte«, antworteten Mike und Mary wie aus einem Mund. Zärtlich legte sie ihre Hand auf Mikes.

Gedichtauszug: aus »Twinkle, twinkle little Star« von Jane Taylor 1806

Die Trophäe

von Martina Lichtenfeld

Der Knauf ließ sich nicht drehen. Tom versuchte es mit mehr Kraft, doch kalt und starr blieb der Griff an seinem Platz. Er sah langsam das gewaltige Tor hinauf, das zu beiden Seiten von der hohen Friedhofsmauer gesäumt war. Hier würde er nicht nach draußen kommen. Tom schaute sich um. Niemand war zu sehen. Seine Armbanduhr zeigte siebzehn Uhr dreißig. Der Friedhof war seines Wissens noch eine halbe Stunde geöffnet. Der Haupteingang war bestimmt noch nicht verschlossen. Tom faltete die Karte auseinander, die er bei einer betagten Französin vor dem Friedhof erstanden hatte. „Man verliert schnell die Orientierung, junger Mann", hatte sie mit brüchiger Stimme gesagt und ihm mit ihrer knochigen Hand die Karte hingestreckt.

Der Haupteingang lag im Süden. Mit schnellem Schritt machte sich Tom auf den Weg. Ein kühler Wind wehte von den Gräbern herüber. Er dachte an das Abendessen mit seinen Geschäftskollegen im Restaurant -Au *vieux croûton*-. Um zwanzig Uhr hatten sie sich dort verabredet. Jedes Mal, wenn sie die Außenstelle seiner Firma in Paris besuchten, aßen sie dort zu Abend und sprachen über Absatzzahlen und Gewinnmaximierung. Tom ging an einem Grab vorbei, dessen Platte in mehrere bizarre Teile zerbrochen war. Die dunklen Zwischenräume starrten ihn wie eine verzerrte Fratze an. Er beschleunigte seinen Schritt und sah den Südeingang, während seine Schritte an der Friedhofsmauer wider hallten.

Fest umgriff Toms Hand den Torknauf. Mit einem Ruck versuchte er ihn zu drehen. Noch ein Ruck. Er rührte sich nicht. Tom rüttelte daran. Nichts bewegte sich. Schnell drehte er sich um und blickte auf das verlassene Gräbermeer. Heute ist der erste November. Der Gedanke drängte sich augenblicklich in sein Bewusstsein. Ab heute schließt der Friedhof eine Stunde früher. Hatte er die Glocken nicht gehört, die die

Friedhofswärter aus ihren Dienstwägen heraus schwenkten, um die Besucher vom Friedhof zu treiben? Tom erinnerte sich, dass er in der Nachmittagssonne in der Nähe von Jim Morrisons Grab auf einer Bank eingenickt war. Ein Windstoß riss halbvertrocknetes Laub von den Bäumen, nötigte sie zu einem wilden Tanz über die Gräber, bis er sie irgendwo achtlos liegen ließ und weiter zog. Tom griff in die leere Jackentasche. Er hatte sein Mobiltelefon zum Laden im Hotel gelassen.

„Hallo?" Hörte er in seiner eigenen Stimme nicht einen leicht hysterischen Ton? Niemand antwortete. Die Grabmale starrten ihn wie stumm aufgerissen Mäuler an. Einen Moment stand Tom still da. Würde er die Nacht wirklich an diesem toten Ort verbringen müssen? Tom rannte los, jemand musste noch da sein, der ihm das Tor öffnen konnte. Bleib ruhig, dachte er, bleib ruhig. Er kam erneut an Jim Morrisons ewig blumenüberhäuftem Grab vorbei. Flüchtig sah er auf die schlichte Ruhestätte des Rockidols, an dem er zwei Stunden zuvor mit unzähligen Fans gestanden und ein paar Songs angestimmt hatte. Morrison war der Anlass, wegen ihm war Tom auf den Friedhof gekommen. Jim sah ihn traurig-sanft aus einem verblichenen Schwarz-Weiß-Foto an, stumm für immer. Er verlangsamte seinen Schritt wieder. Die letzten Sonnenstrahlen hatten sich längst von dem grob gepflasterten Wegen zurück gezogen. Dünne Nebelschleier schlichen um die Grabmale. Bäume und Gräber begannen in der Ferne zu einem düsteren Gemenge zu verschmelzen. Tom konnte den nie endenden Verkehr im abendlichen Paris auf der anderen Seite der Mauer hören. Dort herrschte das Leben, hier regierte der Tod. Ein Schauer erfasste ihn. Zügig ging er weiter. Fast hätte er sie in der Dämmerung übersehen. Zwei glühende Augen fixierten ihn. Eine Friedhofskatze saß auf einem umgestürzten Grabstein und starrte ihn unverwandt an. Tom blieb stehen.

„Glaubst du etwa, ich bin freiwillig hier? Ich wäre jetzt viel lieber im Restaurant bei einem Glas Wein."

Die Katze rührte sich nicht. Jetzt spreche ich schon mit einer Katze, dachte Tom und wischte mit dem Handrücken über seine Stirn. Die Grabmale sahen jetzt wie unzählige Arme aus, die hilfesuchend aus der Erde in den Himmel ragten. Die Katze sprang lautlos von ihrem Platz und ging zwischen zwei baufälligen Mausoleen hindurch. Wie selbstverständlich folgte Tom ihr. Eine verwitterte Skulptur sah mit grotesk verzerrtem Gesicht auf ihn herab. Ihre Konturen schnitten scharf in den Abendhimmel. Tom hatte das Gefühl, als schicke sie ihm eine stumme Drohung. Schnell wandte er sich ab und ging weiter. Sie sind alle tot, begraben und für immer von dieser Welt verschwunden, dachte er. Niemand kommt zurück. Du wirst doch keine Angst bekommen. Immer wieder verschwand die Katze im Grauschwarz der nahenden Nacht, doch jedes Mal, wenn er glaubte, sie verloren zu haben, zeigte sie sich ihm. Seine Beine wurden schwer, seine Zehen taub. Die nächtliche Kälte zeigte ihre Zähne. Auf einer kleinen Anhöhe blieb die Katze stehen. Der Mond streute bereitwillig sein bleiches Licht über den Friedhof aus. Tom sammelte einige herabgefallene Blätter auf, häufte sie hinter einen schiefen Grabstein und ließ sich darauf nieder. Die Katze saß da und beobachtete ihn fortwährend. Das Grab gegenüber ragte in den klaren Himmel hinauf. Wie nah doch Himmel und Erde, Leben und Tod beisammen waren. Toms Blick fiel auf die in goldener Schrift in Marmor gravierten Buchstaben. Thomas... Thomas Schmidt. Was stand dort? Das konnte nicht sein. Er blickte zum Himmel hinauf, wo sich im Dunkel verschämt die ewigen Sterne zeigten. Noch einmal sah er auf die Buchstaben, es war sein Name, da stand zweifellos sein Name. Ihm wurde schlagartig schwindlig. Er wandte sich zur Katze, doch sie war verschwunden. Plötzlich sah er jemanden die Anhöhe herauf kommen. Die Gestalt ging langsam, fast schleppend. Es war eine Frau. Er hörte sie schluchzen. War er doch nicht alleine auf dem Friedhof? Hatte noch jemand die Glocken der Wärter nicht gehört? Hinter der Frau lösten sich zwei weitere Gestalten aus dem Dunkel. Sie kamen heran, blieben am Grab gegenüber stehen. Jetzt erkannte Tom die Frau. Es war Corinna, *seine* Frau. Sie legte einen Strauß gelber Tulpen auf Toms Grab. Er mochte gelbe Tulpen sehr. Tom saß da und sah der Szenerie zu, unfähig, sich zu bewegen, unfähig, etwas zu sagen. Corinna, ich lebe noch, hier, hier bin ich, doch kein Ton kam aus seiner Kehle. Der Mann neben Corinna legte seine Hand auf ihre Schulter. Es war Toms Vater. Ernst sah er auf das Grab hinab. Toms Mutter neben ihm hielt die Hand ihres Mannes und zog etwas aus ihrer Manteltasche. Sanft legte sie es auf das Grab ihres Sohnes. Es war sein in Glas eingefasster vergoldeter Tennisball, den er letzten Monat beim Tennisturnier gewonnen hatte. Wie stolz seine Mutter damals auf ihn gewesen war. Wie hatte er sich gefreut, als ihm sein Vater anerkennend auf die Schulter geklopft hatte. Wie wild hatte Corinna ihn nach dem Sieg umarmt. Er sah auf. Es war niemand mehr da. Auf Toms Grab lag im Mondlicht glänzend seine Trophäe. Von der Kälte der Herbstnacht nahezu erstarrt stand er auf und trat an sein Grab, dort, wo Corinna eben noch gestanden hatte. Vorsichtig nahm er den goldenen Ball von seinem Grabstein.

Sein Freund Stefan fiel in seine Gedanken. Vor einem halben Jahr hatten die Ärzte Bauchspeicheldrüsenkrebs festgestellt. Letzte Woche hatte Tom ihn im Krankenhaus besucht. Abgemagert und fahl sah er aus. Die Chemotherapie schlage gut an, hatte Stefan erzählt. Dabei lächelte er Tom mit hohlen Augen an. Das ist gut, hatte Tom geantwortet und seinem Freund die Hand gedrückt. Stefans Frau hatte Tom danach gesagt, dass die Ärzte ihr eröffnet haben, dass er noch wenige Monate zu leben habe, dass er seinen fünfzigsten Geburtstag im Sommer nicht mehr erleben werde. Tom fuhr nach dem Besuch bei Stefan noch einmal ins Büro, fast ungerührt ging er seinen alltäglichen Aufgaben nach. Wie leicht es ist, unangenehme Gedanken zu übergehen. Stefan war krank, nicht er. Der Tod war doch so fern von ihm selbst. Nein, er war nicht tot, der Name auf dem Grab ein Zufall, ein einfacher Zufall. Es gab noch mehr Menschen mit seinem Namen und doch stand dort sein Geburtsdatum. 3. April 1967. Darunter las er seinen Todestag. 10. April 2016. Er war schon vier Tage tot. Was hätte er für ein Leben gehabt, wenn er nun schon gestorben wäre? Seine Firma nahm die meiste Zeit ein. An Urlaub war bisher nicht einmal zu denken. Die Selbständigkeit fraß seine Lebenszeit auf. Corinna wäre so gerne Mutter, doch Tom war oft geschäftlich unterwegs, dass sie kaum noch Sex hatten. Corinna nahm es hin. Sein Traum, vier Wochen Neuseeland zu bereisen, hatte er auf später verschoben. Doch wann war später? War die Firma das Wichtigste in seinem Leben? Sie drängte alles in den Hintergrund. Lief da nicht etwas falsch? Wie verschwenderisch ich mit meiner Lebenszeit umgehe. Tennis war das einzige Hobby, das er hatte, obwohl er es zu Beginn hasste, aber für seine Firma wichtige Persönlichkeiten spielten Tennis, also war er gezwungen, dies auch zu tun. Wer zwang ihn denn? Ich zwinge mich, dachte er und sah den vergoldeten Tennisball an. Nur ich zwinge mich. Er dachte an Corinna, wie sie eben noch da stand. Sie würde wahrscheinlich eine Zeitlang trauern. Mit ihrem Aussehen und ihrer offenen Art würde sie nicht lange alleine sein, alsbald einen Mann an ihrer Seite haben, der ihr Kinder schenken und sie glücklich machen würde. Auch seine Eltern würden sich irgendwann mit dem Schicksal abfinden. Das Leben gehe eben weiter. Ja, das Leben geht weiter. Wenn ich tatsächlich tot wäre, dachte Tom, hätte ich an mir selbst vorbei gelebt.

Die Katze saß wieder an ihrem Platz. Gelassen leckte sie ihre Pfoten und rollte sich zum Schlafen zusammen. Jemand rüttelte an Toms Schulter. Ein Mann in Uniform stand vor ihm und sprach in derbem Ton in französischer Sprache auf ihn ein. Tom nahm seinen vergoldeten Tennisball, der neben ihm auf seinem Blätterkissen lag und stand auf. Der Uniformierte schob ihn unwirsch vor sich her. Tom sagte nichts. Es gab nichts zu sagen. Der Wärter brachte ihn zum Haupteingang und drehte den Torknauf. Das Tor quietschte und die beiden Flügel gaben den Weg frei. Er blickte zurück. Auf der Friedhofsmauer saß die Katze und schaute auf ihn herab. Tom atmete die kühle Morgenluft ein und ging über die Straße.

Blind

von Lissy Dixon

„Erde an Isabella! Hallo, jemand zu Hause?" Layla schnipste wild vor Isabellas Gesicht.

„Was?"

„Ich halte dir schon seit zwanzig Minuten einen Vortrag darüber, wie grässlich ich diesen Muffin hier finde und du verziehst keine Miene. Stattdessen starrst du Löcher in die Gegend. Irgendwas stimmt doch nicht mit dir."

„Es ist nichts. Ich war nur in Gedanken. Tut mir leid, dass ich dir nicht zugehört habe."

„Tja, ich weiß nicht, ob ich dir das verzeihen kann. Immerhin hast du eine wichtige Ansprache über die Vor- und Nachteile dieses Blaubeermuffins versäumt." Als Layla einen Schmollmund zog, musste Isabella lächeln. „Also raus damit! Du rufst mich doch nicht einfach an und sagst du willst mich sehen, wenn nichts ist. Ich kenne dich immerhin schon lange genug, um zu wissen, wie dein Gesicht aussieht wenn dich etwas bedrückt."

„Ich wollte dich wirklich nur sehen. Kann eine große Schwester nicht einfach Zeit mit ihrer kleinen Schwester verbringen, ohne das etwas ist?"

„Das mag es schon geben. Aber nicht bei dir, meine Liebe." Isabella verzog ihren Mund zu einem verlegenen Lächeln.

„Ich wollte dich einfach nur um mich haben. Im Moment läuft es nicht so gut zwischen mir und Colin."

„Wenn du sagst, es läuft nicht so gut. Was meinst du damit?" Isabella rutschte nervös auf ihrem Stuhl hin und her. „Du weißt genau, an was ich denke. Bella, zeig mir deine Arme!"

„Ich bin dir keine Rechenschaft schuldig, Layla! Ich bin nicht hier, um von dir getadelt und verurteilt zu werden. Ich bin hier, weil ich dich sehen wollte."

„Bella, zeig mir bitte deine Arme!"

Verärgert nahm Layla Isabellas Arm und schob ihren Pullover schroff zurück. Erschrocken blickte sie auf die noch frischen Kratzspuren und dunkelblauen Flecken.

„Warum, Bella? Warum bleibst du noch bei diesem Schwein?"

Layla stiegen Tränen in die Augen. Isabella zog ihren Arm zurück und streifte den Pullover beschämt über den schmerzenden Unterarm.

„Verlass ihn! Bitte geh! Bevor er dich noch umbringt!" Laylas Stimme brach ab. Isabella hielt vor Scham den Kopf gesenkt

„Aber das wirst du nicht tun, stimmt's? Du wirst ihn nie verlassen, weil du denkst, dass du ihn liebst, dass du ihn brauchst. Du wirst ihn immer wieder anrufen, ihm immer wieder nachlaufen. Das ist nicht das Leben, was ich für dich möchte, Bella."

Layla sprang wütend auf und lehnte sich über den Tisch zu ihrer Schwester. „Ich lasse es nicht zu, dass du so lebst! Dieses Schwein macht mit dir, was er will und wann er es will! Du hast ein besseres Leben verdient. Irgendwann wird er seine gerechte Strafe für das hier bekommen." Wütend warf Layla das Geld auf den Tisch, lief aus dem Café und ließ Isabella alleine zurück. Sie fühlte sich ertappt. Layla hatte recht mit dem, was sie sagte. Doch sie hatte ja keine Ahnung, wie schwer es ihr fiel, alleine zu sein. Sie wusste nicht, welche Angst sie hatte. Wie ihr zumute war, wenn sie die Abende einsam in ihrer Wohnung verbringen musste. Bittere Gedanken krabbelten wie Ungeziefer an ihr hoch und hinterließen blanke Panik. Nach einigen Minuten legte auch sie das Geld auf den Tisch und verließ das Café.

Ihre kleine Wohnung am Rande der Stadt war noch nie sehr einladend gewesen, doch an diesem Abend wirkte sie besonders trostlos. An den kaminrot gestrichenen Wänden blätterte der Putz ab und die zwei Holzbalken im Wohnzimmer der alten Fachbauwohnung, schienen die Last nicht mehr tragen zu können. Leere Flaschen belagerten die Küchentheke.

Isabella schüttelte ihren Mantel von ihren Schultern ab und warf ihn auf einen Kleiderberg, der sich auf dem Boden erstreckte. Erschöpft ließ sie sich auf das löchrige Polstersofa fallen, als sie das blinkende Licht auf ihrem Anrufbeantworter sah.

„Hey! Ich bin es, Colin. Melde dich doch mal, wenn du daheim bist. Sorry wegen vorhin. Du weißt, dass ich es nicht so gemeint habe."

Sie sah ihn vor sich. Wie er sie anschaute. Mit diesem Blick. Seine Augen leicht zusammengekniffen, ja sogar etwas glasig. Seine Mundwinkel nach unten gezogen, seine Haltung rückgratlos. Mit seinen Händen fuchtelte er nervös an sich herum. Das alles war Teil des Theaters. Doch Isabella konnte er nichts vormachen. In seiner Stimme erkannte sie seine Kälte. Seine Gleichgültigkeit ihr gegenüber.

„Sorry wegen vorhin", äffte sie ihn nach, ging in die Küche und öffnete eine Flasche Merlot. „Als ob er vergessen hätte, den Müll raus zu bringen." Mit dem vollen Glas ging sie an ihre Vitrine. Hastig kippte sie einen großen Schluck hinunter. Vorsichtig nahm sie das Bild aus dem Regal und sah es lange an. Sie blickte Layla direkt in die Augen. Anmutig mit einem Funken Frechheit, strahlte ihre Schwester ihr entgegen. Sie war eine wahre Schönheit. Ihr Haar schimmerte rötlich, ihre wohlgeformten Lippen erschufen ein bezauberndes Lachen und ihre Augen waren voller Freude und Leichtigkeit.

Sie standen sich schon als Kinder sehr nahe. Layla kannte sie besser als sie sich selbst kannte. Sie wusste, was sie brauchte und was das Beste für sie war. Sie war diese eine Konstante in ihrem Leben, auf die sie sich immer verlassen konnte. Ohne sie wäre ihr Leben halt- und sinnlos. Isabella griff zum Telefon und wählte ihre Nummer. *Dies ist die Mailbox von…*

„Hey Schwesterherz. Es tut mir leid, dass ich dich vorhin so aufgebracht habe. Ich weiß ja, dass du Recht hast. Es ist nur, ich fühle mich so … wie soll ich sagen … Ruf mich doch bitte einfach zurück. Ich hab dich lieb." Einige Minuten stand sie regungslos neben dem Telefon, in der Hoffnung es gleich klingeln zu hören. Doch alles, was sie hörte, war das Summen ihrer Heizung und die Stille, die unaufdringlich in ihren Ohren schmerzte. Nervös trank sie ihr Glas aus und schenkte sich erneut ein. Sie kippte den Wein in einem Zug hinunter, griff zum Telefon und wählte Colins Nummer. Den Hörer fest an ihre Wange gepresst, wartete sie jedes Freizeichen ab. Doch er ging nicht ran. Sie versuchte es ein weiteres Mal. Dann nochmal.

„Gut, dann eben nicht!" Wütend warf sie das Telefon aufs Sofa, ging in die Küche und öffnete die zweite Flasche Merlot. „Dann musst du mir eben Gesellschaft leisten, mein treuer Freund." Sie trank, tanzte weinend durch die Wohnung und ließ sich irgendwann kraftlos auf dem Sofa nieder. Mit dem Bild ihrer Schwester in der Hand, schlief sie zwischen gebrauchten Taschentüchern und leeren Weinflaschen ein.

Kälte, die ihren Arm entlang krabbelte, weckte sie am nächsten Morgen. Sie öffnete die Augen und schloss sie gleich wieder. Ein Schmerz durchzuckte ihren Kopf wie einen Blitz. Das grelle Sonnenlicht, das durch die Jalousien brannte, brachte den Helikopter in ihrem Kopf so richtig in Fahrt.

Mit zusammengekniffenen Augen musterte sie ihren Arm. „Verdammte Scheiße!" Schlagartig richtete sie sich auf und bereute es noch im selben Moment. Sie beobachtete gebannt, wie das Blut aus der Wunde kam und ihren Unterarm wie ein Kunstwerk verzierte. „Ich muss mich wohl gekratzt haben." Fest presste sie ein Taschentuch auf die Wunde und suchte nach dem Telefon. Kein Anruf, keine Nachricht. Weder von Layla noch von Colin. Isabella wusste nicht, was sie mehr schmerzte. Bilder an den Streit mit Colin schwebten durch ihren Kopf. Wie sie ihn angeschrien hatte, wie er sie gepackt und gegen die Wand gedrückt hatte. Die unbändige Wut in seinen Augen, als sie ihm eine Ohrfeige gegeben hat. Seine harten Schläge auf ihrem Körper. Doch das war ganz alleine ihr Verschulden gewesen. Sie wusste schließlich, wie schnell er aus der Haut fuhr. Hätte sie ihn nicht so provoziert, ihn nicht so auf die Palme gebracht, wäre das vermutlich nicht passiert. Ein Gedanke kam ihr in den Sinn, der sich angstvoll in ihrem Körper ausbreitete. Was wenn Colin sie nach dem Streit nicht mehr zurück haben wollte? Was wenn er sie verlassen würde und sie somit alleine wäre?

Isabella wählte Colins Nummer, bekam jedoch keine Antwort. „Ich muss mich bei ihm entschuldigen. Ich muss das wieder gerade biegen. Eine weitere Nacht wie diese kann ich nicht noch einmal durchstehen." Eilig schlüpfte sie in ihre Sneakers, schmiss sich ihre Jacke über und fuhr los.

Die Haustür des Mehrfamilienhauses stand wie gewohnt einen Spalt offen. Isabella hastete die Treppen zu Colins Wohnung hinauf. Der vertraute süßliche Geruch von Lufterfrischer und der bissige Gestank von Schimmel stiegen ihr in die Nase. Doch heute war da noch etwas anderes. Etwas, dass ihr unerwartet den Ekel in den Magen trieb.

Isabella hämmerte gegen die massive Wohnungstür. Keine Reaktion. Mit zwei Fingern hob sie die versiffte Fußmatte an und holte den Schlüssel hervor. Die Wohnung war still und einsam.

„Colin, ich bin es! Bist du da?" Sie spähte ins Schlafzimmer. Die Jalousien waren zugezogen, das Bett ungemacht. „Colin?", flüsterte sie in die Dunkelheit. Von der Küche drang ein schauderhafter Geruch auf den Flur. „Herr Gott, was ist denn hier passiert?" Der Kühlschrank stand weit offen. Davor eine große braun-grüne Pfütze. Der Mülleimer lag umgestürzt auf dem Boden und verteilte den Inhalt wie erbrochenes Essen. Aus dem Wohnzimmer sah sie Licht. „Vermutlich liegst du wieder zugedröhnt auf dem Sofa und schläfst deinen Rausch aus." Sie sprach so leise, dass sie es selbst kaum hörte. Geräuschlos setzte sie einen Fuß vor den anderen, denn sie wusste, dass er sehr grausam werden konnte, wenn er noch nicht vollständig nüchtern war. Als sie das Wohnzimmer betrat, zerriss ein Schrei die Stille.

„Nein, nein. Nein!"

Colin lag mit weit aufgerissenen Augen auf dem Boden. Sein nackter Körper war in eine blutige Decke gehüllt. Seine Brust mit tiefen Kratzwunden übersät. Isabella stürzte zu ihm und kniete sich auf den rot verfärbten Teppich.

„Colin! Colin! Das kann nicht real sein, das kann nicht echt sein!" Sie schlug mit Fäusten auf ihn ein. „Colin, wach auf! Wach auf! Bitte!" Er regte sich nicht. Seine ausdrucksstarken Augen waren voller Panik. Sein starker Körper lag wehrlos und schwach am Boden. Mit zitternder Hand berührte Isabella seinen Arm. Er war eiskalt. Erst jetzt bemerkte sie es. Das Wort, das wie eingraviert auf seiner Brust stand.

GNADENLOS.

Vorsichtig fuhr sie mit ihren Fingern jeden Buchstaben einzeln nach. Ein schrilles Lachen erfüllte den Raum. Es wurde immer lauter und ließ sie erschauern. Als sie erkannte, dass es ihr Eigenes war, sprang sie hysterisch auf. Ihr wurde schlecht. Kalter Schweiß rann ihr über die Stirn und brannte in ihren Augen. Hektisch zog sie ihr Handy aus der Tasche und wählte den Notruf.

„Hallo! Kommen Sie bitte schnell! Ich glaube ich werde verrückt!"

Ein Mann mit starken Armen brachte Isabella aus der Wohnung. Beinahe war es, als würde er sie tragen. Sie spürte weder ihre Beine noch ihren Verstand. Ein abscheulicher Geruch klebte an ihr wie getrocknetes Blut.

„Haben Sie jemanden, der Sie abholen kann?" Die Männerstimme riss Isabella aus ihrer Starre.

„Meine Schwester. Ich rufe meine Schwester an." Isabella wähle Laylas Nummer. *Dies ist die Mailbox ...* Isabella legte auf. Layla hatte ihr Versprechen, immer für sie da zu sein, nicht gehalten. Bittere Tränen rannen ihr über das Gesicht.

„Keine Sorge! Dann bringe ich Sie erstmal zu uns."

Ein weiterer Mann trat hinter Isabella hervor. Seine Arme waren keineswegs muskulös. Er war drahtig und sein Gesicht eingefallen. Seine Körperhaltung war gekrümmt und befangen.

„Beneki mein Name. Ich bin von der Kriminalpolizei." Unbeholfen streckte Isabella ihm die Hand entgegen.

„Isabella."

„Ich nehme Sie mit zu uns, wenn das in Ordnung ist." Wo sollte sie auch sonst hingehen? Isabella wusste keinen Ort, an den sie gehen konnte. Freunde waren noch nie lange in ihrem Leben geblieben und von ihrer Familie war außer

Layla niemand mehr da. Nicht einmal mehr eine tröstende Flasche Wein wartete zu Hause auf sie. Fremd bestimmt setzte sie sich in das Auto und ließ sich auf die Polizeiwache bringen. Menschen in Uniformen liefen auf dem Revier aufgebracht und eilig an ihr vorbei. Isabella wandelte in ihrem eigenen Tempo, in ihrer eigenen Welt.

„Dieser Raum ist frei." Kriminalhauptkommissar Beneki öffnete die Tür zu einem kahlen Zimmer, welches mit einigen Grünpflanzen bestückt worden war, um vermutlich einladender zu wirken. Er betätigte die Kaffeemaschine und stellte Isabella ungefragt einen dampfenden Becher hin. „Setzen Sie sich ruhig irgendwo hin. Der Sessel ist sehr bequem, da können sie sich gerne etwas ausruhen."

„Danke, aber ich habe meiner Schwester eine Nachricht geschickt, dass sie mich hier abholen soll. Sie wird vermutlich gleich da sein."

„Sie können so lange hier bleiben, wie Sie möchten." Sein Lächeln wirkte steif, fast so als müsste er sich dafür anstrengen. Verkrampft nahm sie auf einem der Stühle platz. Beneki ließ sich in seinen Bürostuhl sinken. Isabella spürte seinen Blick auf ihr. Nervös zupfte sie an ihrem Kaffeebecher herum. Ein beklemmendes Schweigen hing in der Luft.

„Wenn Sie möchten, kann ich schon mal Ihre Personalien aufnehmen." Isabella nickte.

„Ihr vollständiger Name?"

„Isabella Nowak."

„Ihr Geburtsdatum?"

„26. November '89."

„Ihre Anschrift?"

„Waldstraße 25, Karlsruhe."

„Sie waren nicht verheiratet mit Herrn Ross?"

„Nein, Colin und ich waren nicht verheiratet." Konzentriert tippte Beneki alles in seinen Computer ein. Isabella starrte ins Leere. Ihre Hände fuhren immer wieder über ihre Unterarme und tasteten die Kratzspuren ab.

„Kann ich es noch einmal bei meiner Schwester Layla versuchen?"

„Ihre Schwester? Sie reden von Layla Nowak?" Sein Blick verharrte starr auf ihr.

„Ja, Layla Nowak."

Herr Beneki tippte etwas in den Computer ein. „Wann haben Sie Ihre Schwester zuletzt gesehen, Isabella?"

„Gestern. Wir haben uns im *Café malade* getroffen. Warum fragen Sie mich das?"

„Sie sagen also, Sie haben gestern mit Ihrer Schwester einen Kaffee getrunken. Wann genau war das? "

„Gegen 15 Uhr."

„Geht es Ihnen wirklich gut Isabella?"

„Danke der Nachfrage, mir geht es bestens!" Ihr Sarkasmus prallte an Herr Beneki ab.

„Sie haben viel Schlimmes erlebt. Sie haben mein vollstes Verständnis und mein aufrichtiges Mitgefühl. Aber bitte gehen Sie nochmal in sich, was Ihre Schwester betrifft. Ich muss eben etwas holen und lasse Sie einen Moment alleine. In diesem Zustand würde ich Sie ungern hier weglassen."

Beneki stand auf und legte beim Verlassen des Raumes seine Hand unbeholfen auf ihre Schulter. Isabella wusste nicht, auf was er hinauswollte, aber ihr war das auch egal. Sie wollte einfach nur nach Hause und das Gesehene vergessen. Fluchend schmiss sie ihren Kaffeebecher gegen die Wand. In diesem Moment klopfte es zaghaft an der Tür. Isabella zuckte zusammen. Layla trat zögernd in den Raum. Isabella stürmte auf sie zu und zog sie fest an sich.

„Gott sei Dank bist du hier! Lass uns einfach nur noch nach Hause gehen." Layla lächelte und küsste Isabella auf die Stirn.

„Das machen wir Bella! Wir gehen nach Hause. Ich muss dir vorher nur noch etwas sagen. Etwas, das nicht warten kann."

„Dann aber schnell! Mich halten hier keine zehn Pferde mehr." Layla drückte Isabella fest an sich. Sie spürte ihre Tränen an ihrer Wange.

„Layla, was ist los? Weinst du wegen Colin?"

„Bella, ich bin froh, dass er dir nicht mehr wehtun kann. Endlich bist du frei! Endlich kannst du das Leben haben, das du verdient hast." Layla drückte sie noch fester an sich und flüsterte ihr ins Ohr: „Ich war es, Bella! Ich habe Colin umgebracht. Ich habe ein Küchenmesser genommen und auf ihn eingestochen. Ich habe die Klinge tief in seine Haut gebohrt und jede Sekunde davon genossen. Mir hat es Freude bereitet, ihn leiden zu sehen. Ich wusste, dass du es nicht kannst. Du bist zu schwach. Ich habe dafür gesorgt, dass das alles endlich ein Ende hat. Ich habe gnadenlos mit ihm abgerechnet, so wie ich es dir gesagt habe. Freu dich, Bella, es ist vorbei!" Layla streichelte ihrer Schwester über den Kopf. Sie hielt den Atem an und sah Layla in die Augen. Sie waren eisig und fremd.

„Isabella, haben Sie sich Gedanken zur Ihrer Schwester machen können?" Beneki hatte mit einer großen Mappe unter dem Arm den Raum betreten.

„Sie wird mich jetzt nach Hause bringen. Wir gehen jetzt!"

„Setzen Sie sich bitte wieder hin, Isabella."

„Ich will mich nicht setzen!" Entschlossen nahm sie Layla an die Hand.

„Wissen Sie, was am 8. Mai 2015 passiert ist? Können Sie sich an den Tag erinnern?"

Isabella sah ihn verständnislos an. „Nein, ich bin schließlich kein wandelnder Terminkalender."

„Isabella, an dem Tag ist Ihre Schwester Layla Nowak von einem Mann ermordet worden. Ihre Schwester ist bereits seit einem Jahr tot. Das wissen Sie doch, oder nicht?"

Isabella blickte zu Layla. Sie zwinkerte ihr vorwitzig zu. „Da muss es sich ja wohl offensichtlich um ein Missverständnis handeln. Das hier ist meine Schwester und sie scheint alles andere als tot zu sein."

„Bella, er kann mich nicht sehen. Er ist blind. Blind vor der Wirklichkeit."

„Aber du bist doch hier Layla. Du bist nicht tot!"

„Natürlich bin ich immer bei dir, das habe ich dir doch versprochen."

„Isabella, ich würde Sie gerne zu einem Arzt begleiten." Beneki trat an sie heran und fasste sie vorsichtig am Arm.

„Ich will zu keinem Arzt! Sie sind doch der Blinde. Sehen Sie sie nicht? Layla, sag doch was!"

Layla küsste Isabella auf die Wange. „Ich hab' dich gnadenlos lieb."

Isabella wurde von Herrn Beneki aus dem Raum gebracht. „Was soll der Blödsinn? Ich bin doch nicht verrückt!"

„Ich bringe Sie zu Dr. Merk. Er kann Ihnen etwas zur Beruhigung geben."

„Keine Angst, Bella. Ich bin bei dir. Immer."

Layla folgte Isabella.

„Beneki, hallo?" Mit seinem Handy am Ohr ging er mit zügigen Schritten aus Dr. Merks Zimmer in sein Büro. „Das ging aber schnell! Was ergaben die Ermittlungen?" Er schnaubte verächtlich. „Da muss Ihnen wohl ein Fehler unterlaufen sein. Das ist unmöglich, das wissen Sie genauso gut wie ich! Machen Sie in Zukunft Ihre Arbeit gleich richtig, dann unterlaufen Ihnen auch keine Fehler. Nehmen Sie einfach eine zweite Probe und rufen mich danach noch einmal an." Sein Tempo verlangsamte sich. „Sie haben bereits eine zweite Probe genommen? Beide mit gleichem Ergebnis? Okay, ich melde mich wieder." Stillschweigend zog er seine Bürotür hinter sich zu und ließ sich in seinen Bürostuhl fallen. Er stütze seinen Kopf in die Hände und atmete flach. „Das kann unmöglich sein. Das gibt es nicht!" Nervös sprang er auf, lief von einem Ende des Raumes zum anderen und fuhr sich mit der Hand über das Gesicht. „Wie um alles in der Welt kommen Layla Nowaks Fingerabdrücke auf das Messer? Das ist doch verrückt! Vielleicht haben wir etwas übersehen. Womöglich hat das Labor zweimal den gleichen Fehler begangen. Vielleicht waren die Proben verunreinigt. Beide Male?" Er stützte sich auf seinem Schreibtisch ab und begann laut zu lachen. „Blind hat sie gesagt! Vielleicht bin ich ja auch einfach nur blind. Blind vor der Wahrheit."

Das neue Haus

von Karina Holländer

Ich sitze gemütlich in meinem Ohrensessel am Fenster und genieße den ersten Abend in unserem neuen Haus. Ich habe das Erbstück meiner Oma neu
polstern und beziehen lassen, nun passt der Sessel perfekt in unser Bauernhaus. Mein Ehemann Robert musste leider auf eine Fortbildung und kommt erst am Sonntag nach. Er hatte eine Stelle im Allgäu als technischer Leiter in einer bekannten Möbelfirma angeboten bekommen. Wir lieben die Berge und hatten schon länger vor, unsere Zelte in Bielefeld abzubrechen.
Ich war mit Robert zum Unterschreiben seines Arbeitsvertrages ins Allgäu
gefahren, um dort nach einem Häuschen für uns Ausschau zu halten.
Nach drei Tagen Suche mit dem Immobilienmakler waren wir ein wenig enttäuscht darüber, nichts Geeignetes gefunden zu haben. Doch dann sahen wir das Bauerhaus mit dem Schild *Zu Verkaufen*. Wir haben uns auf Anhieb in das Häuschen verliebt. Besonders Robert, er meinte vom ersten Augenblick an, dass es unheimlich wäre, aber er hatte sich sofort zu Hause gefühlt. Ihm war, als würde er das Haus bereits kennen. Ich hatte ihn ausgelacht, denn Robert ist ein Mann, der mit beiden Beinen fest auf dem Boden steht. Er glaubt nur an Dinge, die wissenschaftlich bewiesen sind. Und so hatten wir uns nach kürzester Zeit entschieden, dieses Haus zu erwerben.
Inzwischen sind sechs Monate vergangen und das Haus ist komplett renoviert worden. Mir wird schmerzlich bewusst, wie sehr ich Robert vermisse. Auch wenn ich mich in diesem Haus ausgesprochen wohl fühle, ist mir doch ein wenig mulmig zu Mute.
Der Immobilienmakler deutete an, dass wir uns nicht vom Dorfklatsch anstecken

lassen sollten. Dort wurde erzählt, dass es in diesem Haus spuken würde. Robert hatte sich köstlich darüber amüsiert und versichert, dass kein Grund zur Sorge bestand und dass wir uns davon nicht abschrecken lassen würden. Ich stimmte ihm zu, obwohl ich mir sicher bin, dass es viele Dinge zwischen Himmel und Erde gibt, die wissenschaftlich nicht zu erklären sind.
Ich trinke einen Schluck Tee, als aus dem ersten Stock ein lautes
Scheppern ertönt. Erschrocken springe ich auf und schaue auf die Wanduhr, die
0.01 Uhr anzeigt. Ich spüre, wie sich die Härchen von den Beinen bis zu den Fingerspitzen aufrichten und ich eine Gänsehaut bekomme. Einmal tief durchatmen sage ich zu mir. Wahrscheinlich habe ich ein Fenster offen gelassen und der Wind hatte etwas umgeweht. Ich gehe die Treppe in den ersten Stock hoch und schaue in jedes Zimmer. Im Schlafzimmer weht mir ein leichter Lavendelduft entgegen und die gerahmten Fotos von meinem Nachtisch liegen auf dem Boden. Bei einem der Bilder ist die Glasscheibe zersprungen. Ich schaue zum gekippten Fenster. Mir ist schleierhaft, wie der Wind die Bilder hatte herunterwehen können und wo dieser Geruch herkommt. Ich hebe das erste Bild auf, es ist unserer Hochzeitsfotos. Vorsichtig stelle ich es zurück auf den Nachttisch, dann greife ich nach dem zweiten Foto. Unwillkürlich muss ich lächeln. Die Aufnahme zeigt Robert und mich in inniger Umarmung, wobei wir unsere Wangen aneinanderdrücken und glücklich in die Kamera lächeln.
Dieses Foto war kurz nach unserem Kennenlernen entstanden. Ich genieße noch die Erinnerung daran, als ein Krachen mich aus meinen Gedanken reißt. Mein Blick eilt hinüber zur Wand neben Roberts Bett. Dann gehe ich um das Bett herum und schaue entsetzt auf den Boden. Das Familienfoto ist von der Wand gefallen. Auf diesem ist Robert mit seinem Vater und seinen Großeltern zu sehen. Der Rahmen und das Glas sind zerbrochen. Wieder läuft mir eine Gänsehaut über den Körper. Ich habe keinen Windstoß verspürt und finde auch keine andere Erklärung, warum dieses Bild heruntergefallen

sein könnte. Erneut fällt mir der Lavendelduft auf und ich gehe schnell hinunter in das Wohnzimmer. Dort greife ich nach meinem Mobiltelefon, um Robert anzurufen, obwohl es bereits nach Mitternacht ist. Nach fünfmaligen Klingeln geht Robert ans Handy.
»Marie, ist irgendetwas passiert?« Robert klingt angespannt.
»Nein, keine Sorge. Ich hatte nur Sehnsucht nach dir, ohne dich kann ich nicht schlafen. Bitte entschuldige die Störung, aber ich musste kurz deine Stimme hören.«
»Sag mir bitte, was los ist. Ihr spür doch, dass irgendetwas dich beunruhigt.«
»Ach, ich saß im Wohnzimmer, als im Schlafzimmer unerklärlicherweise meine Bilder vom Nachttisch gefallen sind und dann ist auch noch dein Familienfoto von der Wand gestürzt. Das ist schon unheimlich.« Robert lacht auf.
»Marie, du glaubst doch nicht etwa an die Ammenmärchen aus dem Dorf, dass es im Haus spukt. Dafür gibt es mit Sicherheit eine plausible Erklärung. Eine Windböe oder die Bilder waren nicht richtig aufgestellt und eins hat das andere mit heruntergerissen. Das ist nichts, wovor man sich fürchten muss.«
»Du hast wahrscheinlich recht, es ist trotzdem schön, deine Stimme zu hören.«
»Ich freue mich auch, wenn ich am Sonntag endlich bei dir bin. Du weißt, du kannst mich jederzeit anrufen. Jetzt schlaf schön.« Robert gibt mir einen Kuss durch das Telefon.
»Gute Nacht.« Ich erwidere seinen Kuss, lege auf und bin ein wenig beruhigter. Nur schade, dass die Unterhaltung so kurz war. Dennoch entschließe ich mich, heute Nacht auf dem Sofa im Wohnzimmer zu schlafen.
Am nächsten Morgen wache ich mit Rückenschmerzen auf. Die Idee, auf dem Sofa zu nächtigen, war wohl doch nicht so gut gewesen. Ich richte mich langsam auf, als mein Blick aus dem Wohnzimmerfenster mich alle Schmerzen kurz vergessen lässt. Die Sonne leuchtet über den Feldern und Wiesen, im Hintergrund ragen die Berge in den strahlendblauen Himmel. Was für ein wunderschöner

Anblick. Ich springe erfreut vom Sofa, was einen stechenden Schmerz verursacht. Vorsichtig richte ich mich auf. Wenn das schlimmer werden würde, müsste ich einen Arzt aufsuchen. Ich hatte schon des Öfteren Rückenprobleme. Der Arzt hatte mir geraten, Sport zu treiben, um meine Muskeln zu trainieren. Wenn ich doch nicht so ein Sportmuffel wäre. Ich hatte mir eingeredet, dass es mit Anfang dreißig wohl noch nicht so schlimm sein könnte, das hatte ich jetzt davon. Gut, dass ich eine sportliche Figur habe und mir nicht jeder sofort ansieht, dass ich in dieser Hinsicht ausgesprochen faul bin. Ich nehme mir vor, besser auf meine Gesundheit zu achten, besonders was meinen Rücken angeht, gehe in die
Küche und stelle die Kaffeemaschine an. Nach dem Frühstück entschließe ich mich, ins Dorf zu gehen, um kleinere Einkäufe zu erledigen.
Als ersten Ansatz für mein sportliches Vorhaben mache ich mich zu Fuß auf den Weg. Etwas Bewegung tut meinem Rücken sicher gut.
Unser Häuschen liegt auf einer Anhöhe. Ich erreiche die Hauptstraße, drehe mich um und genieße den Anblick unseres Bauernhauses mit den roten
Fensterläden. Zuerst gehe ich zum Bäcker.
Die Bäckersfrau lächelt mich freundlich an. »Guten Morgen, sind Sie nicht in das Häuschen auf dem Hügel eingezogen? Das Hexenhäuschen sieht jetzt richtig hübsch aus.«
»Ja, wir sind gestern eingezogen. Ich habe die erste Nacht im Haus verbracht, mein Mann hat leider einen Geschäftstermin in München.«
Die Bäckersfrau beugt den Kopf über die Theke und flüstert. »Und, haben Sie schon mit dem Geist Bekanntschaft gemacht? Im Dorf wird viel über das Haus geschwatzt.«
»Nein, bisher hat er sich noch bedeckt gehalten.«
Eine ältere Dame, die neben mir an dem Tresen steht, schaut mich neugierig an.
»Ach, Sie sind die junge Dame, die mit ihrem Mann das Hexenhäuschen gekauft hat? Alle Achtung, mir wäre es dort zu unheimlich.« Die ältere Dame schüttelt sich und blickt mich skeptisch an.

»Ich bin überrascht, dass uns jeder darauf anspricht. Gibt es einen bestimmten Vorfall, der diese Annahme bestätigt?«
»Nun ja, die Lisa, Gott hab sie selig, ist in dem Haus gestorben. Besser gesagt, sie hat Selbstmord begangen. Danach wurde erzählt, sie würde noch darin herumirren. Zwei Familien und ein Ehepaar sind bereits nach kurzer Zeit wieder ausgezogen, weil sich Seltsames in diesem Haus zugetragen hatte.«
Ich schaue die Dame entsetzt an. »Das wusste ich nicht. Das ist wirklich schrecklich. Lebte sie alleine in dem Haus?«
»Ja, nachdem ihr Ehemann sie vor über dreißig Jahren verlassen hatte. War
eine schreckliche Geschichte damals.«
»Was war passiert?«
»Elsa, erschreck die junge Frau nicht so mit deinen alten Geschichten. Was
soll sie denn von uns denken, sie hält uns noch für geschwätzige alte Weiber.«
Die Bäckersfrau schaut die ältere Dame verärgert an.
»Was wahr ist, muss auch wahr bleiben. Es ist nun mal so geschehen, da kann ich auch nichts daran ändern. Ich finde, die junge Dame sollte darüber Bescheid wissen.«
Ich schaue verunsichert zwischen den beiden Damen hin und her.
»Die Lisa war immer sehr sensibel gewesen. Das besserte sich erst, als sie ihren zukünftigen Mann kennengelernt hatte. Aber nach der Geburt ihres Sohnes bekam sie eine Wochenbettdepression. Es wird gemunkelt, sie hat versucht, ihren Sohn umzubringen. Sie wurde in eine psychiatrische Klinik eingewiesen. Als sie wieder entlassen wurde, war ihr Mann mit ihrem Sohn verschwunden, darüber ist sie nie hinweggekommen. Sie hat sich schließlich vor siebzehn Jahren erhängt. Traurige Geschichte!«
»Das ist ja entsetzlich. Hat sie nach ihrem Sohn gesucht?«
»Natürlich hatte sie das, aber der Mann hat jeglichen Kontakt verweigert, bis sie schließlich aufgegeben hatte. Sie wohnte allein und zurückgezogen in dem Haus und wurde am Ende immer kauziger.«

Ich fühle mich zunehmend unwohler. »Vielen Dank, dass Sie so nett waren mich aufzuklären. Ich wünsche Ihnen einen angenehmen Tag.« Ich schnappe meine Einkäufe, lege einen Zehn-Euro-Schein auf den Tresen und gehe geradewegs in Richtung Tür.
»Warten Sie, Sie bekommen noch Ihr Wechselgeld«, ruft die Bäckerin hinterher.
»Stimmt so«, erwidere ich, verlasse augenblicklich die Bäckerei und
laufe die Straße herunter. Erst als ich um die nächste Ecke gebogen bin, halte ich an, um kurz zu verschnaufen. Was für eine unglaubliche Geschichte.
Ich habe Mitleid mit der Frau. Wie schrecklich muss es für sie gewesen sein, keinen Kontakt zu ihrem Sohn haben zu dürfen? Andererseits nach dem Mordversuch kann ich den Vater sehr gut verstehen.
Ich gehe mit der Hoffnung in den Supermarkt, hier in Ruhe einkaufen zu können.
In Gedanken bin ich immer noch bei der Frau namens Lisa, als ich mit einem Mann zusammenstoße. Ein heftiger Schmerz schießt durch meinen Rücken.
Ich stöhne auf und verziehe vor Qual das Gesicht. Der Mann schaut mich erschrocken an.
»Bitte entschuldigen Sie, ich habe Sie nicht bemerkt.«
Ich sehe den Mann entschuldigend an, der mich freundlich anlächelt.
»Ich habe mich zu entschuldigen. Haben Sie sich weh getan?«
»Nein, es geht schon. Der Zusammenstoß hat mich bloß an meine Rückenschmerzen erinnert.«
»Wie gut, dass Sie mit dem einzigen Arzt in diesem gottverlassenen Dorf zusammengestoßen sind. Darf ich mich vorstellen, Dr. Hartmut Engelbracht, Landarzt. Meine Praxis ist gleich gegenüber, wenn Sie möchten, schaue ich mir Ihren Rücken gern mal an. Ich kann Ihnen ein Schmerzmittel geben.« Er lächelt mich besorgt an.
» Das ist sehr nett von Ihnen, aber Ich sollte mich erst einmal vorstellen. Ich heiße Marie Kreuzenberg. Das kommt im

übrigen davon, wenn man abends auf dem Sofa einschläft, ich bin selbst schuld.«
»Nett Sie kennenzulernen, Marie. Ich möchte Sie bitten, mich trotzdem kurz in meine Praxis zu begleiten. Ich habe schließlich einen Ruf zu verlieren. Erst verletzte ich Sie und dann lasse ich Sie einfach so gehen. Tut mir leid, aber das geht gegen meinen Hippokratischen Eid. Kommen Sie, außer Ihren Schmerzen haben Sie doch nichts zu verlieren.«
»Na gut, Sie haben mich überredet. Ich habe noch so viel heute im Haus zu tun, da kann ich Schmerzen wirklich nicht gebrauchen.«
»Also abgemacht, ich warte draußen vor der Tür. Sie können in Ruhe einkaufen. Bis Später.«
Dr. Engelbracht lächelt mich noch einmal freundlich an und geht zur Kasse. Ich schaue ihm hinterher. Er ist an die Sechzig, grauhaarig, mit einer imposanten Körpergröße, und einer sportliche Figur. Ein attraktiver Mann in den besten Jahren. Er kann sich wahrscheinlich hier auf dem Dorf vor Patientinnen kaum retten. Zügig erledige ich meine Einkäufe und treffe ihn vor der Tür im Gespräch mit der älteren Dame aus der Bäckerei. Ich spüre, wie mir die Röte ins Gesicht steigt, als die Dame mich wiedererkennt.
»Ah, schön Sie wieder zu sehen. Hartmut stell dir vor, die junge Dame ist mit ihrem Mann ins Hexenhäuschen gezogen. Ich habe ihr schon erzählt, in was für ein gespenstisches Haus sie eingezogen ist. Irgendjemand muss sie schließlich aufklären.«
»Elsa, ich habe die Dame bereits kennengelernt. Mir ist klar, dass du dich auserkoren siehst, diesen Part zu übernehmen, bevor es ein anderer tut. Das ist typisch für dich, aber entschuldige mich jetzt bitte, ich habe noch einen Patienten.«
Dr. Engelbracht zwinkert mir verschwörerisch zu, fasst mich vorsichtig am Arm und zieht mich zur Straße.
»Schönen Tag noch Elsa.« Er winkt der älteren Dame zu und geht schnurstracks weiter. Ich folge ihm, erleichtert darüber, weiteren Schilderungen über unser Haus zu entkommen.
Kurz darauf schließt Dr. Engelbracht die Praxistür auf und bittet mich einzutreten. Die Praxis ist klein, aber gemütlich

eingerichtet. Ich fühle mich auf Anhieb wohl und folge ihm ins Sprechzimmer.

»Setzen Sie sich bitte. Ich hole eine Patientenkarte, schließlich muss ja alles seine Ordnung haben, sonst schimpft am Montag meine Sprechstundenhilfe wieder mit mir.« Er lächelt mich entschuldigend an.

Kurze Zeit später kommt er mit einer Karteikarte zurück. Wir benötigen etwa zehn Minuten die Daten zu erfassen, danach untersucht Dr. Engelbracht meinen Rücken. Ich bekomme eine Spritze und eine Packung Schmerzmittel. Danach deutet er mir an Platz zu nehmen.

»Frau Kreuzenberg, ich hoffe, Sie nehmen die Geschichten über Ihr Haus nicht allzu ernst. Die Leute hier reden gerne und viel, kein Grund zur Besorgnis. Obwohl ich ehrlich zugeben muss, als ich Ihren Namen hörte, war ich ebenfalls irritiert.«

»Warum, was ist an dem Namen so ungewöhnlich?«

»Nun ja, eine der Vorbesitzerinnen Ihres neuen Hauses, über die Sie schon von Elsa unterrichtet worden sind, hieß Elisabeth Kreuzenberg. Das ist schon ungewöhnlich oder waren Sie mit ihr verwandt?«

»Nein, nicht das ich wüsste. Ich habe den Namen meines Mannes angenommen, aber er hat mir nie von Verwandten in dieser Gegend erzählt.«

»Wahrscheinlich nur ein Zufall. Ich befürchte, dass die Leute sich darüber das Maul zerreißen werden. Ein gefundenes Fressen, zum wiederholten Male Schauergeschichten zu erfinden.«

»Das ist schade, wir möchten uns gerne in Ruhe einleben. Es gefällt uns in diesem Ort ausgesprochen gut. Wir freuen uns darauf, uns in die Dorfgemeinschaft zu integrieren. Jetzt bin ich mir allerdings nicht mehr sicher, ob uns das gelingen wird.«

»Jetzt lassen Sie mal den Kopf nicht hängen, das wird schon, ich bin ja auch noch da. Sobald mir etwas zu Ohren kommt, werde ich die Leute besänftigen oder zurechtstutzen je nachdem.« Er sieht mich zuversichtlich an.

Ich stehe auf und gebe Dr. Engelbracht die Hand. »Vielen Dank für Ihre Hilfe. Ich hoffe, ich kann es bald wiedergutmachen. Ich wünsche Ihnen ein schönes Wochenende.«
»Das wünsche ich Ihnen auch.« Dr. Engelbracht schüttelt meine Hand und ich verlasse die Praxis.
Zuhause angekommen packe ich weitere Kartons aus. Ich verteile die neuen Dekokissen und weitere Accessoires im Wohnzimmer, doch schon bald zwingt mich mein Rücken dazu, aufzuhören. Dr. Engelbracht hatte mir geraten, mich auszuruhen und dem Rücken Ruhe zu gönnen. Daher setze ich mich an meinen Laptop, um meine Mails zu lesen. Als erstes googele ich den Namen Elisabeth Kreuzenberg, aber außer einem Zeitungsartikel über den Fund der Leiche kann ich nichts finden. Ich gehe in die Küche, bereite mir einen gemischten Salat mit Baguette zum Abendbrot zu, um damit ins Wohnzimmer zu gehen. Ich mache es mir auf der Couch gemütlich und schalte den Fernseher ein, bis ich mich dazu entschließe ins Bett zu gehen.
Nachts erwache ich von einem lauten Türschlagen. Ich setze mich vorsichtig auf und lausche, wieder höre ich dieses Geräusch. Eine Tür scheint auf und zuzuschlagen. Ich schaue auf die Uhr, 0.01 Uhr, sofort kommt mir das Wort Geisterstunde in den Sinn. Es ist schon unheimlich, dass ich zur gleichen Zeit wie gestern Nacht, von einem Geräusch geweckt werde. Wenn ich an die Geschichten aus dem Dorf denke, fange ich unweigerlich an zu frösteln. Ich stehe auf, gehe durch das Erdgeschoss, um alle Räume und Türen zu prüfen, aber alle Türen sind verschlossen. Danach gehe ich ins Obergeschoss. Mir fällt auf, dass die Tür zum Dachboden offensteht, dabei bin ich mir sicher, dass die Tür seit unserem Einzug verschlossen ist. Ich steige die Treppe hinauf und sofort kommt mir wieder dieser Lavendelduft entgegen. Die Tür wird von einem Karton versperrt, welchen ich zuvor noch nie gesehen habe. Er erweckt meine Neugierde und ich schaue augenblicklich hinein. Sein Inhalt besteht aus Ordnern und Akten, oben auf liegt ein Ordner mit der Beschriftung *Nachlass*. Ich schiebe den Karton ins Zimmer, sodass sich die

Tür verschließen lässt, als die Dachbodentür hinter mir zuschlägt. Langsam taste ich die Tür ab und versuche den Türknauf zu finden. Auf dem Dachboden ist es stockdunkel. Erleichtert spüre ich den Türknauf und drehe ihn, aber die Tür lässt sich nicht öffnen. Verzweifelt rüttele ich an der Tür und versuche den Lichtschalter zu ertasten, doch ich weiß nicht, auf welcher Seite der Schalter zu finden ist. Der Duft von Lavendel dringt mir erneut in die Nase. Kalter Schweiß läuft mir den Rücken herunter und mein Körper beginnt zu zittern. Ich versuche erneut den Türknauf und bin überrascht, das sich die Tür jetzt problemlos öffnen lässt. Das Flurlicht dringt zu mir hoch und ich sehe den Ordner vor mir auf dem Boden liegen. Daneben ein altes Fotoalbum. Woher kommt plötzlich dieses Album? Ich greife mir den Ordner und das Album, schlage die Dachbodentür hinter mir zu und renne hinunter ins Wohnzimmer. Nach einer Verschnaufpause, inder sich mein rasender Puls wieder beruhigt hat, öffne ich den Ordner. Er enthält Papiere über den Nachlass von Roberts Vater. Er hatte Geld angelegt, was Robert, nach dem Tod seines Vaters, geerbt hatte. Von dem Geld konnten wir uns dieses Haus leisten. Ich blättere weiter und finde einen Vertrag über den Verkauf eines Hauses. Der Besitzer dieses Hauses war Robert. Nachdem Tod seiner Mutter hatte sie ihm ihr Haus vererbt. Roberts Vater hatte es verkauft und das Geld angelegt. Robert war zu dem Zeitpunkt erst fünfzehn Jahre alt. Im hinteren Teil finde ich die Papiere aus dem Nachlass von Roberts Mutter. Ich starre auf den Namen an und schlage meine rechte Hand vor den Mund. Roberts Mutter hieß Elisabeth Kreuzenberg!
Das kann nicht wahr sein, dass würde bedeuten, dass Roberts Vater dieses Haus verkauft und wir es nach siebzehn Jahren zurückgekauft haben.
Am liebsten würde ich sofort Robert anrufen, aber es ist kurz vor 1.00 Uhr, da kann ich ihn unmöglich stören. Zumal er mir erzählt hat, dass morgenfrüh ein wichtiger Termin anberaumt ist. Zitternd halte ich den Ordner auf meinem Schoß. Was soll ich tun? An schlafen ist jedenfalls nicht mehr zu denken. Ich nehme das Fotoalbum und schlage es auf. Die erste Seite

zeigt ein Paar, welches mir strahlend entgegen schaut. Ich erkenne sofort Roberts Vater Klaus. Die Fotos zeigen das Paares im Urlaub, auf Partys und nach der Geburt eines Babys. Das Kind hat ein kleines Muttermal nah am linken Nasenflügel, genau wie Robert. Das Paar lächelt in die Kamera. Die Ähnlichkeit zwischen Elisabeth und Robert ist verblüffend. Beide haben dunkles, fast schwarzes Haar, eine schlanke Figur und ein ebenmäßiges, schmales Gesicht. Danach folgt ein Foto von Roberts Vater mit dem Baby auf dem Arm. Im Hintergrund schaut seine Mutter melancholisch in die Kamera.

Ich empfinde Mitgefühl für die Frau, sie scheint abwesend zu sein, wie in einer anderen Welt. Betroffen schließe ich das Fotoalbum und kann mir kaum vorstellen, dass diese Frau dazu fähig war ihr Kind umzubringen. Robert hatte mir nur erzählt, dass seine Mutter kurz nach seiner Geburt ihn und seinen Vater verlassen hat. Ansonsten wurde dieses Thema komplett von ihnen gemieden.

Das es inzwischen kurz nach 2:00 Uhr ist, gehe ich ins Schlafzimmer, um mich für die Nacht fertig zu machen.

Als ich mein Gesicht über dem Waschbecken gereinigt habe, schaue ich in den Badezimmerspiegel. Ich schrecke zusammen, sofort spüre ich meinen schmerzenden Rücken. Ich will aufschreien, aber der Schrei bleibt mir im Hals stecken. Bewegungslos starre ich in den Spiegel und sehe eine Frau hinter mir stehen. Als ich endlich wieder fähig bin mich zu bewegen, drehe ich mich vorsichtig um. Hinter mir ist niemand zu sehen. Ich schaue zurück in den Spiegel und die Frau blickt mich misstrauisch an. Für meinen Moment zweifle ich an meinem verstand, abe rich blicke in das Antlitz von Elisabeth Kreuzenberg.

»Was wollen Sie? « frage ich mit brüchiger Stimme. »Bitte lassen Sie mich in Ruhe.« Elisabeth Kreuzenberg starrt mich aber weiter unergründlich an.

Zitternd verlasse ich das Badezimmer und setze mich auf mein Bett. Von Roberts Mutter und vielmehr der Erscheinung, die ich dafür gehalten habe, ist nichts mehr zu sehen. Ich greife zum Telefon und suche Roberts

Handynummer. Die Uhrzeit ist mir vollkommen egal, auch der frühe Termin interessiert mich nicht. Ich muss dringend mit meinem Mann sprechen, bevor ich den Verstand verliere. Ich spüre, wie mir Tränen in die Augen steigen. Nach dem fünfzehnten Klingeln lege ich verzweifelt auf. Anscheinend schläft Robert tief und fest oder hat das Handy auf lautlos gestellt. Ich überlege fieberhaft, wen ich anrufen kann. Meine Eltern sind auf einer Kreuzfahrt und meine beste Freundin hört nichts, da sie Ohrstöpsel trägt, weil ihr Mann so schnarcht. Und hier in der Nähe fällt mir auch niemand ein.
Als mir beim Zurückstellen des Telefons wieder ein Stechen durch den Rücken schießt, kommt mir Dr. Engelbracht in den Sinn. In meiner Handtasche finde ich seine Visitenkarte. Ich wähle nervös seine Telefonnummer. Zu meiner Überraschung nimmt er das Gespräch bereits nach dem dritten Klingeln entgegen.
»Dr. Engelbracht, bitte entschuldigen Sie die nächtliche Störung, aber ich weiß sonst niemanden, an den ich mich wenden könnte.« Ich merke, dass ich abgehackt spreche und bin mir sicher, dass der Mann mich für volkommen verrückt halten wird.
»Frau Kreuzenberg, wie kann ich helfen? Haben sich die Schmerzen im Rücken verstärkt? Und keine Sorge wegen des späten Telefonats, ich sitze eh noch im Wohnzimmer und lese.«
Ich beschließe mich zu entschuldigen und die Sache auf sich beruhen zu lassen. »Es ist mir unangenehm, dass ich Sie so spät noch störe. Bitte verzeihen Sie, ich wünsche Ihnen eine gute Nacht.« Ich will gerade auflegen, als Dr. Engelbracht antwortet.
»Frau Kreuzenberg, was ist los? Geht es um Ihren Rücken? Sie erscheinen mir etwas beunruhigt, also reden Sie nur, mein Buch kann warten.«
»Das ist nett von Ihnen, aber lieber nicht, nachher halten Sie mich noch für verrückt.«
»So schnell, halte ich niemanden für verrückt. Dazu habe ich schon zu viel in meinem Leben erlebt.« Er macht eine kurze Pause. »Ich mache Ihnen einen Vorschlag, wenn Sie nicht am

Telefon darüber sprechen möchten, kann ich auch kurz bei Ihnen vorbeikommen. Es dauert gerade mal fünf Minuten von mir aus. Sie können sich den Ballast von der Seele reden, es wird Ihnen sicher helfen.« Wieder eine kurze Pause. »Ich mache das wirklich sehr gerne.«
»Danke, aber das ist mir ungemein peinlich, wenn Sie nun auch noch so spät zu mir herausfahren würden, für so eine Bagatelle.«
»Okay, dann ist es beschlosse Sache, ich komme vorbei. Setzen Sie doch schon mal einen Tee auf, dabei lässt es sich viel besser reden.« Ohne mir die Chance einer weiteren Antwort zu geben beendet er das Gespräch. Einerseits bin ich erleichtert, dass ich nicht alleine sein muss, andererseits ist es mir unangenehm, ihm die Geschichte zu erzählen. Meine Gedanken überschlagen sich. Ich gehe ins Schlafzimmer, um mir einen Morgenmantel überzuziehen. Ein paar Minuten später klingels es sich an der Tür. Vor mir steht Dr. Engelbracht, reicht mir die Hand und geht an mir vorbei ins Haus.
»Hallo Frau Kreuzenberg, machen Sie sich bitte keine Gedanken bezüglich Ihres Anrufs. Ich bin Landarzt und so einiges von meinen Patienten gewöhnt.« Er lächelt mich aufmunternd an.
»Ich mache uns erst einmal den gewünschten Tee, bitte setzen Sie sich.«
Ich deute auf die Couch und gehe in die Küche, um Teewasser aufzusetzen.
In der Zwischenzeit überlege ich fieberhaft, wie ich die Geschichte schildern kann, ohne das Dr. Engelbracht mich für völlig überspannt hält. Ich schütte
das kochende Wasser in zwei Becher mit Teebeuteln und gehe damit zurück ins Wohnzimmer.
»Der versprochene Tee, leider habe ich momentan nur Teebeutel hier. Ich hoffe, das ist in Ordnung. Benötigen Sie Milch oder Zucker?«
»Nein, danke. Setzen Sie sich bitte zu mir. Das Haus hat sich wirklich enorm verändert, aber es gefällt mir ausgesprochen gut. Was man aus so einem alten Haus alles zaubern kann.«

»Es freut mich, dass es Ihnen gefällt. Waren Sie schon einmal in diesem Haus?«

»Allerdings, als einziger Arzt im Dorf, war ich bereits in fast jedem Haus. Aber jetzt erzählen Sie erst einmal, was Ihnen Kummer bereitet. Ich bin ganz Ohr.«

»Ich weiß nicht, wo ich anfangen soll. Wie gesagt, inzwischen ist mir das Ganze peinlich.«

»Fangen Sie am besten von vorne an. Na los, trauen Sie sich.«

Ich beginne, ihm die komplette Geschichte zu erzählen, von den umgestürzten Bildern am Vorabend und alles, was heute passiert war. Nachdem ich geendet habe, schaue ich Dr. Engelbracht vorsichtig an. »Jetzt können Sie mich einweisen.«

Er lacht laut auf und schaut mich tröstend an. »Hier wird niemand eingewiesen, keine Sorge. Sie hatten in den letzten Tagen viel zu verarbeiten. Die Geschichte ist unglaublich. Sie haben sich intensiv mit der Lebensgeschichte Ihres Mannes auseinandergesetzt. Nach dem Betrachten der Fotos haben Sie ein Bild seiner Mutter vor Augen, da kann einem der Verstand schon mal einen Streich spielen. Das ist kein Grund sich Sorgen zu machen. Sie müssen das Ganze erst einmal verarbeiten. Ich gebe Ihnen ein leichtes Schlafmittel für heute Nacht. Kommen Sie alleine zurecht, oder soll ich heute Nacht hier auf dem Sofa schlafen? Ich müsste allerdings kurz meiner Frau Bescheid sagen. Ich leiste Ihnen sehr gerne Gesellschaft, wenn Ihnen das hilft.«

Ich schaue ihn überrascht an. »Das ist sehr nett von Ihnen, ich bin gerührt über Ihre Fürsorge, aber ich schaffe das alleine. Allerdings könnte ein Schlafmittel nicht schaden. Außerdem würde ich Sie bitten, mir noch eine Frage zu beantworten. Hat Roberts Mutter wirklich versucht ihn umzubringen?« Ich schaue ihn verängstigt an.

»Elisabeth hat versucht sich umzubringen. Sie hat den Gasofen manipuliert und wollte sich so ersticken. Ihre Gedanken waren nur auf sich selbst gerichtet, sodass sie nicht an ihren Sohn im ersten Stock gedacht hatte. Gott sei Dank kam Roberts Vater früher nach Hause und beide konnten gerettet werden. Danach wurde Elisabeth in eine Klinik eingewiesen. Eine furchtbare Geschichte. Bitte vergessen Sie

nicht, Elisabeth war krank, ansonsten hätte sie niemals ihrem Sohn etwas angetan.« Dr. Engelbracht schaut mich eindringlich an.
»Mir tut Elisabeth sehr leid, es gibt keinen Grund sie zu verurteilen, wie Sie bereits sagten, sie war krank.«
Dr. Engelbracht lächelt mich erleichtert an. Ich erschnüffele wieder den mir bereits bekannten Lavendelduft.
»Riechen Sie auch diesen Lavendelduft?«
»Nein, aber Elisabeth hatte immer Echten Lavendel im Haus und Lavendelöl. Sie meinte, das Öl würde beruhigend auf sie wirken.« Er steht auf und geht Richtung Eingangstür. »Dann gehe ich mal kurz zum Auto und hole das Mittel aus meiner Arzttasche.« Er verlässt das Haus und kommt kurt darauf kommt er mit einer Packung in der Hand zurück.
»Vielen Dank. Ich weiß nicht, wie ich das wieder gut machen kann.«
»Das müssen Sie nicht. Bitte entschuldigen Sie, aber ich bin in Gedanken am Todestag von Elisabeth. Sie sind schließlich verwandt mit ihr, ich freue mich, Ihnen helfen zu dürfen.« Ich schaue Dr. Engelbracht irritiert an, ich kann seine gedrückte Stimmung spüren.
»Jetzt sind Sie an der Reihe, was bedrückt Sie? Ich spüre doch, dass Sie etwas auf dem Herzen haben.«
»So weit ist es jetzt gekommen, dass meine Patienten mir helfen wollen.«
»Ich hatte schon bei unserem ersten Treffen ein vertrautes Gefühl, fast als würden wir uns schon länger kennen. Bitte nennen Sie mich Marie. Außerdem hat unser Arzt-/Patientenverhältnis alles andere als normal begonnen, warum soll es jetzt gewöhnlich sein?« Ich lächele ihn zuversichtlich an.
»Sie haben recht Marie.« Dr. Engelbracht setzt sich wieder auf das Sofa.
»Ich habe ein schlechtes Gewissen. Lisa kam vor vielen Jahren zu mir in die Praxis und gab mir einen Stapel Briefe. Sie erzählte mir, dass ein Teil der Briefe an ihren Sohn zurückgesendet wurden, weil der Empfänger die Annahme verweigert hatte. Sie hatte weiterhin Briefe an ihren Sohn

geschrieben, sie aber nicht mehr abgesendet. Ich habe sie gefragt, warum sie mir die Briefe aushändigen will. Sie meinte, sie würde für eine Weile verreisen. Sie war sich nicht sicher, ob sie hierher zurückkehren würde, wo sie so viel Leid erduldet hatte. Eines Tages würde sie mich vielleicht bitten, sie ihrem Sohn auszuhändigen. Ich fand die Situation ausgesprochen eigenartig, aber so war Lisa, zuweilen etwas kauzig. Sie wirkte an diesem Tag allerdings frohen Mutes und voller Tatendrang. Am gleichen Abend hat sich Lisa in ihrem Haus erhängt. Ich habe mir jahrelang Vorwürfe gemacht, warum ich nichts gemerkt hatte, es war bekannt, dass Lisa depressiv war. Nach der Beerdigung habe ich mich mit Roberts Vater Klaus in Verbindung gesetzt, um ihm von den Briefen zu berichten. Er meinte, ich solle die Briefe vernichten. Er wollte Robert nicht damit belasten. Er war mit seinen fünfzehn Jahren rebellisch, wie jeder Jugendliche auf dem Weg in das Erwachsenenleben. Das Verhältnis zwischen den Beiden war zu dem Zeitpunkt sehr schwierig. Roberts Vater wollte nicht noch weitere Auseinandersetzungen heraufbeschwören. Aber ich habe es nicht übers Herz gebracht, die Briefe zu vernichten. Ich würde sie Ihnen gerne Morgen vorbeibringen. Vielleicht hat Robert Interesse ein wenig von seiner Mutter zu erfahren.« Dr. Engelbracht schaut mich bekümmert an.

Ich muss erst einmal das Gehörte verarbeiten. »Ich bin sprachlos, was für eine tragische Geschichte. Es tut mir sehr leid, dass Sie sich seit Jahren damit herumquälen müssen. Ich würde die Briefe gerne haben, damit ich Robert die Geschichte erzählen kann. Dann kann er selbst entscheiden, was er mit den Briefen macht.«

Ich stehe auf, beuge mich zu Dr. Engelbracht hinunter, um ihn zu umarmen. »Vielen Dank für Ihre Offenheit.« Er erwidert behutsam meine Umarmung, als ein lautes Rumpeln uns aufschrecken lässt. Ich drehe mich um und entdecke ein Bild, welches von der Wand gefallen und auf die Kommode gestürzt ist. Ich gehe zur Kommode und hebe das Bild auf. Dr. Engelbracht folgt mir und schaut mir über die Schulter.

»Ein schönes Portrait von Roberts Vater. Ist der Lavendelduft wieder in der Luft?« Und tatsächlich atme ich diesen unverkennbaren Duft wieder ein.

»Ja, ist er, komisch, dass Sie ihn nicht riechen."

»Mein Geruchssinn ist leider nicht der Beste. Man könnte glauben, dass dieser Duft auf Elisabeths Anwesenheit hindeutet. Dann scheint ihr das Portrait ihres Ex-Mannes wohl nicht sonderlich gut gefallen zu haben.« Er grinst mich breit an.

»Machen Sie sich gerade lustig über mich?" Langsam breitet sich ein Lächeln auf meinem Gesicht aus, da mich Dr. Engelbracht entrüstet ansieht.

»Nein, aber es könnte doch durchaus möglich sein, nachdem sie gerade gehört hat, dass ihr Ex-Mann wollte, dass ich die Briefe an ihren geliebten Sohn vernichte. Also ich an ihrer Stelle wäre verärgert.«

»Verstehen könnte ich es auch, aber mich beunruhigt diese Vorstellung auch ein wenig. Wie gut, dass Sie mir die Tabletten dagelassen haben, ich habe sie dringend nötig.«

»Bitte beruhigen Sie sich, Marie. Ich bin fest davon überzeugt, dass Elisabeth Ihnen nichts böses will. Sie kann froh sein, eine so verständnisvolle Schwiegertochter bekommen zu haben.« Jetzt hebt Dr. Engelbracht die Stimme ein wenig an.

»Hörst du Elisabeth, lass Marie bitte in Ruhe schlafen.« Er schaut dabei entschlossen durch das Wohnzimmer. Ich muss unwillkürlich lachen, bis mir der Lavendelduft um die Nase weht.

»Und Sie meinen, dass die Tabletten wirklich helfen?«

»Marie, wenn Sie möchten bleibe ich gerne hier bei Ihnen. Wie gesagt, ich muss nur kurz meine Frau...«

»Nein, das ist lieb von Ihnen, aber ich komme alleine zurecht. Danke für alles, Sie sind ein echter Schatz.«

»Sie haben recht, es wird Zeit, dass ich gehe. Nachher ist ihr Ehemann noch verärgert über meinen nächtlichen Besuch oder seine Mutter. Nehmen Sie am besten gleich zwei Tabletten, wie gesagt, es ist niedrig dosiert.«

Dr. Engelbracht zwinkert mir zu, steht auf und geht zur Tür. Er dreht sich noch einmal um. »Bitte nenn mich Hartmut und jetzt schlaf schön.«
Dann ist er durch die Tür verschwunden. Ich räume die Tassen in die Küche und nehme wie verordnet zwei Tabletten. Danach mache ich mich auf den Weg nach oben, in der Hoffnung die Tabletten würden schnell wirken.
Ich liege kaum in meinem Bett, als mir die Augen zufallen.
Am nächsten Morgen erwache ich verkatert auf. Ich schaue auf meinem Wecker, bereits 10.00 Uhr, Robert würde bald nach Hause kommen. Ich eile in die Küche, koche mir schnell einen Kaffee und beginne mit den Vorbereitungen für das Mittagessen. Um 13.00 Uhr höre ich, wie ein Auto die Auffahrt hochfährt. Als die Tür aufgeht, stürme ich in Roberts Arme. Es ist so schön, ihn zu umarmen, sofort stellt sich ein Gefühl der Sicherheit ein. Am liebsten möchte ich ihn gar nicht mehr loslassen.
»Hallo, was für eine stürmische Begrüßung, du musst mich ja wirklich sehr vermisst haben.« Er schaut mich belustigt an und küsst mich zärtlich auf den Mund.
»Das habe ich tatsächlich. Du ahnst gar nicht, wie sehr.«
»Dann will ich dir das mal glauben, obwohl ich mich frage, warum ein Päckchen mit einem Brief für dich bei uns vor der Haustür liegt. Hast du einen Verehrer?« Robert reicht mir lachend das Paket. Ich nehme den Brief herunter und öffnet ihn. Dr. Engelbracht bedankt sich für unserer offenes Gespräch. Er wollte mich heute Morgen nicht wecken, darum hatte er das Paket mit den Briefen vor die Haustür gelegt, schreibt er.
»Und, ein Liebesbrief?« Robert lacht mich verschmitzt an.
»Nein, komm erst einmal herein. Ich muss dir etwas erzählen.«
»Erst einmal möchte ich, dass du mein Geschenk für dich auspackst.«
»Seit wann bringst du mir ein Geschenk von deinen Geschäftsterminen mit?«
»Purer Eigennutz, du wirst schon sehen.« Ich öffne neugierig die Geschenkverpackung und halte kurze Zeit später ein

champagnerfarbenes Negligé in der Hand. Ich grinse Robert an. »Stimmt, jetzt erkenne ich den Eigennutz. Gefallen dir meine Baumwollpyjamas etwa nicht?« Ich schaue ihn gespielt entrüstet an.
»Nein, selbstverständlich gefallen sie mir, aber etwas Abwechslung kann ja nicht schaden.« Ich ziehe Robert zu mir hinunter und küsse ihn leidenschaftlich. Wir setzen uns zum Essen an den Küchentisch. Nachdem Robert ausgiebig über seinen Lehrgang gesprochen hat, schaut er mich neugierig an.
»Nun erzähl, was ist hier passiert. Gab es weitere unerklärliche Vorkommnisse?«
»Vielleicht solltest du dir erst einmal einen Schnaps holen. Ich glaube,
du wirst ihn gleich brauchen.« Ich berichte Robert von den gestrigen Ereignissen. Robert schaut mich fasziniert an.
»In dem Paket sind die Briefe meiner Mutter?«
»Ich denke schon.«
»Ich weiß gar nicht, was ich sagen soll, das ist eine echte Überraschung. Aber ich beschwere mich nicht. Die letzten zwei Tage müssen für dich sehr beunruhigend gewesen sein.« Robert steht auf, stellt sich hinter meinen Stuhl, umarmt mich von hinten und drückt mir einen Kuss auf den Hals.
»Ich denke Dr. Engelbracht hat recht, nachdem du die Fotos meiner Mutter gesehen hast, hat dir dein Verstand einen Streich gespielt. Trotzdem muss es schrecklich für dich gewesen sein. Warum hast du mich nicht angerufen?«
»Das habe ich versucht, aber du warst nicht erreichbar.«
»Mist, ich hatte gestern Abend ein Essen mit meinem Chef und den Kollegen.
Ich hatte das Handy auf lautlos gestellt. Bitte verzeih mir.«
»Kein Problem, Gott sei Dank war Hartmut gleich zur Stelle.«
»So ist das also, du duzt unseren Landarzt bereits.« Er lächelt mich belustigt an.
»Ich würde jetzt gerne spazieren gehen, um einen klaren Kopf zu bekommen, hast du Lust mich zu begleiten?«
»Sehr gerne, etwas Bewegung kann meinem Rücken nicht schaden.«

Wir gehen zwei Stunden spazieren, dann bereiten wir zusammen für den Abend eine leichte Mahlzeit mit Brot und Antipasti vor.
Wir setzen uns auf die Couch, um den gemeinsamen Fernsehabend zu genießen. Bereits um 22.00 Uhr werde ich müde und schlafe auf dem Sofa ein. Ein Kuss auf den Mund lässt mich wachwerden.
»Schatz, du solltest ins Bett gehen, denk an deinen Rücken.«
Ich stehe auf und mein Blick fällt auf den Karton mit den Briefen, der offen auf dem Couchtisch steht. Einige Briefe liegen aufgeklappt daneben. Ich gehe ins Schlafzimmer. Ich gönne Robert die Zeit mit den Briefen seiner Mutter. Hoffentlich können sie ihm Aufschluss über ihre Liebe geben. Er kennt nur die Erzählungen seines Vaters, welche seine Mutter in keinem guten Licht dastehen lassen. Ich ziehe mich aus, um das Negligé überzuziehen. Dann stelle ich mich vor den Standspiegel und betrachte meine neue verführerische Errungenschaft, als Robert das Schlafzimmer betritt.
»Du siehst bezaubernd aus.« Robert schaut mich liebevoll an und stellt sich hinter mich, sodass wir uns gemeinsam im Spiegel betrachten können. Wieder steigt mir ein leichter Lavendelduft in die Nase. Dann entdecke ich, dass Elisabeth sich neben Robert gestellt hat. Ich zucke kurz zusammen, dann drehe ich mich vorsichtig um, aber Robert steht alleine hinter mir. Ich riskiere einen Blick auf meinen Radiowecker, 0.01 Uhr, Geisterstunde. Ich sehe wieder in den Spiegel. Elisabeth schaut mich freundlich an.
»Was ist? Hast du einen Geist gesehen?« Robert grinst mich breit an.
Elisabeth schaut Robert traurig an. Dann gibt sie Robert einen Kuss auf die linke Wange. Robert schaut irritiert zu seiner Linken und schüttelt sich leicht.
»Jetzt wird mir auch etwas mulmig zu Mute. Ich hatte das Gefühl, ein leichter Windhauch streift meine linke Wange, dabei sind die Fenster verschlossen. Echt unheimlich. Hast du ein neues Parfum?«

Ich schaue Elisabeth mitfühlend an. Es muss schlimm für sie sein, ihrem Sohn so nahe zu sein und doch so fern. Ich weiß nicht, warum ich sie sehen kann und Robert nicht. Ich schaue Robert ernst an. Dann werfe ich erneut einen Blick in den Spiegel.
»Nein, ich habe kein neues Parfüm. So ist das eben in einem alten Haus mit einer tragischen Vergangenheit. Vielleicht gibt es hier doch Übersinnliches?« Robert schaut mich irritiert an.
»Glaubst du das wirklich?«
»In den letzten Tagen ist deine Familiengeschichte ans Licht gekommen. Wir haben dein Haus, dass nach dem Erbe verkauft wurde, zurückgekauft und du hast dich von Anfang an heimisch gefühlt. Mal ehrlich, dir muss doch auch auffallen, dass das kein Zufall gewesen sein kann. Da muss eine höhere Macht ihre Finger mit im Spiel gehabt haben. Auch wenn du an so etwas nicht glaubst, selbst dir muss das sonderbar vorkommen.«
»Sonderbar ist das schon, aber mit Sicherheit gibt es dafür eine plausible Erklärung. Wir haben sie nur noch nicht entdeckt.« Elisabeth schaut Robert enttäuscht an und ist eine Sekunde später wieder verschwunden.
Mir schwirren viele Fragen im Kopf herum. Warum kann nur ich sie sehen? Warum erscheint sie immer zu dieser Zeit? Gibt es wirklich so etwas wie eine Geisterstunde? Können wir miteinander kommunizieren? Kann ich sie herbeirufen? Warum ist sie noch hier? Ich glaube inzwischen nicht mehr, dass sie Robert oder mir etwas Böses will. Ich hoffe, dass ich in der nächsten Zeit einige der Fragen klären kann. Ich werde morgen Nacht gegen 0.00 Uhr vor dem Badezimmerspiegel warten, ob sie wieder erscheint.
Dann bekommt Robert hoffentlich nichts mit. Und wer weiß, vielleicht ändert sich Roberts Einstellung noch. Ich schaue ihn an und denke mir, ansonsten muss ich vielleicht etwas nachhelfen. Mir ist bewusst, dass sie Robert nach so vielen Jahren nah sein möchte. Wie gesagt, ich glaube inzwischen nicht mehr, dass sie uns etwas antun will. Und ein guter Geist im Haus kann sicher nicht schaden.

In den Tiefen des Waldes

von Bryan C. Kavanagh

Der Wald konnte einen wahnsinnig machen.

Die Hütte lag nicht weit vom Wegesrand, doch war sie von Geäst und Strauchwerk ausreichend verdeckt, so dass ein Unwissender einen zweiten oder gar dritten Blick benötigte, um sie zu finden. Die Menschen aus der Stadt mieden diesen Teil des Waldes ohnehin. Um die Hütte tatsächlich zu entdecken, hätten sie allerdings nicht nur den abgelegenen Teil betreten, sondern ebenso vom Weg auf einen der Labyrinthen gleichenden, schmalen Pfade abzweigen müssen. Der Wald selbst versteckte uns also vor der Außenwelt.

Der Herbst hatte begonnen, weshalb der Schutz der Blätter begrenzt war, doch ich stellte mir die Szenerie an einem Sommertag vor und kam zu dem Schluss, dass wir an dieser Stelle in der Tat sicher waren. Die Stille des Waldes war trotz aller Vorfreude beängstigend. Nicht einmal die Vögel, die den Winter in der Gegend verbringen würden, gaben Lebenszeichen von sich. Ein letzter warmer Windhauch des Spätsommers strich über meinen Rücken und schien mich ermutigend in Richtung der Hütte bugsieren zu wollen.

Wir betrachteten das alte Holzbauwerk dennoch mit Misstrauen. Das Holz wirkte an einigen Stellen brüchig und die Fenster waren von Halbstarken aus der Stadt – vielleicht bei einer sinnlosen Mutprobe - mit Steinen eingeworfen worden. Ein Blitz hatte einen der Bäume unweit der Hütte getroffen, dessen zersplitterte Überreste an der Rückwand lehnten. Ich wagte mich als Erster vor und betrat die schmale Veranda der alten Jagdhütte.

Das verwitterte Holz knirschte unter meinen Füßen und der Modergeruch stieg mir sofort in die Nase. Ich öffnete die Tür. Knarrend protestierte der lähmende Rost in den

Scharnieren, ehe sie nachgab. Als ich die Hütte betrat, schlug mir augenblicklich der Geruch von feuchtem Holz entgegen und meine Augen blickten in nahezu vollkommene Schwärze, die nur von ein paar Lichtstrahlen erhellt wurde, welche durch die beschädigten Fenster drangen. Ich wartete einen Moment, bis sich meine Augen an die Dunkelheit gewöhnt hatten und sah mich im Raum um.

Das Mobiliar war im Laufe der Jahre verrottet. Ich erkannte einen Tisch und eine Bank, beides aus Naturholz, viele Jahre zuvor in Handarbeit hergestellt. Ein Kamin befand sich an der entgegengesetzten Wand und ein verrottendes Feldbett unmittelbar daneben. Trotz aller Vorliebe für Nostalgie war mir auf der Stelle klar, dass wir die Möbel würden austauschen müssen. An der Wand hingen mehrere Jagdtrophäen, von Spinnweben und Staub bedeckt.

"Na, wunderbar...", murmelte ich kaum hörbar, mit verbittertem Unterton.

Ich drehte mich zu meinen Begleitern um, einem nachdenklich grimmig dreinblickenden Mann mit zerzausten Haaren und Bart und einer schönen, jungen Frau mit analytisch, skeptischem Blick, deren dunkles Haar auf die Schultern herunter fiel. Chad und Charlot. Die beiden schienen bereits zu erahnen, was ich ihnen mitteilen wollte, denn Chad nahm mir die Worte aus dem Mund.

„Lass mich raten, das wird ein hartes Stück Arbeit."

Der übliche Sarkasmus in seiner Stimme ließ mich schmunzeln, doch innerlich verfluchte ich ihn dafür, dass er Recht hatte. Wir hatten uns den Umzug in die alte Hütte einfacher vorgestellt.

"Du sagst es!"

Ich nickte und trat zur Seite, so dass die beiden ebenfalls einen Blick hinein werfen konnten. Die Reaktionen hätten entmutigender nicht sein können, doch ich überlegte bereits,

wie man möglichst effektiv eine kreative und funktionale Atmosphäre schaffen konnte.

„Na, wunderbar...", wiederholte Charlot in ähnlichem Tonfall meine eigenen Gedanken.

Es dauerte in der Tat einige Tage, die Jagdhütte zu säubern. Wir entsorgten das Feldbett und die Trophäen und dichteten undichte Stellen in den Wänden ab, ebenso wie die beschädigten Fenster, die wir mit Brettern verschlossen. Die größte Herausforderung lag nicht darin, die Materialien aus der Stadt in den Wald zu schaffen, sondern ebendies ohne großes Aufsehen zu tun. Sie verachteten uns in der
Stadt. Was für einen Sinn hatte es schon, in den Wald zu verschwinden, wenn die Bewohner der Kleinstadt
wussten, wo wir uns befanden? Sie hätten nicht nach uns gesucht. Diesbezüglich machten wir uns keinerlei Illusionen, doch unser Exil sollte dennoch geheim bleiben.

Die ersten Tage waren hart. Nicht nur, dass wir im Schutz der Nacht Material in den Wald getragen und es tagsüber verarbeitet hatten - auch nachdem die Hütte endlich eingerichtet war, fauchte der Wind von Zeit zu Zeit erbarmungslos durch das Innere des Hauses. Besonders des Nachts, wenn wir auf Matratzen auf dem Boden schliefen, unterzog die Natur uns ihren harten Prüfungen. Die Laute der Tiere, das Pfeifen des Windes und die Kälte raubten mir des Öfteren den Schlaf.

Mithilfe von Kerzenlicht und Kaminfeuer gelang es, zumindest die meiste Zeit ein erträgliches Arbeitsklima zu schaffen. Chad brachte es wie immer treffend auf den Punkt, als er sagte: „Es ist trotzdem besser als unsere Alternativen."
Ja, dachte ich, unsere Alternativen. Die Kleinstadt, deren Name ich mir schwor, nie wieder auszusprechen, hatte uns verstoßen. Die Armut hatte einige der Bewohner in Richtung
der großen Industriestädte getrieben und die Verbliebenen waren es gewesen, die unsere Arbeit verachtet hatten. Die Welt der Kleinstadt brauchte keine Künstler - keine Botschafter des Ästhetischen. Nur das Handwerk und die Landwirtschaft waren nützliche Berufe, nicht zu vergessen die Dienstleistung. Wer dagegen einer brotlosen Kunst nachging, der hatte nichts verloren im sozialen Gefüge der

Kleinstadt, die zu allem Überfluss noch in großer Entfernung zur nächsten kulturellen Hochburg an der Küste gelegen war.

In meinem Kopf hallten die Stimmen der Menschen wider.

"Ist bestimmt schön, auf Staatskosten zu leben, nicht wahr?" "Ach, Sie machen den ganzen Tag nichts anderes als Ihrer Kunst nachzugehen? ...Muss ja ein schönes Leben sein..."

Nicht weniger nervenaufreibend waren die Blicke, die wir zugeworfen bekamen, wenn wir etwa das örtliche Restaurant betraten oder den Einkaufsmarkt. Sie drehten sich zu uns um und musterten uns, voller Spott. Nach Jahren der Verachtung hatten sie uns zum eigenen Exodus gezwungen. Zuvor waren wir ausgegrenzt worden, jetzt grenzten wir uns selbst aus. Im folgenden Jahr würde alles einfacher sein, dachte ich. Wir würden in eine Großstadt gehen und dort auf offene Gemüter stoßen. Bis dahin musste die Hütte reichen.

"Machen wir einfach das Beste draus", sagte ich.

Meine Mitstreiter hatten sich in jeweils einer Ecke der kleinen Hütte eingerichtet und umrundeten so mit ihren Utensilien den Kamin. Für meine Arbeit dagegen blieb nur die Mitte des Raumes.

Chad hatte einige Perkussionsinstrumente, eine Gitarre und Notenblätter um seine Matratze drapiert. Charlots Staffelei, eine Reihe von Leinwänden und unzählige Farbbehälter standen der Szenerie gegenüber. Daneben waren die Bücher zu erkennen, die ich mein Eigen nannte, ebenso Theaterstücke und Dramen, die ich mochte und deren Rollen mich faszinierten. Leere Notizbücher bildeten das Zentrum meines Reiches. Ich hoffte, sie in diesem neuen Umfeld endlich mit Worten füllen zu können - stellte mir vor, wie die Tinte
aus meinen Fingern herausfloss und das Blatt benetzte. Am Ende würde ich ein fertiges Buch in Händen halten. Einen Roman? Oder vielleicht doch ein Gedichtband? Ein Theaterstück? Wer wusste das schon?

Die Gerüche von Tinte, Ölfarbe, Papier und Leinen vermischten sich zu einer zunächst nervenstrapazierenden und kontraproduktiven Melange. Später jedoch spürte ich, wie sich dieses negative Gefühl in eine nie gekannte Inspiration verwandelte. Der Raum füllte sich mit einer unsichtbaren Energie, welche von unserem Tatendrang genährt wurde wie ein hungriges Monster in den Tiefen der Erde.

Ich hatte im Laufe der Jahre gelernt, dass ein gutes Kunstwerk aus einer Laune heraus entstehen konnte, doch ein hervorragendes brauchte Zeit, Muße und Inspiration.

Auch um diese zu finden, waren wir in den Wald gegangen – und so begann jeder auf seine Weise mit der Arbeit

an seiner Kunst. Charlot stellte eine leere Leinwand auf ihrer Staffelei auf und griff nach einem Pinsel.

Es dauerte nicht lange bis die erste Farbe den Stoff tränkte und die ersten Laute der Gitarre den Raum erfüllten. Chad spielte eine Melodie, hielt dann inne, spielte sie anders, hielt noch einmal inne – und notierte sie dann auf seinen unzähligen Notizblättern. Ich ließ die Arbeit der beiden auf mich wirken, schloss die Augen und versuchte, in meinem Inneren den Funken zu finden, der das Feuer der Inspiration entfachen würde. Zu Beginn jeder Arbeit versuchte ich mich in diesen tranceartigen Zustand zu versetzen, in dem die Ideen zusammen flossen und ein Bild in meinem Kopf erzeugten. Dieses Mal gelang es mir nicht.

„Ich brauche ein wenig frische Luft", sagte ich.

Chad war in seine Arbeit vertieft und schenkte mir keine Beachtung. Charlot sah auf und nickte. Ich warf einen beeindruckten Blick auf ihr aktuelles Gemälde und nickte lächelnd.

„Gute Qualität – wie immer!"

„Danke!", antwortete sie.

Ich stand auf und trat hinaus auf die Veranda. Der Wind pfiff durch die beinahe kahlen Bäume. Die letzten Blätter erzeugten ein kaum vernehmbares Rascheln. Das Mondlicht bahnte sich stellenweise seinen Weg durch die Baumkronen. Im Inneren des Hauses konnte ich vereinzelte Töne hören, die Chad mit seiner Gitarre erzeugte. Die Bäume wirkten in der Düsternis merkwürdig verzerrt. Besonders die kleineren, welche nur etwa die Größe einer erwachsenen Person besaßen, wurden in meiner Fantasie zu versteinerten Menschen, deren Arme wehmütig gen Himmel gerissen waren.

Plötzlich bewegte sich einer der Schemen, nur wenige Meter vom Haus entfernt. Die Silhouette schien beinahe über den Waldboden zu schweben. Ich war sicher, dass es sich um ein menschliches Wesen handeln musste.

"Hallo?", rief ich.

Ich machte einen Schritt nach vorn - auf die Dunkelheit zu. Die Veranda gab unter meinem Fuß nach und mit lautem Knacken brach ich einige Zentimeter ein.

"Mist!", fluchte ich und blickte nach unten auf meinen Fuß. Mit einem Ruck zog ich ihn unverletzt aus dem Spalt. Ich sah mich um. Die Bäume schaukelten sanft im Wind. Die Kreatur war verschwunden.

"Das hast du dir nur eingebildet!", sagte ich leise zu mir selbst - jedoch war ich nicht gänzlich davon überzeugt.

Der Wald konnte einen wahnsinnig machen.

Ich bekam eine Gänsehaut und beschloss daher, ins Innere der Hütte zu fliehen. Als ich die Tür öffnete, wurde ich für einen Augenblick von einer, den Raum dominierenden, enormen Anstrengung für alle menschlichen Sinne gebremst.

Die ersten Zeilen eines Gedichts kosteten mich mehrere Tage. Es war frustrierend, den eigenen Fortschritt in solch schleichendem Tempo zu beobachten, während Chad zu meiner Rechten bereits mehrere Ideen zu Papier gebracht und Charlot zur Linken die zweite Leinwand mit ihren surrealistischen Werken erfreut hatte. Beide boten mir in unregelmäßigen Abständen ihre Hilfe an, doch ich lehnte ab. Meine Ehre als Autor war wichtiger als der schnelle Fortschritt an diesem Werk.

"Alles was du brauchst, ist eine zündende Idee", sagte Chad mit der Stimme eines Oberlehrers.

"Das weiß ich selbst", entgegnete ich und ärgerte mich darüber, dass mir das Offensichtliche noch einmal nahe gelegt wurde.

"Wie wäre es mit..."

"Nein!", sagte ich entschieden.

Es war noch nicht dunkel und so trat ich aus der Hütte, um ein wenig frische Luft zu bekommen. Ich hatte mir nach dem Zwischenfall vorgenommen, das Haus nicht mehr nach Einbruch der Dunkelheit zu verlassen. Ein Blick aus der Tür verriet mir jedoch, dass das übrige Sonnenlicht zu meinem Schutz ausreichte. Auf der Veranda ließ ich die letzten Sonnenstrahlen auf mein Gesicht fallen und kaum spürbare Wärme spenden. Ich blickte in den Wald hinein. Viele der Bäume lagen bereits im Schatten. Es würde nicht mehr lang dauern, bis die Dunkelheit sie alle verschlungen hatte. Ich verstand nicht, weshalb die Idee ausblieb. Nie zuvor hatte ich eine solch hartnäckige Blockade gehabt.

Ich zuckte zusammen, als sich zwischen den Bäumen ein Schatten bewegte. Langsam und doch scheinbar zielstrebig glitt er zwischen ihnen hindurch. Auf den ersten Blick schien es sich um dieselbe Gestalt zu handeln, die mir bereits zuvor begegnet war – und die ich für eine Sinnestäuschung gehalten hatte. Ich verhielt mich ruhig und beobachtete das Geschehen. Im Inneren der Hütte war es still. Gut, dachte ich. Chad hätte die Kreatur sicher verschreckt. Die schlechten Sichtverhältnisse ermöglichten es mir nicht, die Gestalt zu bestimmen. Sie wirkte menschlich, doch ich sah kein Gesicht. Dazu war es bereits zu dunkel. Plötzlich folgte ein zweiter Schatten dem ersten.

Ich blieb wie erstarrt stehen - gleichermaßen ängstlich, sie zu verschrecken, wie auch ihre Aufmerksamkeit zu erregen. Ich zwang mich, nicht zu blinzeln, doch nach einiger Zeit war das Brennen in den Augen nicht mehr zu ertragen und ich kniff sie für einen Sekundenbruchteil zu. Die

Gestalten waren verschwunden. Hatte ich mich erneut täuschen lassen?

Ich blickte ins Innere der Hütte. Chad und Charlot schienen nichts von dem Vorfall mitbekommen zu haben. Wahrscheinlich war es besser so. Ich entschied, ihnen vorerst nicht von den Erscheinungen zu erzählen.

Am nächsten Tag beschloss ich, die Vorgehensweise zu ändern. Ich verließ die Hütte und begab mich in den Wald, in der Hoffnung, meine Gedanken ordnen zu können. Der Pfad war von zartem Nebel bedeckt. Der Großteil der Blätter war gefallen und der Wind konnte ungehindert durch das Astwerk fegen. Ich zog den Kragen meines Parkas hoch, obwohl ich wusste, dass es nicht sehr wirkungsvoll sein würde. Mein Weg führte mich in einem großen Bogen gegen den Uhrzeigersinn. Ich verfiel in einen Tagtraum, während ich dem nebeligen Pfad folgte. In meinem Kopf verschwammen Bilder zu grotesken Formen. Menschen, die mir Unrecht getan hatten, verwandelten sich in namenlose Monster unterschiedlicher Arten, mal mit verformten Gliedmaßen, mal mit verformtem Gesicht oder

einer großen Anzahl an Augen. Ich sah Menschen, die mich gefördert hatten. Sie sprachen zu mir, doch ich verstand ihre Worte nicht. Sie verschmolzen langsam zu einer einzigen Person. Diese Person war ich. Ich kniff die Augen zusammen und fand mich wieder in der Wirklichkeit. Ich atmete die feuchte, kalte, geruchlose Luft ein und nach wenigen Sekunden waren meine Gedanken wieder an ihrem Platz. Der Pfad hatte sich verengt und die knochigen Bäume standen dichter beieinander. Zu beiden Seiten säumten ihn verwelkende Sträucher. Der Nebel verlieh dem Ganzen wie zuvor eine schaurige Erscheinung. Ich setzte meinen Weg schnellen Schrittes fort.

Der Jahreszeit geschuldet wurde es bereits dunkel. Der Wald wirkte unheimlich in der aufkeimenden Dunkelheit. Ich spürte, wie die Angst, einer der Kreaturen zu begegnen, in mir aufstieg. Die Schatten der Bäume schienen sich im Nebel zu bewegen. Ich fröstelte – und merkte, dass es nicht die Schuld des Windes war. Da waren sie wieder in einiger Entfernung. Die Silhouetten. Ihre Gesichter wie immer verdeckt, diesmal eingehüllt vom Nebel. Ich kniff die Augen zusammen. Sie waren verschwunden. Zitternd, aber doch entschlossen trat ich den Rückweg an.

Der Wald konnte einen wahnsinnig machen.

Als ich die Hütte erreicht hatte, war die Nacht bereits hereingebrochen. Der Raum war von Kerzenlicht erhellt und im Kamin prasselte ein Feuer. Ich realisierte, dass es bereits nahezu komplett herunter gebrannt war. Chad und Charlot waren in ihre Arbeit vertieft. Ich eilte zu dem alten Kamin und legte ein wenig Holz nach, um das Feuer zu erhalten.

„Oh, richtig! Das hätte ich fast vergessen", bemerkte Chad.

Charlot sah von ihrer Staffelei auf und blickte mich erstaunt an. Ich sah einen Gedanken, den sie soeben noch

verfolgt hatte, in ihren Augen verschwinden. Meine Anwesenheit hatte sie und Chad aus einer Art Trance erweckt.

„Du warst lange weg", bemerkte sie. Ich nickte wortlos.

"Was haltet ihr von dem hier?", fragte Chad und begann, eines seiner Lieder auf der Gitarre zu spielen.

Nach einigen Takten nickte ich zustimmend, setzte mich auf meine Matratze und begann zu schreiben.

Der Spaziergang hatte meine Gedanken geöffnet. Die Blockade schien wie verflogen. Ich spürte, wie die Musik mich durchströmte und schrieb weiter. Meine Sinne schienen mit einem Mal wie betäubt. Einzig die Hand, welche die Verse zu Papier brachte, schien noch zu funktionieren. Ich dachte nicht nach, sondern schrieb einfach.

Als Chad das Lied beendet hatte, blickte ich nach links auf Charlots fertiggestellte Leinwände. Surrealistische

Gestalten und Landschaften erwiderten meinen Blick. Ich schrieb weiter. Chad stimmte ein neues Lied an und erneut durchströmte es mich. Ich schrieb weiter. Charlot trug einen Vers aus einem meiner Theaterstücke vor, in dem sie zuvor gelesen hatte. Ich schrieb weiter. Mein Blick wechselte von rechts nach links. Von Chad, der ekstatisch spielte, jetzt sogar zwischen Gitarre und Trommeln hin und her wechselte zu Charlots Gemälden, die in mich zurück zu blicken schienen. Noten und Bilder vereinten sich und lenkten mich. Ich schrieb weiter, immer weiter.

Noten. Ich schrieb weiter. Bilder. Ich schrieb weiter. Noten. Ich schrieb weiter. Bilder. Ich schrieb weiter.

Verse. Ich schrieb weiter. Surrealistische Landschaften. Ich schrieb weiter. Verse. Verse. Verse. Noten. Noten. Noten. Bilder. Bilder. Bilder. Ich schrieb weiter. Dann spürte ich nichts mehr.

Dunkelheit. Stille.

Als ich die Augen aufschlug, war der Morgen bereits hereingebrochen. Die Kerzen und das Feuer im Kamin waren erloschen, doch das Licht der Morgendämmerung schien unter der Tür hindurch. Im Raum roch es nach Holz und dem letzten Rauch des Kamins. Meine Augen benötigten einige Sekunden, um sich an das Halbdunkel zu gewöhnen. Ich blickte mich im Raum um. Ich war allein.

„Charlot?", murmelte ich leise. „Chad?"

Keine Antwort.

Als ich genauer hinsah, erkannte ich, dass nicht nur meine Freunde verschwunden waren, sondern auch ihre gesamten Habseligkeiten. Die Instrumente waren verschwunden, ebenso die Staffelei und Charlots fertig gestellte Leinwände, die Bilder und Notenblätter. Eine einzige Matratze lag auf dem Boden – meine.

Ich stand auf und zündete eine Kerze an, um den Raum mit Licht zu erfüllen. Was ich sah, ließ mich erschaudern.

Die Wände des Raumes waren nahtlos mit beschriebenen Seiten bedeckt, ähnlich einer skurril anmutenden Tapete.

Von der obersten zur untersten Ecke an jeder Wand war eine weiße Fläche mit kleinen schwarzen Linien zu sehen.

Ich ging näher an eine der Wände heran und erschrak erneut, als ich meine eigene Handschrift auf den Seiten identifizierte. Die Schrift war klein und filigran, doch sie gehörte eindeutig mir.

Das war es also...mein Werk. Ich hielt es nicht in den Händen, doch ich sah es vor mir - sah, wie es mich metaphorisch übermannte und meine Sinne in einer mir unbekannten Art benebelte. Ich hatte so lange auf einen
Moment wie diesen gewartet. Als ich mich erneut im Raum umblickte, wusste ich plötzlich, wo meine Freunde,
ihre Habseligkeiten, unser gemeinsames Werk und unsere gemeinsame Vergangenheit verborgen waren.

Ich erschrak und verließ die Hütte. Noch immer war der Wald von dünnen Nebelschleiern erfüllt und ein kalter Wind ließ meinen müden Körper augenblicklich erzittern. Ich versuchte, ruhig zu atmen, doch es gelang mir nicht. In einigen Metern Entfernung sah ich die schattenhafte Gestalt. Eine dunkle Silhouette im helleren Grau des Waldes. Wie zuvor kniff ich die Augen zusammen - doch die Gestalt verharrte in ihrer Position.

Schließlich nickte ich kaum merklich. Die Kopfbewegung galt weniger der Gestalt als mir selbst. Mein Atem beruhigte sich. Ein weiterer Schatten trat neben den ersten, dann noch einer – und noch einer.
Ein schwaches Lächeln umspielte meine Lippen.
Ich ging langsam auf die Schatten zu - in den Nebel hinein.

Der Wald konnte einen wahnsinnig machen.

Autorenvitas

Patrick Osborn

Patrick Osborn, Jahrgang 1969 ist gelernter Kaufmann im Einzelhandel und wechselte 1990 zu einer großen Behörde, für die er noch arbeitet. 2001 erschien sein erster Roman "Das Bambini-Projekt", dem bisher fünf weitere Folgten ("Das Puzzle", "Operation Eismeer", "Ein Platz in meinem Herzen", "Solange du bei mir bist" und zuletzt "Wohin mein Weg dich führt"). Neben seiner Autorentätigkeit arbeitet er als Redakteur für zwei Onlinemagazine, als freier Lektor und unterrichtet Kreatives Schreiben und Journalismus bei der Studiengemeinschaft Darmstadt.

Patrick Osborn lebt mit seiner Frau und seiner Tochter in Berlin. In seiner Freizeit geht er Wandern und Walken oder entspannt bei heißen Temperaturen in der Sauna.

Ellen Geus

Ellen Geus, geboren 1962, verheiratet, ist selbständige Management- und Betriebswirtschaftsassistentin. Sie lektoriert zudem wissenschaftliche Arbeiten und Dissertationen und seit Februar 2016 ist sie als freie Publizistin, u. a. für die Rhein Main Presse (Rheingauer Wochenblatt) tätig. Das Autorenleben ist noch neu für sie. Die Schriftstellerei ist jedoch seit frühester Jugend ihr Steckenpferd, auch wenn sie (noch) keinen Buchpreis gewonnen hat. Kurzgeschichten, Kinder- und Jugendbuch sowie romantische Romane schreibt sie am liebsten. Sie lebt im Rheingau, wenn sie nicht gerade verreist ist und dazu Berichte verfasst.

Janina Huber

Für Janina Huber, Jahrgang 1982, war das Schreiben bereits während ihrer Schulzeit mehr als nur eine einfache Ausdrucksform oder ein Schulfach. Das Ersinnen fantastischer Ideen faszinierte sie dabei ebenso wie das Verarbeiten von Gefühlen in eigenen Texten. Später verlor sie das Schreiben etwas aus den Augen. Erst aufgrund einer Knieverletzung, fand sie nach mehrjähriger Pause zurück zu ihrer großen Leidenschaft. Im November 2015 wurde ihre Kurzgeschichte „Das Ei des Koami" im Rahmen des Literaturwettbewerbs der 10. Bonner Buchmesse Migration in der Kategorie Kinder- und Jugendliteratur mit dem 2. Platz ausgezeichnet. Die Grundschullehrerin lebt mit ihrem Mann im oberbayrischen Heldenstein, nahe München.

Body Clarke

Body Clarke wuchs mit den Klassikern von Daniel Defoe und Robert Louis Stevenson auf. Sie beflügelten seine Fantasie und lehrten ihm das Träumen. Sein Weg kreuzte Patrick Osborn, als er sich zum Studium der Schriftstellerei entschied. Patrick begleitete ihn als Tutor über diese wichtige Lernphase mehr als ein Jahr. Bodys Antrieb war weniger der Wunsch nach Veröffentlichung, als der, eine Geschichte so plausibel und unterhaltsam zu Papier zu bringen, wie jene Geschichten, die ihn als Leser fesselten. Zunächst schrieb er in Co-Autorenschaft einen Thriller, setzte erste Duftmarken als Drehbuchautor und Journalist in einigen Magazinen, online und im Print. Er nahm sich über mehrere Jahre einiger vielversprechender Talente an und begleitete sie als Tutor, bis auch sie sich auf eigene Projekte konzentrieren konnten. 2016 erfolgte schloss er einen weiteren Krimi ab. Im Frühjahr erfolgte die Präsentation eines künstlerischen Buchprojektes, in das er sich eingebracht hat. Aktuell arbeitet er an einem Jugendabenteuer auf Basis einer Idee, die ihm schon während der Studienzeit gekommen war. Die Kurzgeschichte als Beitrag zu dieser Anthologie schob er sehr gern zwischen die Projekte, um seinen guten Freund Patrick Osborn zum 15-jährigen Autorenjubiläum herzlichst zu gratulieren!

Dirk Weber

Dirk Weber kam 1970 in Rheinhausen, jetzt Duisburg, zur Welt. Er fing 2016 mit dem kreativen Schreiben an, nachdem er Ende 2015 seinen bisherigen Beruf in der chemischen Industrie aufgegeben hatte. Die geplante Auszeit nutzt er für ein Fernstudium über professionelles Schreiben bei der Studien Gemeinschaft Darmstadt.

Der Autor lebt mit seiner Familie in einem Städtchen am linken Niederrhein. Er ist ein bekennender Leser des Schriftstellers Walther Kabel und der Unterhaltungsliteratur der 1920/30er Jahre. Neben alten Büchern interessiert er sich für Antiquitäten, Geocaching und Wandern.

Caro Berg

Caro Berg wurde 1956 in Köln geboren. Nach einer Ausbildung zur Rechtsanwaltsgehilfin wechselte sie in den öffentlichen Dienst, in dem sie heute noch tätig ist. Das Schreiben lag ihr schon immer im Blut: Gedichte, Songtexte, Fastnachtsprotokolle oder Reiseberichte entstammen ihrer Feder. Seit 2009 arbeitet Caro Berg als Autorin und debütierte mit ihrem Krimi "Leiche werden ist nicht schwer, tot zu sein dagegen sehr", der in Kürze neu aufgelegt wird.

Petra Kleinhenz

Petra Kleinhenz wurde 1969 geboren und lebt heute in einem kleinen Ort in der bayrischen Rhön.

Die dreifache Mutter schrieb schon in ihrer Kindheit Gedichte und Kurzgeschichten und träumte davon, später einen Roman zu schreiben.

Vor zwei Jahren beschloss sie, den einen Schreibkurs zu belegen, um sich stärker ihrem Hobby widmen zu können. Dort entdeckte sie ihre Vorliebe für Kinderbücher und veröffentlicht demnächst ihre erste Kinderbuchreihe.

R. A. Altena

R. A. Altena wurde am 05.09.1970 in Köln geboren. Hauptberuflich als Handwerker tätig, betreibt er das Schreiben seit 10 Jahren als Hobby. Seit 2015 veröffentlicht er auch Kurzgeschichten. Er lebt mit seiner Frau und drei Kindern in Erftstadt bei Köln.

Lorelay Lost

Im November 1975 wurde Lorelay Lost in Göttingen geboren. Früh hat sie schon fantastische Welten erforscht, bis sie endlich lesen lernte und noch mehr wunderbare Welten bereisen konnte. Ihr Vater musste sich damals sogar ein Bibliotheksausweis zulegen, da sie gerne unterwegs war. Für Lorelay Lost gibt es nicht schöneres als ein Buch in der Hand zu halten und in dessen Welt einzutauchen. Das Schreiben kam viel später dazu. Zuerst war es nur das berühmte Hobby. Doch mit der Zeit entwickelte sich aus dem Hobby eine Berufung.

Mit Leidenschaft erschafft sie neue fantastische Welten. Helden, die nicht immer der Norm entsprechen und Bösewichte, die schon mal ganz anders reagieren können als gedacht.

Martina Lichtenfeld

Martina Lichtenfeld lebt in der Ortenau an der deutsch-französischen Grenze. Sie arbeitet als Fachkrankenschwester auf einer Intensivstation. Ihre Erfahrungen menschlicher Schicksale und Tragödien verwandelt sie in Kurzgeschichten und verdichtete Texte. 2014 wurden im Smartstorys-Verlag die Kurzgeschichten „In der Wohnung nebenan" und „Alle weg vom Bett" unter Vertrag genommen.

Lissy Dixon

Seit vielen Jahren ist Lissy Dixon abhängig. Sie ist süchtig danach neue Geschichten zu erfinden, Intrigen zu spinnen und ausgefallene Menschen zu erschaffen. Besessen, dem Mörder die richtige Waffe in die Hand zu legen und dem Opfer den Kaltschweiß auf die Stirn zu treiben.
Lissy Dixon ist am 26.11.89 geboren und lebt im Landkreis Karlsruhe.
Seit Dezember veröffentlicht sie unter lissydixon.com ihre eigenen Texte
Mit ihrer Kurzgeschichte „Blind" publiziert sie erstmalig eines ihrer Werke in einem Buch.

Karina Holländer

Karina Holländer, Jahrgang 1969, kaufmännische Angestellte, lebt mit ihrem Mann und ihren zwei Hunden in Bad Salzuflen. Schon seit Kindesbeinen an liebt sie Bücher und als Jugendliche hat sie nur für sich Gedichte und Geschichten geschrieben. Sie spielt seit vielen Jahren Theater, nachdem sie privat Schauspielunterricht genommen hat. Vor etwa zehn Jahren hat sie mit einem Theaterkollegen die Theatergruppe »karinjo« gegründet. Bei ihrem ersten Theaterstück waren sie und ihr Kollege mit dem Ende unzufrieden, darum hat Karina es kurzerhand umgeschrieben. Inzwischen hat sie drei Theaterstücke für karinjo geschrieben, zwei davon wurden bereits erfolgreich aufgeführt. Für das dritte Theaterstück »Mordlustig« haben gerade die Proben begonnen. Mehrere Kurzgeschichten folgten, die bei Lesungen ihrer Theatergruppe präsentiert wurden. Momentan schreibt sie an ihrem ersten Roman.

Bryan C. Kavanagh

Bryan C. Kavanagh wurde 1988 in Kassel geboren. Seine literarischen Vorbilder reichen von den seelischen Abgründen Lovecrafts und Poes zu den düsteren Welten Raymond Chandlers, über die nachdenkliche Melancholie John Steinbecks sowie auch der Beat Generation, bis hin zu zeitgenössischen Größen des Thrillers. Er studiert Anglistik an der Universität Kassel und ist außerdem als Musiker tätig.